自由自在聽說韓語！

# 不用老師教的
# 韓語動詞・
# 形容詞變化

鄭惠賢 著

笛藤出版

# 序

　　大家在學習日語時，一定學過動詞‧形容詞變化吧？韓語的文法和日語有很多類似的地方，動詞‧形容詞變化就是其中的一項。不論學習日語或是韓語，一定要先學會活用變化打好基礎，才能由字轉句，表達出完整語句。以韓語來說，更增加了尾音（받침）和不規則變化等，所以初學者在剛接觸韓語活用變化時，或許會覺得有些困難與混亂。

　　為了讓大家學習韓語活用變化時更輕鬆有效率，本書選擇經常在會話中使用的單字，並將其活用變化後，按照注音的順序排列收錄。而且當想要查詢韓劇中聽到的單字時，有方便的韓文字母、注音雙重索引可以迅速比對查找，增強理解與記憶力。

　　建議從有興趣的單字開始反覆一直讀唸來學習。這樣一來，不只是自然地留存在記憶裡，即使不知道活用變化的法則也能夠學會韓語，或者是本書沒有提到的單字也都能夠活用。

　　學習方法有許多種。希望讀者可以用適合自己且不勉強的方法學習下去。不管您選擇的是哪一種學習方法，相信本書一定都能夠提供幫助。

鄭惠賢

# 目 次

## 本書的使用方法

本書是收集變化之後的韓語動詞和形容詞語尾的單字書，並收錄韓國人經常會使用的單字和台灣人想使用的單字。已經學習過活用變化的人可以作為對照，而沒有學習過的人也能夠輕鬆運用。

**❶ 單字（原形）**

以實際使用，並以韓劇的對白和歌詞中常聽到的單字為主來挑選。在中文意思只有1個，但韓語有數種意思的情形，會在標題（原形）下詳細解說並比較不同意思之間的微小差異。

另外，標題的旁邊上／一起記載的單字就是對照1個韓語單字有數種中文意思。其中，有些單字會在旁邊標示「漢字**하다**」。由於韓語中由漢字定義的單字很多，若知道漢字來源，可以加強記憶。

**❷ 拼音唸法**

在韓文字母下方用英文拼音標註發音。只要是會英文拼音的人都能輕鬆發音，而且又能夠簡單傳達意思給韓國人。韓語會根據前後的發音，使發音產生變化，所以儘管是一樣的文字，但會有不同的英文拼音。

**❸ 變化**

以韓國人經常使用的句子為中心，也介紹許多率性的半語單字。而不只是句子語尾的活用變化，也收錄在句子中間做活用變化的單字（未加註★的單字）。

**【ㄅ】**

| 不在 | 없다 eop.dda |
|---|---|
| 不在 ★★★ | 없습니다. eop.sseum.ni.da |
| 不在 ★★ | 없어요. eop.sseo.yo |
| 不在 ★ | 없어. eop.sseo |
| 不在。（過去式）★★ | 없었어요. eop.sseo.sseo.yo |
| 不在。（過去式）★ | 없었어. eop.sseo.sseo |
| 好像不在。★★ | 없을 것 같아요. eop.sseul.geot.gga.tta.yo |
| 不在嗎？★★ | 없어요？ eop.sseo.yo |
| 不在嗎？★ | 없어？ eop.sseo |
| 說不定不在。★★ | 없을지도 몰라요. eop.sseul.ji.do.mol.la.yo |

| 因為不在。 없으니까 eop.sseu.ni.gga | 即使不在也 없어도 eop.sseo.do |
|---|---|
| 如果不在 없었으면 eop.sseo.sseu.myeon | 不在可是 없지만 eop.jji.man |

14

4

## ＊注音和韓語子音排序的索引

本書附有的語尾活用變化（加註★的句子），可以利用注音順序和韓語子音排序來查詢索引，請善用索引查詢看看從韓劇的對白或歌曲、旅行中所聽到的韓語。

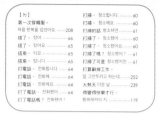

---

**❹ 句型**
收錄實際上經常在耳邊聽到的句型。譯成中文來說，會顯得有一點不自然，但這些都是韓語經常使用的表達，也收錄了許多生動的句子。

**❺ 解說**
介紹有關單字的小知識和反義詞、同義詞。

**❻ ★的數量**
禮貌的程度以「★」數量表示。
★★★為禮貌的說法，對初次見面或是身份較高的人使用的言詞。
★★在一般會話中使用。中文裡和★★★沒有使用的差別，所以翻譯是大同小異。
★為親密關係之間，或只能對後輩使用的言詞，在韓國被稱做半語。在初次見面時使用的話會非常失禮，所以使用上要十分注意。

**❼ 方框**
解說發音時的注意事項或容易出錯的地方。

---

「家裡沒有人。」
집에 아무도 없어요.
chi.be.a.mu.do.eop.sseo.yo

「沒有女朋友吧？」
여자친구는 없지?
yeo.ja.chin.gu.neun.eop.sseo.yo　←❹

ㄱ

**解說** 和「없다」作為「沒有」（→42頁）的意思一樣，表達不存在的言詞。此外，「沒有人」或「沒有動物」等也可以使用。　←❺

| 抱 | 안다 an.da |
|---|---|
| 抱。<br>★★★ | 안습니다.<br>an.seum.ni.da |
| 抱。<br>★★ | 안아요.<br>a.na.yo |
| 抱了。<br>★★ ←❻ | 안았어요.<br>a.na.sseo.yo |
| 抱了。<br>★ | 안았어.<br>a.na.sseo |
| 請抱我。<br>★★ | 안아 주세요.<br>a.na.ju.se.yo |
| 抱我。<br>★ | 안아 줘.<br>a.na.jwo |
| 請不要抱。<br>★★ | 안지 마세요.<br>an.ji.ma.se.yo |
| 別抱。<br>★ | 안지 마.<br>an.ji.ma |
| 可以擁抱嗎？<br>★ | 안아도 돼?<br>a.na.do.twae.yo |
| 不抱。<br>★★ | 안 안아요.<br>an.a.na.yo |

❼ 要求對方「抱我！」的意思。

15

# 韓語的基礎知識

## 和日語相似的韓語

　　日語和韓語的語順非常相似，所以只要用日語思考，再全部置換成韓語就可以了。但是考慮到單字「活用」的情形方面，很難說日語和韓語是很相似的。

● 所謂的活用變化是指？

　　在日語裡，像「愛」這種沒有進行活用的原形詞能夠被使用。但是在韓語裡，原封不動來使用原形詞的情形並不多。大部份的情況，拿掉原形最後的「다」進行活用，才可以使用於會話和文章。

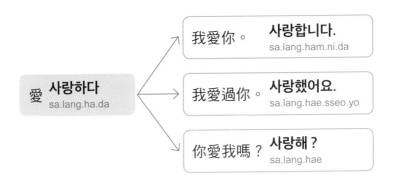

愛　사랑하다
sa.lang.ha.da

我愛你。　사랑합니다.
sa.lang.ham.ni.da

我愛過你。　사랑했어요.
sa.lang.hae.sseo.yo

你愛我嗎？　사랑해？
sa.lang.hae

　　另外，在上述活用中，以「？」結束的疑問句，發音時要將語尾的語調上揚。

## ● 必須注意的活用

雖然日語和韓語非常相似，但還是會有微妙區別，需要注意的事項有下面幾個部分。

## ① 否定的活用

表示動詞和形容詞的否定句型「不〜／不是〜」時，韓語有2種說法。

| | |
|---|---|
| 去 **가다** ka.da | 不去。 **안 가요.** an-ga.yo |
| | 不去。 **가지 않아요.** ka.ji-a.na.yo |

上述兩句在意思上幾乎沒有不同，但隨著單字也會有分別使用的情形。

還有，有的時候也會使用單字的相反詞，來取代否定句型。在本書裡會加註方框來解說。

| | |
|---|---|
| 舒服 **편하다** ppyeo.na.da | 不舒服。 **안 편해요.** an-ppyeo.nae.yo |
| | 不舒服。 **불편해요.** pul.ppyeo.nae.yo |

## ② 「不可能」的用法

表示動詞和形容詞的不可能語意「無法～」，韓語有2種說法。

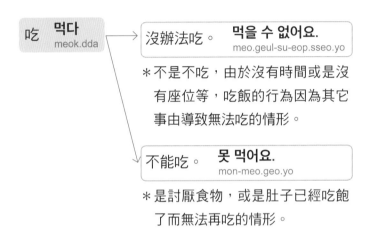

吃　먹다
meok.dda

沒辦法吃。　먹을 수 없어요.
meo.geul-su-eop.sseo.yo

＊不是不吃，由於沒有時間或是沒有座位等，吃飯的行為因為其它事由導致無法吃的情形。

不能吃。　못 먹어요.
mon-meo.geo.yo

＊是討厭食物，或是肚子已經吃飽了而無法再吃的情形。

## ③ 未來式

日語當中並沒有未來式，而是使用「接下來開始」這樣的現在式，但在韓語裡有很明確的未來式用法。

做　하다
ha.da

現在式　做。　해요.
hae.yo

未來式　要做。　할 거예요.
hal-geo.ye.yo

在本書裡，構成未來式的部份以方框增加解說。

## 韓語的困難

因為韓語和日語的語順一樣，人們很容易會認為韓語很簡單，但實際上最難的是「發音」和文化背景不同所產生的「用字不同」。

### ● 發音

在本書裡，儘管使用的是相同的單字，但也會有不一樣的發音。那是因為有幾種發音變化而形成。

### ① 連音化

韓語單字是由子音和母音組合構成。一個字當中，子音不會只有1個，有時會有2個或3個的情形。

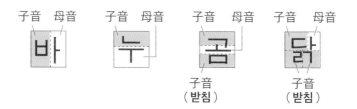

子音當中，填在單字最下面的子音叫做尾音（받침pat. chim）。接續在尾音之後的子音會和尾音的音產生連音，即發音變化的情形。

## ② 濁音化

儘管是相同的韓語字，如果位置出現在第1個字時，不會發濁音，但在第2個字之後就會發濁音。

像這樣，因為前面有「**안**」（不）的字，所以「**가**」會發濁音念「ga」。

不過，根據尾音和接下來的子音的組合，也會有不發濁音的情形，因此要特別注意。

## ● 對長輩使用的字詞

韓國是儒教的國家，根據對方的年齡及與對方的關係，用詞也必須有所不同。在本書裡會以星數做以下的分類。

★★★　為禮貌的客氣說法，對初次見面或是身份較高的人使用的言詞。

★★　　為禮貌的言詞，在一般會話中使用的言詞。

★　　　為親密關係或是只對後輩使用的言詞，在韓國也被稱做半語。

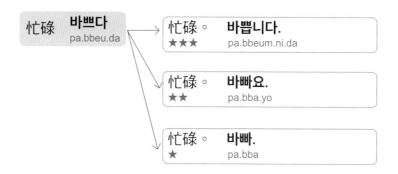

忙碌　**바쁘다**
pa.bbeu.da

→　忙碌。　**바쁩니다.**
★★★　pa.bbeum.ni.da

→　忙碌。　**바빠요.**
★★　pa.bba.yo

→　忙碌。　**바빠.**
★　pa.bba

　　　★★★為敬語為鄭重的說法，★★的敬語為一般會話中使用的說法，在中文使用上，並沒有程度的分別。所以本書的中文翻譯都是一樣的。

　　　另外，★的「半語」直接翻譯就是「一半的話」的意思，對初次見面的人來說是很失禮的，所以在使用上要十分注意。本書收錄不少實際生活中經常使用的句型，或連續劇台詞中經常聽到的半語表達，使用時須特別注意場合和情況。

## 漢字語 + 하다

　　　在本書裡有一些在標題的旁邊會以「漢字하다」的寫法。因為韓語裡有不少源於漢字的單字，只要知道漢字就能夠輕鬆記住意思和發音，所以才將漢字標記上去。

開始　**시작하다**
si.ja.kka.da　──→　始作 **하다**

## 階段提升

　　在本書裡，不只是句子語尾的活用變化，也會提到句子之間的活用表達。組合各式各樣的句子來說看看吧。

【例】

找　**찾다**
chat.dda
↓
找了可是
**찾았지만**
cha.jat.jji.man

見面　**만나다**
man.na.da
↓
沒辦法見面。
**만날 수 없었어요.**
man.nal-su-eop.sseo.sseo.yo

忙碌　**바쁘다**
pa.bbeu.da
↓
因為忙碌
**바쁘니까**
pa.bbeu.ni.gga

玩　**놀다**
nol.da
↓
不能玩樂。
**못 놀아.**
mon-no.la

# 活用篇

收錄了會話中經常使用的詞彙，以及
實用的「活用」句型。
當學習有興趣的詞彙時，也就自然而
然能夠學會如何「活用」的能力。

# 【ㄅ】

## 不在　없다 eop.dda

| 不在 | 없습니다. |
|---|---|
| ★★★ | eop.sseum.ni.da |
| 不在 | 없어요. |
| ★★ | eop.sseo.yo |
| 不在 | 없어. |
| ★ | eop.sseo |
| 不在。（過去式） | 없었어요. |
| ★★ | eop.sseo.sseo.yo |
| 不在。（過去式） | 없었어. |
| ★ | eop.sseo.sseo |
| 好像不在。 | 없을 것 같아요. |
| ★★ | eop.sseul-geot-gga.tta.yo |
| 不在嗎？ | 없어요？ |
| ★★ | eop.sseo.yo |
| 不在嗎？ | 없어？ |
| ★ | eop.sseo |
| 說不定不在。 | 없을지도 몰라요. |
| ★★ | eop.sseul.ji.do-mol.la.yo |

| 因為不在。　없으니까 | 即使不在也　없어도 |
|---|---|
| eop.sseu.ni.gga | eop.sseo.do |
| 如果不在　없었으면 | 不在可是　없지만 |
| eop.sseo.sseu.myeon | eop.jji.man |

「家裡沒有人。」
집에 아무도 없어요.
chi.be-a.mu.do-eop.sseo.yo

「沒有女朋友吧？」
여자친구는 없지?
yeo.ja.chin.gu.neun-eop.sseo.yo

 和「**없다**」作為「沒有」（→42頁）的意思一樣，表達不存在的言詞。此外，「沒有人」或「沒有動物」等也可以使用。

## 抱　안다 an.da

| | |
|---|---|
| 抱。<br>★★★ | **안습니다.**<br>an.seum.ni.da |
| 抱。<br>★★ | **안아요.**<br>a.na.yo |
| 抱了。<br>★★ | **안았어요.**<br>a-na.sseo.yo |
| 抱了。<br>★ | **안았어.**<br>a.na.sseo |
| 請抱我。<br>★★ | **안아 주세요.**<br>a.na-ju.se.yo |
| 抱我。<br>★ | **안아 줘.**<br>a.na-jwo |
| 請不要抱。<br>★★ | **안지 마세요.**<br>an.ji-ma.se.yo |
| 別抱。<br>★ | **안지 마.**<br>an.ji-ma |
| 可以擁抱嗎？<br>★ | **안아도 돼?**<br>a.na.do-twae.yo |
| 不抱。<br>★★ | **안 안아요.**<br>an-a.na.yo |

要求對方「抱我！」的意思。

15

| 不能抱。 ★★ | 못 안아요. |
| --- | --- |
| | mon-a.na.yo |

| 可以抱。 ★★ | 안을 수 있어요. |
| --- | --- |
| | a.neul-su-i.sseo.yo |

| 想要抱。 ★★ | 안고 싶어요. |
| --- | --- |
| | an.go-si.ppeo.yo |

| 不想抱。 ★★ | 안고 싶지 않아요. |
| --- | --- |
| | an.go-sip.jji-a.na.yo |

| 抱的話 안으면 | 抱的同時 안으면서 |
| --- | --- |
| a.neu.myeon | a.neu.myeon.seo |

「辛苦麻煩的事情全部都由我負責。」
**힘든 거 내가 다 안고 갈게.**
him.deun-geo-nae.ga-ta-an.go-kal.gge

「請讓我抱一下小孩。」
**아기 좀 안게 해 주세요.**
a.gi-jom-an.ge-hae-ju.se.yo

**解說** 和日語的「擁抱」一樣,也可以使用於「擁抱夢想生存。」「꿈을 안고 살다」(ggu.meul-an.go-sal.da)。此外,如同上述的句型,也可以作為「肩負」、「代替」等語意。

## 幫忙 돕다 top.dda

| 幫忙。 ★★★ | 돕습니다. |
| --- | --- |
| | top.sseum.ni.da |

| 幫忙。 ★★ | 도와요. |
| --- | --- |
| | to.wa.yo |

| 幫了。 ★★ | 도왔어요. |
| --- | --- |
| | to.wa.sseo.yo |

| 幫了。 | 도왔어. |
|---|---|
| ★ | to.wa.sseo |

| 不能幫忙。 | 못 도와요. |
|---|---|
| ★★ | mot-do.wa.yo |

| 會幫忙。 | 도울 거예요. |
|---|---|
| ★★ | to.ul-geo.ye.yo |

| 可以幫忙嗎？ | 도와도 돼요？ |
|---|---|
| ★★ | to.wa.do-twae.yo |

| 想要幫忙。 | 돕고 싶어요. |
|---|---|
| ★★ | top.ggo-si.ppeo.yo |

| 不想幫忙。 | 돕고 싶지 않아요. |
|---|---|
| ★★ | top.ggo-sip.jji-a.na.yo |

| 一起幫忙吧。 | 도웁시다. |
|---|---|
| ★★ | to.up.ssi.da |

| 一起幫忙吧。 | 돕자. |
|---|---|
| ★ | top.jja |

| 需要幫忙嗎？ | 도울까요？ |
|---|---|
| ★★ | to.ul.gga.yo |

| 不想幫忙。 | 안 돕고 싶어요. |
|---|---|
| ★★ | an-top.ggo-si.ppeo.yo |

| 幫忙的話 | 도우면 | 幫了可是 | 도왔지만 |
|---|---|---|---|
| | to.u.myeon | | to.wat.jji.man |

 「돕다」（top.dda）是指出手「幫個忙」的意思。置身於生命危險時會說「請救救我！」，使用「살리다」（sal.li.da）「救」來說「살려 줘요！」（sal.lyeo-jwo.yo）「救我！」，也可以用半語說「救命！」「살려 줘！」（sal.lyeo-jwo）

## 拜託 부탁하다 pu.tta.kka.da 【付託하다】

| | |
|---|---|
| 拜託。<br>★★★ | 부탁합니다.<br>pu.tta.kkam.ni.da |
| 拜託。<br>★★ | 부탁해요.<br>pu.tta.kkae.yo |
| 想要拜託。<br>★★ | 부탁하고 싶어요.<br>pu.tta.kka.go-si.ppeo.yo |
| 可以拜託嗎？<br>★★ | 부탁해도 돼요?<br>pu.tta.kkae.do-twae.yo |
| 要拜託。<br>★★ | 부탁할 거예요.<br>pu.tta.kkal-geo.ye.yo |

> 也可以翻譯為「那就麻煩你了。」

| 拜託的話 부탁하면 | 拜託了可是 부탁했지만 |
|---|---|
| pu.tta.kka.myeon | pu.tta.kkaet.jji.man |

| 「一切拜託了。」<br>잘 부탁합니다.<br>chal-bu.tta.kkam.ni.da | 「可以再拜託你嗎？」<br>또 부탁해도 돼요?<br>ddo-pu.tta.kkae.do-twae.yo |
|---|---|

**解說** 強烈拜託請求的時候，有一個「제발」（che.bal）的單字，可以翻譯為「拜託」、「真的拜託」、「終生的拜託」等。

## 不夠　모자라다 mo.ja.la.da

| 不夠。 ★★★ | 모자랍니다.<br>mo.ja.lam.ni.da |
| --- | --- |
| 不夠。 ★★ | 모자라요.<br>mo.ja.la.yo |
| 不夠。（過去式）★★ | 모자랐어요.<br>mo.ja.la.sseo.yo |
| 不夠。（過去式）★ | 모자랐어.<br>mo.ja.la.sseo |
| 也許會不夠。 ★★ | 모자랄지도 몰라요.<br>mo.ja.lal.ji.do-mol.la.yo |
| 不夠嗎？ ★★ | 모자라요？<br>mo.ja.la.yo |
| 不夠？ ★ | 모자라？<br>mo.ja.la |
| 不可能不夠。 ★★ | 모자랄 리가 없어요.<br>mo.ja.lal-li.ga-eop.sseo.yo |
| 可以不夠嗎？ ★★ | 모자라도 돼요？<br>mo.ja.la.do-twae.yo |

| 即使不夠也 모자라도<br>mo.ja.la.do | 不夠可是 모자라지만<br>mo.ja.la.ji.man |
| --- | --- |

| 因為不夠 | 모자라니까<br>mo.ja.la.ni.gga |
| --- | --- |
| 因為不夠（過去式） | 모자랐으니까<br>mo.ja.la.sseu.ni.gga |

## 不一樣　다르다 ta.leu.da

| | |
|---|---|
| 不一樣。<br>★★★ | **다릅니다.**<br>ta.leum.ni.da |
| 不一樣。<br>★★ | **달라요.**<br>tal.la.yo |
| 不一樣。<br>★ | **달라.**<br>tal.la |
| 不一樣。（過去式）<br>★★ | **달랐어요.**<br>tal.la.sseo.yo |
| 不一樣。（過去式）<br>★ | **달랐어.**<br>tal.la.sseo |
| 不一樣嗎？<br>★★ | **달라요？**<br>tal.la.yo |
| 可以不一樣嗎？<br>★★ | **달라도 돼요？**<br>tal.la.do-twae.yo |
| 沒有不一樣嗎？<br>★★ | **안 달라요？**<br>an-dal.la.yo |

| | |
|---|---|
| 因為不一樣 **다르니까**<br>ta.leu.ni.gga | 即使不一樣也 **달라도**<br>tal.la.do |
| 因為不一樣（過去式）<br>**달랐으니까**<br>tal.la.sseu.ni.gga | 不一樣可是<br>**다르지만**<br>ta.leu.ji.man |

「哪裡不一樣呢？」
**뭐가 달라요？**
mwo.ga-tal.la.yo

「明明不一樣。」
**다르잖아요.**
ta.leu.ja.na.yo

其他的商店
**다른 가게**
ta.leun-ka.ge

其他的資訊
**다른 정보**
ta.leun-cheong.bo

其他的故事
**다른 이야기**
ta.leun-i.ya.gi

## 冰／冷　차갑다 cha.gap.dda

| 中文 | 韓文 | 拼音 |
|------|------|------|
| 冷。 ★★★ | 차갑습니다. | cha.gap.sseum.ni.da |
| 冷。 ★★ | 차가워요. | cha.ga.wo.yo |
| 冷。 ★ | 차가워. | cha.ga.wo |
| 冷。（過去式） ★★ | 차가웠어요. | cha.ga.wo.sseo.yo |
| 冷。（過去式） ★ | 차가웠어. | cha.ga.wo.sseo |
| 冷嗎？ ★★ | 차가워요? | cha.ga.wo.yo |
| 不冷。 ★★ | 안 차가워요. | an-cha.ga.wo.yo |
| 請幫我弄成冰的。 ★★ | 차갑게 해 주세요. | cha.gap.gge-hae-ju.se.yo |
| 請不要弄成冰的。 ★★ | 차갑게 하지 마세요. | cha.gap.gge-ha.ji-ma.se.yo |
| 說不定冰冷。 ★★ | 차가울지도 몰라요. | cha.ga.ul.ji.do-mol.la.yo |

| 因為冰冷 | 차가우니까 cha.ga.u.ni.gga | 即使冰也 | 차가워도 cha.ga.wo.do |
|------|------|------|------|
| 冰冷可是 | 차갑지만 cha.gap.jji.man | 冰冷的話 | 차가우면 cha.ga.u.myeon |

「那個人的態度很冷淡。」
**저 사람 태도가 너무 차가워.**
cheo-sa.lam-ttae.do.ga-neo.mu-cha.ga.wo

「不冷嗎？」
**안 차가워？**
an-cha.ga.wo

冷淡的人
**차가운 사람**
cha.ga.un-sa.lam

冰冷的手
**차가운 손**
cha.ga.un-son

冷漠的心
**차가운 마음**
cha.ga.un-ma.eum

**解說** 和日語一樣，可以說「**차가운 사람**」（cha.ga.un-sa.lam）「冷漠的人」，或表達很冷的環境，使用「**공기가 차가워요.**」（kong.gi.ga-cha.ga.wo.yo）「空氣很冰冷。」，但是無法使用在表達氣氛方面。另外，「冷水」要說「**찬물**」（chan.mul），「冰咖啡」要說「**냉커피**」（naeng.kkeo.ppi），不能使用「**차가운～**」「很冷的」來表達。

## 笨蛋 바보다 pa.bo.da

| | |
|---|---|
| 笨蛋。 ★★★ | **바보입니다.** pa.bo.im.ni.da |
| 笨蛋。 ★★ | **바보예요.** pa.bo.ye.yo |
| 笨蛋。 ★ | **바보야.** pa.bo.ya |
| 笨蛋。（過去式）★★ | **바보였어요.** pa.bo.yeo.sseo.yo |
| 笨蛋。（過去式）★ | **바보였어.** pa.bo.yeo.sseo |
| 像個笨蛋。 ★ | **바보 같아.** pa.bo.ka.tta |
| 不是笨蛋。 ★★ | **바보가 아니에요.** pa.bo.ga-a.ni.e.yo |

「**바보처럼 왜 그래？**」（pa.bo.cheo.leom-wae-geu.lae）「為什麼像個笨蛋？」後面也可以加上接續句。

| 不是笨蛋。 ★ | 바보가 아니야. <br> pa.bo.ga-a.ni.ya |
|---|---|
| 因為是笨蛋 **바보니까** <br> pa.bo.ni.gga | 即使是笨蛋也 **바보라도** <br> pa.bo.la.do |
| 是笨蛋可是 <br> **바보지만** <br> pa.bo.ji.man | 因為是笨蛋（過去式） <br> **바보였으니까** <br> pa.bo.yeo.sseu.ni.gga |

「我活像個笨蛋。」
**나 진짜 바보 같아.**
na-chin.jja-pa.bo-ga.tta
「為什麼要講出那種話，像個笨蛋？」
**바보같이 왜 그런 말을 해?**
pa.bo.ga.chi-wae-keu.leon-ma.leul-hae

**解說** 韓語的「笨蛋」經常使用在拉近距離，增加親近感。

## 搬家  이사하다 i.sa.ha.da【移徙하다】

| 搬家。 ★★★ | **이사합니다.** <br> i.sa.ham.ni.da |
|---|---|
| 搬家。 ★★ | **이사해요.** <br> i.sa.hae.yo |
| 要搬家。 ★★ | **이사할 거예요.** <br> i.sa.hal-geo.ye.yo |
| 搬家了。 ★★ | **이사했어요.** <br> i.sa.hae.sseo.yo |
| 搬家了。 ★ | **이사했어.** <br> i.sa.hae.sseo |

| | |
|---|---|
| 想要搬家。 ★★ | 이사하고 싶어요.<br>i.sa.ha.go-si.ppeo.yo |
| 想要搬家。 ★ | 이사하고 싶어.<br>i.sa.ha.go-si.ppeo |
| 必須搬家。 ★★ | 이사해야 해요.<br>i.sa.hae.ya-hae.yo |

| | |
|---|---|
| 因為搬家<br>이사하니까<br>i.sa.ha.ni.gga | 因為搬家<br>이사하기 때문에<br>i.sa.ha.gi-ddae.mu.ne |
| 搬家的時候 이사할 때<br>i.sa.hal-ddae | 即使搬家也 이사해도<br>i.sa.hae.do |

 在韓國搬新家時，會舉辦一種叫「**집들이**」（chip.ddeu.li）的喬遷派對。辦喬遷宴的一方會用料理招待客人，而被招待的一方為慶祝主人搬家，會帶洗潔劑或衛生紙等新生活所需要的物品作為禮物。

## 報復／報仇　복수하다 pok.ssu.ha.da
【復讐하다】

| | |
|---|---|
| 報復。 ★★★ | 복수합니다.<br>pok.ssu.ham.ni.da |
| 報復。 ★★ | 복수해요.<br>pok.ssu.hae.yo |
| 要報復。 ★ | 복수할 거야.<br>pok.ssu.hal-geo.ya |
| 報復。（過去式） ★★ | 복수했어요.<br>pok.ssu.hae.sseo.yo |

| 報復。（過去式）<br>★ | 복수했어.<br>pok.ssu.hae.sseo |
|---|---|
| 想要報復。<br>★★ | 복수하고 싶어요.<br>pok.ssu.ha.go-si.ppeo.yo |
| 我會報復你的。<br>★ | 복수해 주겠어.<br>pok.ssu.hae-ju.ge.sseo |
| 請不要報復。<br>★★ | 복수하지 마세요.<br>pok.ssu.ha.ji-ma.se.yo |
| 別報復。<br>★ | 복수하지 마.<br>pok.ssu.ha.ji-ma |

| 報復的話<br>복수하면<br>pok.ssu.ha.myeon | 因為報復了（過去式）<br>복수했으니까<br>pok.ssu.hae.sseu.ni.gga |
|---|---|
| 即使報復也 복수해도<br>pok.ssu.hae.do | 報復的時候 복수할 때<br>pok.ssu.hal-ddae |

## 不方便／不舒服
### 불편하다 pul.ppyeo.na.da【不便하다】

| | |
|---|---|
| 不方便。 ★★★ | 불편합니다. pul.pyeo.nam.ni.da |
| 不方便。 ★★ | 불편해요. pul.ppyeo.nae.yo |
| 不方便。（過去式）★★ | 불편했어요. pul.ppyeo.nae.sseo.yo |
| 不方便。（過去式）★ | 불편했어. pul.ppyeo.nae.sseo |
| 不方便嗎？★★ | 불편해요? pul.ppyeo.nae.yo |
| 會不方便嗎？★ | 불편할까? pul.ppyeo.nal.gga |
| 很不方便呢。★★ | 불편하네요. pul.ppyeo.na.ne.yo |
| 很不方便呢。★ | 불편하네. pul.ppyeo.na.ne |
| 不會不方便。★★ | 불편하지 않아요. pul.ppyeo.na.ji-a.na.yo |

| 即使不方便也 불편해도 pul.ppyeo.nae.do | 因為不方便 불편하니까 pul.ppyeo.na.ni.gga |
|---|---|
| 不會不方便的話 | 불편하지 않으면 pul.ppyeo.na.ji-a.neu.myeon |

不方便的交通
**불편한 교통**
pul.ppyeo.nan-kyo.ttong

不方便的人
**불편한 사람**
pul.ppyeo.nan-sa.lam

## 被甩　차이다 cha.i.da

被甩了。
★★
**차였어요.**
cha.yeo.sseo.yo

被甩了。
★
**차였어.**
cha.yeo.sseo

好像會被甩。
★★
**치일 것 같아요.**
cha.il-geot-gga.tta.yo

不想被甩。
★★
**차이고 싶지 않아요.**
cha.i.go-sip.jji-a.na.yo

因為被甩了 **차였으니까**
cha.yeo.sseu.ni.gga

被甩的話　**차인다면**
cha.in.da.myeon

即使被甩也 **차여도**
cha.yeo.do

被甩了可是 **차였지만**
cha.yeot.jji.man

「我今天被甩了。」
**나 오늘 차였어.**
na-o.neul-cha.yeo.sseo

「我就知道會被甩。」
**차이는 줄 알았어.**
cha.i.neun-jul-a.la.sseo

## 變髒　더러워지다 teo.leo.wo.ji.da

變髒。
★★★
**더러워집니다.**
teo.leo.wo.jim.ni.da

變髒。
★★
**더러워져요.**
teo.leo.wo.jyeo.yo

ㄅ

| 變髒了。 ★★ | 더러워졌어요. |
| teo.leo.wo.jyeo.sseo.yo |

| 變髒了。 ★ | 더러워졌어. |
| teo.leo.wo.jyeo.sseo |

| 變髒了嗎？ ★★ | 더러워졌어요? |
| teo.leo.wo.jyeo.sseo.yo |

| 不想變髒。 ★★ | 더러워지고 싶지 않아요. |
| teo.leo.wo.ji.go-sip.jji-a.na.yo |

| 不想變髒。 ★ | 더러워지고 싶지 않아. |
| teo.leo.wo.ji.go-sip.jji-a.na |

| 可以變髒嗎？ ★★ | 더러워져도 돼요? |
| teo.leo.wo.jyeo.do-twae.yo |

| 變髒了呢。 ★★ | 더러워졌네요. |
| teo.leo.wo.jyeon.ne.yo |

| 不是變髒了嗎？ ★★ | 더러워지지 않았나요? |
| teo.leo.wo.ji.ji-a.nan.na.yo |

| 變髒的話 | 더러워지면 |
| teo.leo.wo.ji.myeon |

| 即使變髒也 | 더러워져도 |
| teo.leo.wo.jyeo.do |

| 因為變髒了 | 더러워졌기 때문에 |
| teo.leo.wo.jyeot.ggi-ddae.mu.ne |

| 變髒的時候 | 더러워졌을 때 |
| teo.leo.wo.jyeo.sseul-ddae |

「變髒了，有臭味。」
더러워져서 냄새 나.
teo.leo.wo.jyeo.seo-naem.sae.na

「這裡變髒了。」
여기가 더러워졌어요.
yeo.gi.ga-teo.leo.wo.jyeo.sseo.yo

**解說** 除了弄髒了，或被弄髒之外，和日語一樣，還可以形容內心變得扭曲，或變得醜陋的時候。

## 不知道 　모르다 mo.leu.da

| 不知道。 | 모릅니다. |
|---|---|
| ★★★ | mo.leum.ni.da |

| 不知道。 | 몰라요. |
|---|---|
| ★★ | mol.la.yo |

| 不知道。 | 몰라. |
|---|---|
| ★ | mol.la |

| 不知道。（過去式） | 몰랐어요. |
|---|---|
| ★★ | mol.la.sseo.yo |

| 不知道。（過去式） | 몰랐어. |
|---|---|
| ★ | mol.la.sseo |

| 不知道可是 **모르지만** | 即使不知道也 **몰라도** |
|---|---|
| mo.leu.ji.man | mol.la.do |

| 不是不知道 |
|---|
| **모르는 게 아니고** |
| mo.leu.neun-ge-a.ni.go |

| 因為不知道（過去式） |
|---|
| **몰랐으니까** |
| mol.la.sseu.ni.gga |

「一點也不知道。」
하나도 몰라요.
ha.na.do-mol.la.yo

「不知道也沒關係。」
몰라도 괜찮아요.
mol.la.do-kwaen.cha.na.yo

| 不知道的事物 | 不認識的人 | 不知道的路 |
|---|---|---|
| 모르는 것 | 모르는 사람 | 모르는 길 |
| mo.leu.neun-geot | mo.leu.neun-sa.lam | mo.leu.neun-kil |

【ㄆ】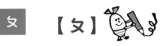

## 漂亮　예쁘다 ye.bbeu.da

漂亮。
★★★
예쁩니다.
ye.bbeum.ni.da

漂亮。
★★
예뻐요.
ye.bbeo.yo

漂亮。
★
예쁘다.
ye.bbeu.da

> 自言自語的說法。

漂亮。（過去式）
★★
예뻤어요.
ye.bbeo.sseo.yo

漂亮。（過去式）
★
예뻤어.
ye.bbeo.sseo

漂亮嗎？
★★
예뻐요？
ye.bbeo.yo

漂亮對吧？
★★
예쁘죠？
ye.bbeu.jyo

漂亮嗎？（過去式）
★★
예뻤어요？
ye.bbeo.sseo.yo

不漂亮。
★★
안 예뻐요.
an-ye.bbeo.yo

不漂亮。（過去式）
★★
안 예뻤어요.
an-ye.bbeo.sseo.yo

想要變漂亮。
★
예뻐지고 싶어.
ye.bbeo.ji.go-si.ppeo

| 因為漂亮 **예쁘니까** | 即使漂亮也 **예뻐도** |
|---|---|
| ye.bbeu.ni.gga | ye.bbeo.do |

「真的很美。」
**진짜 예뻐.**
chin.jja-ye.bbeo

「怎麼樣？美嗎？」
**어때？예뻐？**
eo.ddae-ye.bbeo

漂亮的耳環
**예쁜 귀걸이**
ye.bbeun-kwi.geo.li

漂亮的衣服
**예쁜 옷**
ye.bbeu-not

漂亮的人
**예쁜 사람**
ye.bbeun-sa.lam

 日語的「可愛」比韓語具備更廣泛的意思，韓語裡有些情況使用「예쁘다」（ye.bbeu.da）「漂亮」會更適合，因為這個單字含有時尚的感覺，所以也經常使用在形容衣服、飾品或成熟的女性。→ 參考116頁「可愛」

## 配送　**배달하다** pae.da.la.da【配達하다】

| 配送。 ★★★ | **배달합니다.** pae.da.lam.ni.da |
|---|---|
| 配送。 ★★ | **배달해요.** pae.da.lae.yo |
| 我會配送。 ★ | **배달할게.** pae.da.lal.gge |
| 不配送。 ★★ | **배달 안 해요.** pae.dal-a-nae.yo |
| 有提供配送嗎？ ★★ | **배달 돼요？** pae.dal-dwae.yo |
| 要幫你配送嗎？ ★ | **배달해 줄까？** pae.dal.hae-jul.gga |

| 請幫我配送。 | 배달해 주세요. |
|---|---|
| ★★ | pae.da.lae-ju.se.yo |

| 因為幫忙配送 | 배달해 주니까 |
|---|---|
| | pae.da.lae-ju.ni.gga |

| 配送的話 | 배달하면 |
|---|---|
| | pae.da.la.myeon |

「很抱歉。現在無法配送。」
미안해요. 지금 배달 못 해요.
mi.a.nae.yo/chi.geum-pae.dal-mo-ttae.yo

**解說** 在韓國有各式各樣的外送，戶外的任何地方都能夠送達。就算是公園或漢江附近的廣場，也都有可能送到。

## 拍手／鼓掌　박수 치다 pak.ssu-chi.da

| 拍手。 | 박수 칩니다. |
|---|---|
| ★★★ | pak.ssu-chim.ni.da |

| 拍手。 | 박수 쳐요. |
|---|---|
| ★★ | pak.ssu-chyeo.yo |

| 拍手。（過去式） | 박수 쳤어요. |
|---|---|
| ★★ | pak.ssu-chyeo.sseo.yo |

| 拍手。（過去式） | 박수 쳤어. |
|---|---|
| ★ | pak.ssu-chyeo.sseo |

| 拍手嗎？ | 박수 쳐요 ? |
|---|---|
| ★★ | pak.ssu-chyeo.yo |

| 一起拍手吧。 | 박수 칩시다. |
|---|---|
| ★★ | pak.ssu-chip.ssi.da |

| 一起拍手吧。 | 박수 치자. |
|---|---|
| ★ | pak.ssu-chi.ja |

| 想要拍手。 | 박수 치고 싶어. |
|---|---|
| ★ | pak.ssu-chi.go-si.ppeo |
| 請幫忙鼓掌。 | 박수 쳐 주세요. |
| ★★ | pak.ssu-chyeo-ju.se.yo |
| 不可以鼓掌。 | 박수 치면 안 돼요. |
| ★★ | pak.ssu-chi.myeon-an-dwae.yo |
| 鼓掌。 | 박수 쳐 줘. |
| ★ | pak.ssu-chyeo-jwo |
| 必須鼓掌。 | 박수 쳐야 해요. |
| ★★ | pak.ssu-chyeo.ya-hae.yo |

| 一邊拍手 | 因為拍手（過去式） |
|---|---|
| 박수 치면서 | 박수 쳤으니까 |
| pak.ssu-chi.myeon.seo | pak.ssu-chyeo.sseu.ni.gga |
| 拍手可是（過去式） | 拍手的時候 |
| 박수 쳤지만 | 박수 쳤을 때 |
| pak.ssu-chyeot.jji.man | pak.ssu-chyeo.sseul-ddae |

## 跑步 달리다 tal.li.da／뛰다 ddwi.da

* 달리다 → 使用在競賽、運動方面遠距離的奔跑。
  뛰다 → 使用在因為某些原因而跑得很急。

| 跑步。 | 달립니다.／뜁니다. |
|---|---|
| ★★★ | tal.lim.ni.da/ddwim.ni.da |
| 跑步。 | 달려요.／뛰어요. |
| ★★ | tal.lyeo.yo/ddwi.eo.yo |
| 跑步。（過去式） | 달렸어요.／뛰었어요. |
| ★★ | tal.lyeo.sseo.yo/ddwi.eo.sseo.yo |
| 跑步。（過去式） | 달렸어.／뛰었어. |
| ★ | tal.lyeo.sseo/ddwi.eo.sseo |

ㄆ

| 一起跑吧。 ★★ | 달립시다./뜁시다.<br>tal.lip.ssi.da/ddwip.ssi.da |
| 一起跑吧。 ★ | 달리자./뛰자.<br>tal.li.ja/ddwi.ja |
| 請跑步。 ★★ | 달리세요./뛰세요.<br>tal.li.se.yo/ddwi.se.yo |
| 跑。 ★ | 달려./뛰어.<br>tal.lyeo/ddwi.eo |
| 不能跑。 ★★ | 못 달려요./못 뛰어요.<br>mot-ddal.lyeo.yo/mot-ddwi.eo.yo |
| 跑不動了。 ★ | 못 달리겠어./못 뛰겠어.<br>mot-ddal.li.ge.sseo/mot-ddwi.ge.sseo |
| 一邊跑 | 달리면서/뛰면서<br>tal.li.myeon.seo/ddwi.myeon.seo |
| 因為跑了（過去式） | 달렸으니까/뛰었으니까<br>tal.lyeo.sseu.ni.gga/ddwi.eo.sseu.ni.gga |
| 跑了可是（過去式） | 달렸지만/뛰었지만<br>tal.lyeot.jji.man/ddwi.eot.jji.man |

## 便宜　싸다 ssa.da

| 便宜。 ★★★ | 쌉니다.<br>ssam.ni.da |
| 便宜。 ★★ | 싸요.<br>ssa.yo |
| 便宜。 ★ | 싸.<br>ssa |

34

| 便宜。（過去式） ★★ | 쌌어요.<br>ssa.sseo.yo |
|---|---|
| 便宜。（過去式） ★ | 쌌어.<br>ssa.sseo |
| 便宜嗎？ ★★ | 싸요？<br>ssa.yo |
| 不便宜。 ★★ | 안 싸요.<br>an-ssa.yo |
| 不便宜。 ★ | 안 싸.<br>an-ssa |
| 很便宜耶。 ★★ | 싸네요.<br>ssa.ne.yo |
| 很便宜耶。 ★ | 싸네.<br>ssa.ne |
| 看起來不便宜。 ★★ | 안 싸 보여요.<br>an-ssa-bo.yeo.yo |

| 因為便宜 | 싸니까<br>ssa.ni.gga | 便宜可是 | 싸지만<br>ssa.ji.man |
|---|---|---|---|
| 便宜的話 | 싸면<br>ssa.myeon | 因為便宜（過去式） | 쌌으니까<br>ssa.sseu.ni.gga |

「看起來比想像中便宜耶。」
생각보다 싸 보이네.
saeng.gak.bbo.da-ssa-bo.i.ne

「請幫我算便宜一點。」
더 싸게 해 주세요.
teo-ssa.ge-hae-ju.se.yo

便宜的東西
싼 것
ssan-geot

便宜又好的東西
싸고 좋은 것
ssa.go-cho.eun-geot

便宜的物品
싼 물건
ssan-mul.geon

## 怦然心動　두근거리다 tu.geun.geo.li.da

| 怦然心動。 ★★★ | 두근거립니다. <br> tu.geun.geo.lim.ni.da |
|---|---|
| 怦然心動。 ★★ | 두근거려요. <br> tu.geun.geo.lyeo.yo |
| 怦然心動。 ★ | 두근거려. <br> tu.geun.geo.lyeo |
| 怦然心動。 ★★ | 두근거렸어요. <br> tu.geun.geo.lyeo.sseo.yo |
| 怦然心動。 ★ | 두근거렸어. <br> tu.geun.geo.lyeo.sseo |
| 怦然心動嗎？ ★★ | 두근거려요？ <br> tu.geun.geo.lyeo.yo |
| 沒有怦然心動。 ★★ | 두근거리지 않아요. <br> tu.geun.geo.li.ji-a.na.yo |
| 開始怦然心動。 ★★ | 두근거리기 시작했어요. <br> tu.geun.geo.li.gi-si.ja.kkae.sseo.yo |
| 好像怦然心動。 ★★ | 두근거릴 것 같아요. <br> tu.geun.geo.lil-geot-gga.tta.yo |
| 會怦然心動嗎？ ★ | 두근거릴 것 같아？ <br> tu.geun.geo.lil-geot-gga.tta |
| 怦然心動吧？ ★ | 두근거리지？ <br> tu.geun.geo.li.ji |

| 因為怦然心動 | 即使怦然心動也 |
|---|---|
| **두근거려서** | **두근거려도** |
| tu.geun.geo.lyeo.seo | tu.geun.geo.lyeo.do |

| 因為怦然心動（過去式） | **두근거렸으니까** |
|---|---|
| | tu.geun.geo.lyeo.sseu.ni.gga |

| 怦然心動的時候 | **두근거릴 때** |
|---|---|
| | tu.geun.geo.lil-ddae |

「想到演唱會，內心感到怦然心動吧？」
**콘서트 생각하니까 가슴이 두근거리지？**
kkon.seo.tteu-saeng.ga.kka.ni.gga-ka.seu.mi-tu.geun.geo.li.ji

## 【ㅁ】

### 忙碌　**바쁘다** pa.bbeu.da

| 忙碌。 ★★★ | **바쁩니다.** pa.bbeum.ni.da |
|---|---|
| 忙碌。 ★★ | **바빠요.** pa.bba.yo |
| 忙碌。（過去式）★★ | **바빴어요.** pa.bba.sseo.yo |
| 不忙。（過去式）★★ | **안 바빴어요.** an-pa.bba.sseo.yo |
| 應該會變忙。★★ | **바빠질 것 같아요.** pa.bba.jil-geot-gga.tta.yo |
| 看起來很忙呢。★★ | **바빠 보이네요.** pa.bba-bo.i.ne.yo |

| 忙。 | 바빠. |
|---|---|
| ★ | pa.bba |

| 忙。（過去式） | 바빴어. |
|---|---|
| ★ | pa.bba.sseo |

| 因為忙碌 | 바쁘니까 | 即使忙碌也 | 바빠도 |
|---|---|---|---|
| | pa.bbeu.ni.gga | | pa.bba.do |

| 忙碌可是 | 바쁘지만 | 忙碌卻 | 바쁜데 |
|---|---|---|---|
| | pa.beu.ji.man | | pa.bbeun.de |

「忙得要死。」
바빠 죽겠어.
pa.bba-juk.gge.sseo

「經常看起來很忙呢。」
항상 바빠 보이네요.
hang.sang-pa.bba-bo.i.ne.yo

## 買　사다 sa.da

| 買。 | 사요. |
|---|---|
| ★★ | sa.yo |

| 買了。 | 샀어요. |
|---|---|
| ★★ | sa.sseo.yo |

| 買了。 | 샀어. |
|---|---|
| ★ | sa.sseo |

| 會買。 | 살 거예요. |
|---|---|
| ★★ | sal-geo.ye.yo |

| 想要買。 | 사고 싶어요. |
|---|---|
| ★★ | sa.go-si.ppeo.yo |

| 想要買。（過去式） | 사고 싶었어요. |
|---|---|
| ★★ | sa.go-si.ppeo.sseo.yo |

| 買嗎？ | 사요？ |
|---|---|
| ★★ | sa.yo |

| 請買給我。 ★★ | 사 주세요.<br>sa-ju.se.yo |
| 不能不買。 ★★ | 사지 않으면 안 돼요.<br>sa.ji-a.neu.myeon-an-dwae.yo |
| 不能買。 ★★ | 못 사요.<br>mot-ssa.yo |
| 買的話　사면<br>sa.myeon | 為了買　사러<br>sa.leo |

## 滿意　마음에 들다 ma.eu.me-teul.da

| 滿意。 ★★★ | 마음에 듭니다.<br>ma.eu.me-teum.ni.da |
| 滿意。 ★★ | 마음에 들어요.<br>ma.eu.me-teu.leo.yo |
| 滿意。（過去式）★★ | 마음에 들었어요.<br>ma.eu.me-teu.leo.sseo.yo |
| 滿意。（過去式）★ | 마음에 들었어.<br>me.eu.me-teu.leo.sseo |
| 滿意嗎？ ★★ | 마음에 들어요？<br>ma.eu.me-teu.leo.yo |
| 滿意嗎？ ★ | 마음에 들어？<br>ma.eu.me-teu.leo |
| 應該會滿意。 ★★ | 마음에 들 것 같아요.<br>ma.eu.me-teul-geot-ga.tta.yo |
| 不滿意。（過去式）★★ | 마음에 안 들었어요.<br>ma.eu.me-an-teu.leo.sseo.yo |

兩句都是「很滿意、很中意」的意思。

39

| 不滿意。 ★ | 마음에 안 들어.<br>ma.eu.me-an-teu.leo |
|---|---|
| 會滿意嗎？ ★ | 마음에 들어할까？<br>ma.eu.me-teu.leo.hal.gga |
| 因為滿意<br>**마음에 드니까**<br>ma.eu.me-teu.ni.gga | 滿意可是<br>**마음에 들지만**<br>ma.eu.me-teul.ji.man |

> 「喜歡哪一個？」<br>어느 것이 마음에 들어？<br>eo.neu-geo.si-ma.eu.me-teu.leo
> 「希望會喜歡。」<br>마음에 들면 좋겠어요.<br>ma.eu.me-teul.myeon-cho.kke.sseo.yo

## 摸 만지다 man.ji.da

| 摸。 ★★ | 만져요.<br>man.jyeo.yo |
|---|---|
| 摸了。 ★★ | 만졌어요.<br>man.jyeo.sseo.yo |
| 摸過了。 ★ | 만져 봤어.<br>man.jyeo-pwa.sseo |
| 想要摸看看。 ★★ | 만져 보고 싶어요.<br>man.jyeo-po.go-si.ppeo.yo |
| 請摸看看。 ★★ | 만져 보세요.<br>man.jyeo-po.se.yo |
| 有摸過。 ★★ | 만진 적이 있어요.<br>man.jin-jeo.gi-i.sseo.yo |
| 不可以摸。 ★★ | 만지면 안 돼요.<br>man.ji.myeon-an-dwae.yo |
| 請不要摸。 ★★ | 만지지 마세요.<br>man.ji.ji-ma.se.yo |

| 別摸。 | 만지지 마. |
|---|---|
| ★ | man.ji.ji-ma |

| 摸的話 만지면 | 摸了可是 만졌지만 |
|---|---|
| man.ji.myeon | man.jyeot.jji.man |

| 摸的同時 만지면서 | 因為摸了 만졌으니까 |
|---|---|
| man.ji.myeon.seo | man.jyeo.sseu.ni.gga |

**解說** 在韓國的商店裡，經常會看見貼著寫有「만지지 마세요.」（man.ji.ji-ma.se.yo）「請勿碰觸。」、「손대지 마세요.」（son.dae.ji-ma.se.yo）「請勿動手。」等等的警告標語。

## 沒關係　괜찮다 kwaen.cha.tta

| 沒關係。 | 괜찮습니다. |
|---|---|
| ★★★ | kwaen.chan.seum.ni.da |

| 沒關係。 | 괜찮아요. |
|---|---|
| ★★ | kwaen.cha.na.yo |

| 沒關係。 | 괜찮아. |
|---|---|
| ★ | kwaen.cha.na |

| 沒關係。（過去式） | 괜찮았어요. |
|---|---|
| ★★ | kwan.cha.na.sseo.yo |

| 沒關係嗎？ | 괜찮아요？ |
|---|---|
| ★★ | kwaen.cha.na.yo |

| 有關係。 | 안 괜찮아요. |
|---|---|
| ★★ | an-kwaen.cha.na.yo |

| 也許沒關係。 | 괜찮을지도 몰라요. |
|---|---|
| ★★ | kwaen.cha.neul.ji.do-mol.la.yo |

| 都說了沒關係。 | 괜찮다니까. |
|---|---|
| ★ | kwaen.cha.tta.ni.gga |

41

| | |
|---|---|
| 因為沒關係 | **괜찮으니까**<br>kwaen.cha.neu.ni.gga |
| 沒關係可是（過去式） | **괜찮았지만**<br>kwaen.cha.nat.jji.man |
| 雖然說不定會沒關係 | **괜찮을지도 모르겠지만**<br>kwaen.cha.neul.ji.do.mo.leu.get.jji.man |

「身體還好嗎？」
**몸은 괜찮아요?**
mo.meun-kwaen.cha.na.yo

「坐這裡也沒關係嗎？」
**여기에 앉아도 괜찮아요?**
yeo.gi.e-an.ja.do-kwaen.cha.na.yo

**解說** 意思包括詢問對方狀態時的「沒問題嗎？」，以及為了獲得許可的「可以嗎？」等，是可以廣泛使用的單字。

## 沒有　없다 eop.dda

| | |
|---|---|
| 沒有。<br>★★★ | **없습니다.**<br>eop.sseum.ni.da |
| 沒有。<br>★★ | **없어요.**<br>eop.sseo.yo |
| 沒有。<br>★ | **없어.**<br>eop.sseo |
| 沒有。（過去式）<br>★★ | **없었어요.**<br>eop.sseo.sseo.yo |
| 好像沒有。<br>★★ | **없을 것 같아요.**<br>eop.sseul-geot-gga.tta.yo |
| 沒有嗎？<br>★★ | **없어요?**<br>eop.sseo.yo |
| 沒有嗎？<br>★ | **없어?**<br>eop.sseo |

| 說不定沒有。 ★★ | 없을지도 몰라요.<br>eop.sseul.ji.do-mol.la.yo |
|---|---|

| 因為沒有 | 없으니까<br>eop.sseu.ni.gga | 即使沒有也 | 없어도<br>eop.sseo.do |
|---|---|---|---|
| 沒有的話 | 없으면<br>eop.sseu.myeon | 沒有可是 | 없지만<br>eop.jji.man |

---

「明明什麼都沒有。」
아무것도 없잖아.
a.mu.geot.ddo-eop.jja.na

「沒有想買的東西。」
사고 싶은 것이 없어요.
sa.go-si.ppeun-geo.si-eop.sseo.yo

---

 使用「**없다**」（eop.dda）的單字，意思是「沒有～」，前面一定要加上某個東西的名稱，「**맛없다**」（ma.deop.dda）直接翻譯就是「沒有味道」=「不好吃」的意思，「**할 수 없다**」（hal-su-eop.dda）直接翻譯就是「沒有事情做」=「無法做」，「**재미없다**」（chae.mi.eop.dda）直接翻譯就是「沒有樂趣」=「無聊」。

## 滿足　만족하다 man.jo.kka.da【滿足하다】

| 滿足。 ★★★ | 만족합니다.<br>man.jo.kkam.ni.da |
|---|---|
| 滿足。 ★★ | 만족해요.<br>man.jo.kkae.yo |
| 滿足。 ★ | 만족해.<br>man.jo.kkae |
| 滿足。（過去式）★★ | 만족했어요.<br>man.jo.kkae.sseo.yo |
| 滿足。（過去式）★ | 만족했어.<br>man.jo.kkae.sseo |
| 滿足嗎？ ★★ | 만족해요?<br>man.jo.kkae.yo |

| 不滿足。 ★★ | 만족 안 해요.<br>man.jok.a.nae.yo |
|---|---|

| 因為滿足 만족하니까<br>man.jo.kka.ni.gga | 滿足可是 만족하지만<br>man.jo.kka.ji.man |
|---|---|
| 即使滿足也 만족해도<br>man.jo.kkae.do | 滿足的話 만족하면<br>man.jo.kka.myeon |

「現在滿足了嗎？」
이제 만족해？
i.je-man.jo.kkae

「真的很滿足。」
진짜 만족했어.
chin.jja-man.jo.kkae.sseo

## 麻煩　귀찮다 kwi.chan.tta

| 麻煩。 ★★★ | 귀찮습니다.<br>kwi.chan.seum.ni.da |
|---|---|
| 麻煩。 ★★ | 귀찮아요.<br>kwi.cha.na.yo |
| 麻煩。 ★ | 귀찮아.<br>kwi.cha.na |
| 麻煩。（過去式） ★★ | 귀찮았어요.<br>kwi.cha.na.sseo.yo |
| 麻煩。（過去式） ★ | 귀찮았어.<br>kwi.cha.na.sseo |
| 不麻煩。 ★★ | 안 귀찮아요.<br>an-kwi.cha.na.yo |
| 很麻煩耶。 ★★ | 귀찮네요.<br>kwi.chan.ne.yo |
| 很麻煩耶。 ★ | 귀찮네.<br>kwi.chan.ne |

| 好像會變得很麻煩。 ★★ | 귀찮아질 것 같아요.<br>kwi.cha.na.jil-geot-gga.tta.yo |
|---|---|
| 好像會很麻煩。 ★★ | 귀찮을 것 같아요.<br>kwi.cha.neul-geot-gga.ta.yo |
| 很麻煩吧？ ★★ | 귀찮죠？<br>kwi.chan.jjyeo |

| 因為麻煩 | 귀찮으니까<br>kwi.cha.neu.ni.gga | 麻煩可是 | 귀찮지만<br>kwi.chan.chi.man |
|---|---|---|---|

| 不麻煩的話 | 안 귀찮으면<br>an-kwi.cha.neu.myeon |
|---|---|

> 「真的好麻煩。討厭！」
> 진짜 귀찮아. 짜증나!
> chin.jja-kwi.cha.na/jja.jeung.na
>
> 「麻煩死了。真是。」
> 귀찮아 죽겠어. 정말.
> kwi.cha.na-chuk.gge.sseo/cheong.mal

# 【ㄷ】

## 憤怒 분하다 pu.na.da 【憤하다】

| 憤怒。 ★★★ | 분합니다.<br>pu.nam.ni.da |
|---|---|
| 憤怒。 ★★ | 분해요.<br>pu.nae.yo |
| 憤怒。 ★ | 분해.<br>pu.nae |
| 憤怒。（過去式） ★★ | 분했어요.<br>pu.nae.sseo.yo |

> 形容非常不甘心，而「悔恨」則可以使用「억울해.」（eo.gu.lae）

| 憤怒。（過去式） | 분했어. |
|---|---|
| ★ | pu.nae.sseo |

| 憤怒嗎？ | 분해？ |
|---|---|
| ★ | pu.nae |

| 很憤怒呢。 | 분하네요. |
|---|---|
| ★★ | pu.na.ne.yo |

| 因為憤怒 분하니까 | 憤怒可是 분하지만 |
|---|---|
| pu.na.ni.gga | pu.na.ji.man |

「即使憤怒也沒辦法。」
분해도 어쩔 수 없어요.
pu.nae.do-eo.jjeol-su-eop.sseo.yo

「真的很憤怒。」
정말 분해.
cheong.mal-bu.nae

## 瘋　미치다 mi.chi.da

| 瘋。 | 미쳐요. |
|---|---|
| ★★ | mi.chyeo.yo |

| 瘋了。 | 미쳤어요. |
|---|---|
| ★★ | mi.chyeo.sseo.yo |

| 你瘋了嗎？ | 미쳤어요？ |
|---|---|
| ★★ | mi.chyeo.sseo.yo |

| 好像瘋了。 | 미친 것 같아. |
|---|---|
| ★ | mi.chin-geot-gga.tta |

| 快瘋了。 | 미칠 것 같아요. |
|---|---|
| ★★ | mi.chil-geot-gga.tta.yo |

具有「快瘋了」的意思。

| 你瘋了嗎？ | 미쳤어？ |
|---|---|
| ★ | mi.chyeo.sseo |

具有「頭腦正常嗎？」「真的、假的？」的意思。

| 一起瘋吧。 | 미치자. |
|---|---|
| ★ | mi.chi.ja |

| 瘋的話　미치면 | 即使瘋狂也　미쳐도 |
|---|---|
| mi.chi.myeon | mi.chyeo.do |
| 到瘋狂地步　미치도록 | 瘋了可是　미쳤지만 |
| mi.chi.do.lok | mi.chyeot.jji.man |

「一起瘋狂投入工作吧。」
일에 미치자.
i.le-mi.chi.ja

「我想見你想得快瘋了。」
당신이 미치도록 보고 싶어요.
tang.si.ni-mi.chi.do.lok-po.go-si.ppeo.yo

 「미치다」（mi.chi.da）「瘋狂」如同上述的句型，比日語的「發瘋」有更廣泛的意思。也具有太過沉迷而失去理智的意思。

## 煩惱 고민하다 ko.mi.na.da【苦悶하다】

| 煩惱。 ★★★ | 고민합니다. ko.mi.nam.ni.da |
|---|---|
| 煩惱。 ★★ | 고민해요. ko.mi.nae.yo |
| 煩惱。 ★ | 고민해. ko.mi.nae |
| 正煩惱著。 ★★ | 고민하고 있어요. ko.mi.na.go-i.sseo.yo |
| 正煩惱著嗎？ ★★ | 고민하고 있어요? ko.mi.na.go-i.sseo.yo |
| 煩惱。（過去式） ★★ | 고민했어요. ko.mi.nae.sseo.yo |
| 煩惱。（過去式） ★ | 고민했어. ko.mi.nae.sseo |

ㄷ

| | |
|---|---|
| 不煩惱。 ★★ | 고민 안 해요.<br>ko.min-a-nae.yo |
| 好像會煩惱。 ★★ | 고민할 것 같아요.<br>ko.mi.nal-geot-ga.tta.yo |
| 會煩惱。 ★★ | 고민할 거예요.<br>ko.mi.nal-geo.ye.yo |
| 不想煩惱。 ★★ | 고민하고 싶지 않아요.<br>ko.mi.na.go-sip.jji-a.na.yo |
| 因為煩惱著<br>고민하고 있으니까<br>ko.mi.na.go-i.sseu.ni.gga | 煩惱的同時<br>고민하면서<br>ko.mi.na.myeon.seo |
| 煩惱可是<br>고민하지만<br>ko.mi.na.ji.man | 即使煩惱也<br>고민해도<br>ko.mi.nae.do |

「十分煩惱到底要買還是不要買。」
살까 말까 많이 고민하고 있어요.
sal.gga-mal.gga-ma.ni-ko.mi.na.go-i.sseo.yo

「是不是有什麼煩惱的事？」
뭔가 걱정거리가 있는 거 아냐?
mwon.ga-keok.jjeong.geo.li.ga-in.neun-geo-a.nya

## 付／交　내다 nae.da

| 付／交。 | 냅니다. |
|---|---|
| ★★★ | naem.ni.da |

| 付／交。 | 내요. |
|---|---|
| ★★ | nae.yo |

| 付了／交了。 | 냈어요. |
|---|---|
| ★★ | nae.sseo.yo |

| 付了／交了。 | 냈어. |
|---|---|
| ★ | nae.sseo |

| 必須付／必須交。 | 내야 해요. |
|---|---|
| ★★ | nae.ya-hae.yo |

| 不付／不交。 | 안 내요. |
|---|---|
| ★★ | an-nae.yo |

| 請付給我／請交給我。 | 내 주세요. |
|---|---|
| ★★ | nae-ju.se.yo |

| 請付／請交。 | 내세요. |
|---|---|
| ★★ | nae.se.yo |

| 付出來／交出來。 | 내 줘. |
|---|---|
| ★ | nae-jwo |

| 因為付了／交了<br>냈으니까<br>nae.sseu.ni.gga | 付可是／交可是<br>내지만<br>nae.ji.man |
|---|---|

**解說** 「我請客。」的說法除了「내가 낼게요.」（nae.ga-nael.ge.yo）「我來付錢。」之外，還有「내가 살게요.」（nae.ga-sal.ge.yo）「我來買單。」。

## 複習　복습하다 pok.sseu.ppa.da【複習하다】

| | |
|---|---|
| 複習。<br>★★★ | **복습합니다.**<br>pok.sseu.ppam.ni.da |
| 複習。<br>★★ | **복습해요.**<br>pok.sseu.ppae.yo |
| 我會複習。<br>★ | **복습할게.**<br>pok.sseu.ppal.gge |
| 複習了。<br>★★ | **복습했어요.**<br>pok.sseu.ppae.sseo.yo |
| 複習了。<br>★ | **복습했어.**<br>pok.sseu.ppae.sseo |
| 沒複習。<br>★★ | **복습 안 해요.**<br>pok.sseup-a-nae.yo |
| 必須複習。<br>★★ | **복습해야 해요.**<br>pok.sseu.ppae.ya-hae.yo |

| | |
|---|---|
| 複習的話<br>**복습하면**<br>pok.sseu.ppa.myeon | 即使複習也<br>**복습해도**<br>pok.sseu.ppae.do |
| 一邊複習<br>**복습하면서**<br>pok.sseu.ppa.myeon.seo | 複習了可是<br>**복습했지만**<br>pok.sseu.ppaet.jji.man |

## 方便　편리하다 ppyeol.li.ha.da【便利하다】

| | |
|---|---|
| 方便。 ★★★ | 편리합니다.<br>ppyeol.li.ham.ni.da |
| 方便。 ★★ | 편리해요.<br>ppyeol.li.hae.yo |
| 方便。（過去式） ★★ | 편리했어요.<br>ppyeol.li.hae.sseo.yo |
| 方便。（過去式） ★ | 편리했어.<br>ppyeol.li.hae.sseo |
| 不方便。 ★★ | 편리하지 않아요.<br>ppyeol.li.ha.ji-a.na.yo |
| 方便嗎？ ★★ | 편리해요？<br>ppyeol.li.hae.yo |
| 不能不方便。 ★★ | 편리하지 않으면 안 돼요.<br>ppyeol.li.ha.ji-a.neu.myeon-an-dwae.yo |

> 不會使用
> 「안 편리해요.」
> （an-ppyeol.li.hae.yo）。

| 因為方便<br>편리하니까<br>ppyeol.li.ha.ni.gga | 即使方便也<br>편리해도<br>ppyeol.li.hae.do |
|---|---|

## 分手　헤어지다 he.eo.ji.da

| 分手。 ★★★ | 헤어집니다. he.eo.jim.ni.da |
| --- | --- |
| 分手。 ★★ | 헤어져요. he.eo.jyeo.yo |
| 分手了。 ★★ | 헤어졌어요. he.eo.jyeo.sseo.yo |
| 分手了。 ★ | 헤어졌어. he.eo.jyeo.sseo |
| 分手了嗎？ ★★ | 헤어졌어요？ he.eo.jyeo.sseo.yo |
| 分手了嗎？ ★ | 헤어졌어？ he.eo.jyeo.sseo |
| 想要分手。 ★★ | 헤어지고 싶어요. he.eo.ji.go-si.ppeo.yo |
| 不想分手。 ★★ | 헤어지고 싶지 않아요. he.eo.ji.go-sip.jji-a.na.yo |
| 請和我分手。 ★★ | 헤어져 주세요. he.eo.jyeo-ju.se.yo |
| 我們分手吧。 ★★ | 헤어집시다. he.eo.jip.ssi.da |
| 必須分手。 ★★ | 헤어져야 해요. he.eo.jyeo.ya-hae.yo |
| 沒分手。 ★★ | 안 헤어져요. an-he.eo.jyeo.yo |

ㄷ

| 沒辦法分手。<br>★ | 못 헤어져.<br>mo-tte.eo.jyeo |
|---|---|
| 因為分手了<br>헤어졌으니까<br>he.eo.jyeo.sseu.ni.gga | 即使分手也<br>헤어져도<br>he.eo.jyeo.do |
| 分手了而<br>헤어졌는데<br>he.eo.jyeon.neun.de | 分手的時候<br>헤어졌을 때<br>he.eo.jyeo.sseul-ddae |

「說分手了是真的嗎？」
헤어졌다는 게 정말이야 ?
he.eo.jyeot.dda.neun-ge-cheong.ma.li.ya

「昨天我們吵了架，分手了。」
어제 우리 싸워서 헤어졌어요.
eo.je-u.li-ssa.wo.seo-he.eo.jyeo.sso.yo

**解說** 韓語的「分開」經常使用在中斷持續交往的狀況。像
「昨天9點就分開了。」等，不是交往之後分手的情況
下，要使用「어제 아홉 시에 집에 갔어요.」（eo.je-a.hop-ssi.
e-chi.be-ka.sseo.yo），直接翻譯就是「昨天9點就回去家裡
了。」，經常是按照實際行為來敘述。

【ㄅ】

## 打開（無電）　열다 yeol.da

| 打開。 ★★★ | 엽니다. <br> yeom.ni.da |
|---|---|
| 打開。 ★★ | 열어요. <br> yeo.leo.yo |
| 打開了。 ★★ | 열었어요. <br> yeo.leo.sseo.yo |
| 開了嗎？ ★★ | 열었어요？ <br> yeo.leo.sseo.yo |
| 可以打開嗎？ ★★ | 열어도 돼요？ <br> yeo.leo.do-twae.yo |
| 要打開嗎？ ★★ | 열까요？ <br> yeol.gga.yo |
| 請幫我打開。 ★★ | 열어 주세요. <br> yeo.leo-ju.se.yo |
| 打開。 ★ | 열어. <br> yeo.leo |

> 也能夠使用在商店，表示「開店了嗎？」。

| 因為打開了 열었으니까 <br> yeo.leo.sseu.ni.gga | 打開可是 열지만 <br> yeol.ji.man |
|---|---|
| 一邊打開 열면서 <br> yeol.myeon.seo | 打開的時候 열 때 <br> yeol-ddae |

「昨天打開過禮物了嗎？」
어제 선물 열어 봤어요？
eo.je-seon.mul-yeo.leo-bwa.sseo.yo

「因為很熱，幫我開窗戶。」
더우니까 창문 좀 열어 줘.
teo.u.ni.gga-chang.mun-jom-yeo.leo-jwo

**解說** 確認商店是否開門的情形，會使用「開了嗎？」（不及物動詞）或「開門了嗎？」（及物動詞）。

## 道歉 사과하다 sa.gwa.ha.da【謝過하다】

ㄅ

| 道歉。 | 사과합니다. |
|---|---|
| ★★★ | sa.gwa.ham.ni.da |

| 道歉。 | 사과해요. |
|---|---|
| ★★ | sa.gwa.hae.yo |

| 道歉了。 | 사과했어요. |
|---|---|
| ★★ | sa.gwa.hae.sseo.yo |

| 會道歉的。 | 사과할 거예요. |
|---|---|
| ★★ | sa.gwa.hal-ggeo.ye.yo |

| 不道歉。 | 사과 안 해요. |
|---|---|
| ★★ | sa.gwa-a-nae.yo |

| 請道歉。 | 사과하세요. |
|---|---|
| ★★ | sa.gwa.ha.se.yo |

| 道歉。 | 사과해. |
|---|---|
| ★ | sa.gwa.hae |

> 如果用強硬的語氣說，會變成要求別人「道歉！」，感覺要和對方吵架的樣子，所以要特別注意！

| 不會道歉的。 | 사과 안 할 거야. |
|---|---|
| ★ | sa.gwa-an-hal-ggeo.ya |

| 道歉的話 | 即使道歉也 |
|---|---|
| 사과하면 | 사과해도 |
| sa.gwa.ha.myeon | sa.gwa.hae.do |

| 一邊道歉 | 道歉了卻 |
|---|---|
| 사과하면서 | 사과했는데 |
| sa.gwa.ha.myeon.seo | sa.gwa.haen.neun.de |

「道歉了也於事無補。」
사과해도 소용없어.
sa.gwa.hae.do- so.yong.eop.sseo

「最好趕快道歉。」
빨리 사과하는 게 좋아.
bbal.li-sa.gwa.ha.neun-ge-cho.a

「還沒道歉嗎？」
아직 사과 안 했어?
a.jik-sa.gwa-a-nae.sseo

「一起道歉吧。」
같이 사과하자.
ka.chi-sa.gwa.ha.ja

## 打瞌睡　졸다 chol.dda

| 打瞌睡。 ★★ | 졸아요.<br>cho.la.yo |

打瞌睡。
★★
졸아요.
cho.la.yo

打了瞌睡。
★★
졸았어요.
cho.la.sseo.yo

請不要打瞌睡。
★★
졸지 마세요.
chol.ji-ma.se.yo

別打瞌睡。
★
졸지 마.
chol.ji-ma

睡著了。
★★
졸아 버렸어.
cho.la-beo.lyeo.sseo

> 使用在明明不能睡著，結果卻睡著的情況。

正在打盹。
★
졸고 있어.
chol-go-i.sseo

沒打瞌睡。
★★
안 졸았어요.
an-cho.la.sseo.yo

「又在打瞌睡？」
또 졸고 있어?
ddo-chol.go-i.sseo

「太睏了，快睡著了。」
너무 졸라서 졸 것 같아.
neo.mu-chol.la.seo-chol-geot-gga.tta

## 多　많다 man.tta

| 多。 ★★ | 많아요. <br> ma.na.yo |
|---|---|
| 多。 ★ | 많다. <br> man.tta |
| 多。（過去式） ★★ | 많았어요. <br> ma.na.sseo.yo |
| 多。（過去式） ★ | 많았어. <br> ma.na.sseo |
| 會變多。 ★★ | 많아질 거예요. <br> ma.na.jil-ggeo.ye.yo |
| 多嗎？ ★★ | 많아요？ <br> ma.na.yo |
| 多嗎？（過去式） ★★ | 많았어요？ <br> ma.na.sseo.yo |
| 真多呢。 ★★ | 많네요. <br> man.ne.yo |
| 多吧？ ★ | 많지？ <br> man.chi |
| 不多。 ★★ | 안 많아요. <br> an-ma.na.yo |
| 不多。（過去式） ★ | 안 많았어. <br> an-ma.na.sseo |
| 好像很多。 ★★ | 많은 것 같아요. <br> ma.neun-geot-gga.tta.yo |

ㄷ

| 不多嗎？ | 많지 않아요？ |
|---|---|
| ★★ | man.chi-a.na.yo |

| 因為多　많으니까 | 即使多也　많아도 |
|---|---|
| ma.neu.ni.gga | ma.na.do |

| 多可是　많지만 | 多的話　많으면 |
|---|---|
| man.chi.man | ma.neu.myeon |

---

「真的很多呢。」
정말 많네.
cheong.mal-man.ne

「今天人很多呢。」
오늘은 사람이 많네요.
o.neu.leun-sa.la.mi-man.ne.yo

## 擔心　걱정이다 keok.jjeong.i.da

| 擔心。 | 걱정입니다. |
|---|---|
| ★★★ | keok.jjeong.im.ni.da |

| 擔心。 | 걱정이에요. |
|---|---|
| ★★ | keok.jjeong.i.e.yo |

| 擔心。（過去式） | 걱정이었어요. |
|---|---|
| ★★ | keok.jjeong.i.eo.sseo.yo |

| 開始擔心。 | 걱정됩니다. |
|---|---|
| ★★★ | keok.jjeong.dwaem.ni.da |

| 很擔心呢。 | 걱정이네요. |
|---|---|
| ★★ | keok.jjeong.i.ne.yo |

| 很擔心呢。 | 걱정이네. |
|---|---|
| ★ | keok.jjeong.i.ne |

| 擔心嗎？ | 걱정이에요？ |
|---|---|
| ★★ | keok.jjeong.i.e.yo |

| 不擔心。 | 걱정이 아니에요. |
|---|---|
| ★★ | keok.jjeong.i-a.ni.e.yo |

| 擔心。 | 걱정이야. |
|---|---|
| ★ | keok.jjeong.i.ya |

| 因為擔心 | 即使擔心也 |
|---|---|
| 걱정이니까 | 걱정이어도 |
| keok.jjeong.i.na.gga | keok.jjeong.i.eo.do |

| 擔心可是（過去式） | 擔心的話 |
|---|---|
| 걱정이었지만 | 걱정이면 |
| keok.jjeong.i.eot.jji.man | keok.jjeong.i.myeon |

「對不起讓你擔心了。」
걱정 끼쳐서 죄송합니다.
keok.jjeong-ggi.chyeo.seo-choe.song.ham.ni.da

「真的很擔心呢。」
정말 걱정이네요.
cheong.mal-keok.jjeong.i.ne.yo

## 丟掉　버리다 peo.li.da

| 丟掉。 | 버립니다. |
|---|---|
| ★★★ | peo.lim.ni.da |

| 丟掉。 | 버려요. |
|---|---|
| ★★ | peo.lyeo.yo |

| 丟掉了。 | 버렸어요. |
|---|---|
| ★★ | peo.lyeo.sseo.yo |

| 丟掉了。 | 버렸어. |
|---|---|
| ★ | peo.lyeo.sseo |

| 請丟掉。 | 버리세요. |
|---|---|
| ★★ | peo.li.se.yo |

| 想要丟掉。 | 버리고 싶어요. |
|---|---|
| ★★ | peo.li.go-si.ppeo.yo |

| 可以丟掉嗎？ | 버려도 돼요？ |
|---|---|
| ★★ | peo.lyeo.do-twae.yo |

| 不可以丟掉。 | 버리면 안 돼요. |
|---|---|
| ★★ | peo.li.myeon-an-dwae.yo |

| 因為丟掉 | 버리니까 | 丟掉了可是 | 버렸지만 |
|---|---|---|---|
| | peo.li.ni.gga | | peo.lyeot.jji.man |

| 丟掉的話 | 버리면 | 丟掉不過 | 버리는데 |
|---|---|---|---|
| | peo.li.myeon | | peo.li.neun.de |

> 「請不要在這裡丟垃圾。」
> 여기에 쓰레기를 버리지 마세요.
> yeo.gi.e-sseu.le.gi.leul-peo.li.ji-ma.se.yo
>
> 「別拋下我。」
> 나 버리지 마.
> na-peo.li.ji-ma

(解說) 和日語一樣，並不只有丟棄物品，還可以對人使用。

## 打掃 청소하다 cheong.so.ha.da【清掃하다】

| 打掃。 | 청소합니다. |
|---|---|
| ★★★ | cheong.so.ham.ni.da |

| 打掃。 | 청소해요. |
|---|---|
| ★★ | cheong.so.hae.yo |

| 打掃了。 | 청소했어요. |
|---|---|
| ★★ | cheong.so.hae.sseo.yo |

| 打掃了。 | 청소했어. |
|---|---|
| ★ | cheong.so.hae.sseo |

| 請幫我打掃。 | 청소해 주세요. |
|---|---|
| ★★ | cheong.so.hae-ju.se.yo |

| 請打掃。 | 청소하세요. |
|---|---|
| ★★ | cheong.so.ha.se.yo |

| 打掃了嗎？ | 청소했어？ |
|---|---|
| ★ | cheong.so.hae.sseo |

| 沒有打掃。（過去式） | 청소 안 했어요. |
|---|---|
| ★★ | cheong.so-a-nae.ssseo.yo |

| 沒有打掃。（過去式） | 청소 안 했어. |
|---|---|
| ★ | cheong.so-a-nae.sseo |

| 想要打掃。 | 청소하고 싶어요. |
|---|---|
| ★★ | cheong.so.ha.go-si.ppeo.yo |

| 必須打掃。 | 청소해야 해요. |
|---|---|
| ★★ | cheong.so.hae.ya-hae.yo |

| 打掃的話 청소하면 | 一邊打掃 청소하면서 |
|---|---|
| cheong.so.ha.myeon | cheong.so.ha.myeon.seo |

| 打掃了可是 청소했지만 | 即使打掃也 청소해도 |
|---|---|
| cheong.so.haet.jji.man | cheong.so.hae.do |

「必須快點打掃才行。」
**빨리 청소해야지.**
bbal.li-cheong.so.hae.ya.ji

「原本打算現在要打掃的。」
**지금 청소하려고 했는데.**
chi.geum-cheong.so.ha.lyeo.go-haen.neun.de

## 到達　도착하다 to.cha.kka.da【到著하다】

| 到達。 | 도착합니다. |
|---|---|
| ★★★ | to.cha.kkam.ni.da |

| 到達。 | 도착해요. |
|---|---|
| ★★ | to.cha.kkae.yo |

| 到達了。 | 도착했어요. |
|---|---|
| ★★ | to.cha.kkae.sseo.yo |

| 到達了。 | 도착했어. |
|---|---|
| ★ | to.cha.kkae.sseo |

| 會到達。 | 도착할 거예요. |
|---|---|
| ★★ | to.cha.kkal-geo.ye.yo |

| 到達。 | 도착해. |
|---|---|
| ★ | to.cha.kkae |

| 到達嗎？ | 도착해요? |
|---|---|
| ★★ | to.cha.kkae.yo |

| 沒有到達。 | 도착 안 해요. |
|---|---|
| ★★ | to.chak-a-nae.yo |

| 也許到不了。 | 도착 못 할지도 몰라요. |
|---|---|
| ★★ | to.chang-mo-ttal.ji.do-mol.la.yo |

| 不到的話不行。 | 도착하지 않으면 안 돼요. |
|---|---|
| ★★ | to.cha.kka.ji-a.neu.myeon-an-dwae.yo |

| 到達的話 | 도착하면 | 到了可是 | 도착했지만 |
|---|---|---|---|
| | to.cha.kka.myeon | | to.cha.kkaet.jji.man |
| 到達而 | 도착하는데 | 因為到達 | 도착하니까 |
| | to.cha.kka.neun.de | | to.cha.kka.ni.gga |

「到了的話請打電話給我。」
도착하면 전화 주세요.
to.cha.kka.myeon-cheo.nwa-ju.se.yo

「幾點左右到達呢？」
몇 시쯤 도착해요?
myeot-ssi.jjeum-to.cha.kkae.yo

## 打開（電器） 켜다 kkyeo.da

| | |
|---|---|
| 打開。<br>★★★ | **켭니다.**<br>kkyeom.ni.da |
| 打開。<br>★★ | **켜요.**<br>kkyeo.yo |
| 我會打開。<br>★ | **켤게.**<br>kkyeol.gge |
| 打開了。<br>★★ | **켰어요.**<br>kkyeo.sseo.yo |
| 打開了。<br>★ | **켰어.**<br>kkyeo.sseo |
| 打開嗎？<br>★★ | **켜요？**<br>kkyeo.yo |
| 可以打開嗎？<br>★★ | **켜도 돼요？**<br>kkyeo.do-twae.yo |
| 可以打開。<br>★★ | **켤 수 있어요.**<br>kkyeol-su-i.sseo.yo |
| 請幫我打開。<br>★★ | **켜 주세요.**<br>kkyeo-ju.se.yo |
| 想要打開。<br>★★ | **켜고 싶어요.**<br>kkyeo.go-si.ppeo.yo |
| 請不要打開。<br>★★ | **켜지 마세요.**<br>kkyeo.ji-ma.se.yo |
| 必須打開。<br>★★ | **켜야 해요.**<br>kkyeo.ya-hae.yo |

ㄅ

| 打開的話 **켜면** | 打開了可是 **켰지만** |
|---|---|
| kkyeo.myeon | kkyeot.jji.man |

| 「請幫我打開電視。」 | 「可以開燈嗎？」 |
|---|---|
| **텔레비전 좀 켜 주세요.** | **불 켜도 돼요?** |
| ttel.le.bi.jeon-jom-kkyeo-ju.se.yo | pul-kkyeo.do-twae.yo |

**解說** 「**켜다**」（kkyeo.da）是指打開電器用品。「點火」是「**불을 붙이다**」（pu.leul-bu.chi.da），從韓語直接翻譯就是「把火貼上」。「**불을 켜다**」（pu.leul-kkyeo.da）說的並不是火，而是「開燈」。

## 打電話 **전화하다** cheo.nwa.ha.da
【電話하다】

| 打電話。 | **전화합니다.** |
|---|---|
| ★★★ | cheo.nwa.ham.ni.da |

| 打電話。 | **전화해요.** |
|---|---|
| ★★ | cheo.nwa.hae.yo |

| 打了電話。 | **전화했어.** |
|---|---|
| ★ | cheo.nwa.hae.sseo |

| 請打電話給我。 | **전화해 주세요.** |
|---|---|
| ★★ | cheo.nwa.hae-ju.se.yo |

| 打電話。 | **전화해.** |
|---|---|
| ★ | cheo.nwa.hae |

| 想打電話。 | **전화하고 싶어.** |
|---|---|
| ★ | cheo.nwa.ha.go-si.ppeo |

| 要打電話。 | **전화할 거예요.** |
|---|---|
| ★★ | cheo.nwa.hal-geo.ye.yo |

| 我會打電話。 | **전화할게.** |
|---|---|
| ★ | cheo.nwa.hal.gge |

| 打了電話嗎？ | 전화했어? |
|---|---|
| ★ | cheo.nwa.hae.sseo |
| 不能打電話。 | 전화 못 해요. |
| ★★ | cheo.nwa-mo-ttae.yo |
| 不能不打電話。 | 전화하지 않으면 안 돼요. |
| ★★ | cheo.nwa.ha.ji-a.neu.myeon-an-dwae.yo |
| 當然得打電話。 | 전화해야지. |
| ★ | cheo.nwa.hae.ya.ji |

「我明天會再打電話給你。」
**내일 또 전화할게.**
nae.il-ddo-cheo.nwa.hal.gge

「晚一點請打電話給我。」
**이따가 전화해 주세요.**
i.dda.ga-cheo.nwa.hae-ju.se.yo

問候電話
**안부 전화**
an.bu-cheo.nwa

手機
**휴대전화 / 핸드폰**
hyu.dae.jeo.nwa/haen.deu.ppon

 「問候電話」是指確認家人或是交往對象狀況如何的關懷電話。每一個家庭的規則都不太一樣，如果同居在一起，也是有不少人認為此舉沒必要。如果沒有同居，至少一週會打一次電話，而天天打電話，或一天打好幾次電話的人也不少。

## 搭乘　타다 tta.da

| 搭乘。 | 탑니다. |
|---|---|
| ★★★ | ttam.ni.da |
| 搭乘。 | 타요. |
| ★★ | tta.yo |
| 我會搭。 | 탈게. |
| ★ | ttal.gge |
| 搭了。 | 탔어요. |
| ★★ | tta.sseo.yo |

| | |
|---|---|
| 搭了。<br>★ | **탔어.**<br>tta.sseo |
| 要搭。<br>★★ | **탈 거예요.**<br>ttal-geo.ye.yo |
| 一起搭吧。<br>★★ | **탑시다.**<br>ttap.ssi.da |
| 一起搭吧。<br>★ | **타자.**<br>tta.ja |
| 請搭乘。<br>★★ | **타세요.**<br>tta.se.yo |
| 必須搭乘。<br>★★ | **타야 해요.**<br>tta.ya-hae.yo |
| 不搭乘。<br>★★ | **안 타요.**<br>an-tta.yo |
| 不能搭乘。<br>★★ | **못 타요.**<br>mot-tta.yo |
| 可以搭乘。<br>★★ | **탈 수 있어요.**<br>ttal-su-i.sseo.yo |

| | |
|---|---|
| 要搭的話 **탈 거면**<br>ttal-geo.myeon | 即使搭乘也 **타도**<br>tta.do |
| 因為說搭乘了 **탔다고 해서**<br>ttat.dda.go-hae.seo | |

| | |
|---|---|
| 「要不要一起搭計程車去？」<br>택시 타고 갈까？<br>ttaek.ssi-tta.go-kal.gga | 「有搭過高速鐵路嗎？」<br>KTX 타 본 적이 있어요？<br>k.t.x-tta-bon-jeo.gi-i.sseo.yo |

ㄅ

66

## 等待　기다리다 ki.da.li.da

| 等待。 | 기다립니다. |
| --- | --- |
| ★★★ | ki.da.lim.ni.da |

| 等待。 | 기다려요. |
| --- | --- |
| ★★ | ki.da.lyeo.yo |

| 我會等待。 | 기다릴게. |
| --- | --- |
| ★ | ki.da.lil.gge |

| 等了。 | 기다렸어요. |
| --- | --- |
| ★★ | ki.da.lyeo.sseo.yo |

| 等了。 | 기다렸어. |
| --- | --- |
| ★ | ki.da.lyeo.sseo |

| 不等待。 | 안 기다려요. |
| --- | --- |
| ★★ | an-gi.da.lyeo.yo |

| 等待嗎？ | 기다려요？ |
| --- | --- |
| ★★ | ki.da.lyeo.yo |

| 等待嗎？ | 기다려？ |
| --- | --- |
| ★ | ki.da.lyeo |

| 必須等待。 | 기다려야 해요. |
| --- | --- |
| ★★ | ki.da.lyeo.ya-hae.yo |

| 不能不等待。 | 기다리지 않으면 안 돼요. |
| --- | --- |
| ★★ | ki.da.li.ji-a.neu.myeon-an-dwae.yo |

| 要等待。 | 기다릴 거예요. |
| --- | --- |
| ★★ | ki.da.lil-geo.ye.yo |

| 要等待。 | 기다릴 거야. |
| --- | --- |
| ★ | ki.da.lil-geo.ya |

| 我會等待著。 ★★ | 기다리고 있을게요. <br> ki.da.li.go-i.sseul.gge.yo |
| 無法等待。 ★★ | 기다릴 수 없어요. <br> ki.da.lil-su-eop.sseo.yo |
| 可以等待嗎？ ★★ | 기다려도 돼요？ <br> ki.da.lyeo.do-twae.yo |
| 想要等待。 ★★ | 기다리고 싶어요. <br> ki.da.li.go-si.ppeo.yo |
| 不想等待。 ★★ | 기다리고 싶지 않아요. <br> ki.da.li.go-sip.jji-a.na.yo |

| 因為等待 <br> 기다리니까 <br> ki.da.li.ni.gga | 因為正等待著 <br> 기다리고 있으니까 <br> ki.da.li.go-i.sseu.ni.gga |
| 等待可是　기다리지만 <br> ki.da.li.ji.man | 即使等待也　기다려도 <br> ki.da.lyeo.do |

「我會繼續等待著。」
계속 기다리고 있을게.
ke.sok-gi.da.li.go-i.sseul.gge

「等等。一起走。」
기다려. 같이 가.
ki.da.lyeo/ka.chi-ga

「可以在這裡等待嗎？」
여기서 기다려도 돼요？
yeo.gi.seo-ki.da.lyeo.do-twae.yo

「請稍等片刻。」
잠깐만 기다려 주세요.
cham.ggan.man-ki.da.lyeo-ju.se.yo

 「같이 가.」（ka.chi-ka）不只是指「一起去吧。」，還有
「等我一下。」的意思。

## 短　짧다 jjal.dda

| 短。 ★★★ | 짧습니다.<br>jjal.seum.ni.da |
|---|---|
| 短。 ★★ | 짧아요.<br>jjal.ba.yo |
| 短。 ★ | 짧아.<br>jjal.ba |
| 短嗎？ ★★ | 짧아요？<br>jjal.ba.yo |
| 可以短嗎？ ★★ | 짧아도 돼요？<br>jjal.ba.do.twae.yo |
| 很短呢。 ★★ | 짧네요.<br>jjal.le.yo |
| 很短呢。 ★ | 짧네.<br>jjal.le |
| 好像會變短。 ★★ | 짧아질 것 같아요.<br>jjal.ba.jil.geot.gga.tta.yo |

| 因為短 | 짧으니까<br>jjal.beu.ni.gga | 短的話 | 짧으면<br>jjal.beu.myeon |
|---|---|---|---|
| 短可是 | 짧지만<br>jjal.ji.man | 即使短也 | 짧아도<br>jjal.ba.do |

**解說** 使用於物品的長度或時間。但是「急性子」不能使用。

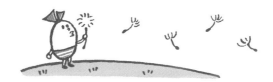

## 讀　읽다 ik.dda

|  |  |
|------|------|
| 讀。 ★★★ | 읽습니다. ik.sseum.ni.da |
| 讀。 ★★ | 읽어요. il.geo.yo |
| 我會讀。 ★ | 읽을게. il.geul.gge |

承諾「接下來我會唸。」的未來形。

| 讀了。 ★★ | 읽었어요. il.geo.sseo.yo |
| 讀了。 ★ | 읽었어. il.geo.sseo |
| 讀嗎？ ★★ | 읽어요? il.geo.yo |
| 讀了嗎？ ★★ | 읽었어요? il.geo.sseo.yo |
| 想要讀。 ★★ | 읽고 싶어요. ik.ggo-si.ppeo.yo |
| 不想讀。 ★★ | 읽고 싶지 않아요. ik.ggo-sip.jji-a.na.yo |
| 要讀。 ★★ | 읽을 거예요. il.geul-geo.ye.yo |
| 不讀。 ★★ | 안 읽어요. a-nil.geo.yo |
| 一起讀吧。 ★★ | 읽읍시다. il.geup.ssi.da |

| 請幫我讀。 | 읽어 주세요. |
|---|---|
| ★★ | il.geo-ju.se.yo |
| 讀。 | 읽어. |
| ★ | il.geo |

| 因為讀了 | 읽었으니까 | 一邊讀 | 읽으면서 |
|---|---|---|---|
| | il.geo.sseu.ni.gga | | il.geu.myeon.seo |
| 即使讀也 | 읽어도 | 讀了可是 | 읽었지만 |
| | il.geo.do | | il.geot.jji.man |

## 【ㅊ】

### 提高 오르다 o.leu.da

| 提高。 | 오릅니다. |
|---|---|
| ★★★ | o.leum.ni.da |
| 提高。 | 올라요. |
| ★★ | ol.la.yo |
| 提高了。 | 올랐어요. |
| ★★ | ol.la.sseo.yo |
| 提高了。 | 올랐어. |
| ★ | ol.la.sseo |
| 沒有提高。 | 오르지 않습니다. |
| ★★★ | o.leu.ji-an.seum.ni.da |
| 可以提高。 | 오를 수 있어요. |
| ★★ | o.leul-su-i.sseo.yo |
| 不能提高。 | 오를 수 없어요. |
| ★★ | o.leul-su-eop.sseo.yo |

| | |
|---|---|
| 一起攀登吧。<br>★★ | **오릅시다.**<br>o.leup.ssi.da |
| 希望能提高。<br>★ | **오르면 좋겠어.**<br>o.leu.myeon-cho.kke.sseo |
| 想要提高。<br>★★ | **오르고 싶어요.**<br>o.leu.go-si.ppeo.yo |
| 想要提高。<br>★ | **오르고 싶어.**<br>o.leu.go-si.ppeo |



解說 **오르다**（o.leu.da）使用在金額和數字方面，使用在行為動作時，會使用**올라가다**（ol.la.ga.da）「上去」的說法。

## 燙 뜨겁다 ddeu.geop.dda

| | |
|---|---|
| 燙。<br>★★★ | **뜨겁습니다.**<br>ddeu.geop.sseum.ni.da |
| 燙。<br>★★ | **뜨거워요.**<br>ddeu.geo.wo.yo |
| 當時燙。<br>★★ | **뜨거웠어요.**<br>ddeu.geo.wo.sseo.yo |
| 燙嗎？<br>★★ | **뜨거워요？**<br>ddeu.geo.wo.yo |
| 不燙嗎？<br>★★ | **뜨겁지 않아요？**<br>ddeu.geop.jji-a.na.yo |
| 燙。<br>★ | **뜨거워.**<br>ddeu.geo.wo |

| | | | |
|---|---|---|---|
| 即使燙也 | **뜨거워도**<br>ddeu.geo.wo.do | 因為燙 | **뜨거우니까**<br>ddeu.geo.u.ni.gga |

「小心燙。」
뜨거우니까 조심해.
ddeu.geo.u.ni.gga-cho.si.mae

「啊！好燙！」
아！뜨거！
a-ddeu.geo

## 甜 달다 tal.da ／
## 甜蜜 달콤하다 tal.kko.ma.da

ㄊ

* 달다 → 味道上的甜
  달콤하다 → 濃郁的甜，或是感受到愛情和幸福的甜美

甜／甜蜜。
★★
달아요.／달콤해요.
ta.la.yo / tal.kko.mae.yo

甜／甜蜜。（過去式）
달았어요.／달콤했어요.
★★ ta.la.sseo.yo / tal.kko.mae.sseo.yo

應該很甜／應該很甜蜜。
달 것 같네요.／달콤할 것 같네요.
★★ tal-ggeot-ggan.ne.yo / tal.kko.mal-ggeot-ggan.ne.yo

甜嗎？／甜蜜嗎？
★★
달아요？／달콤해요？
ta.la.yo / tal.kko.mae.yo

不甜。／不甜蜜。
★★
안 달아요.／안 달콤해요.
an-da.la.yo / an-dal.kko.mae.yo

甜／甜美。
★
달아.／달콤해.
ta.la / tal.kko.mae

因為甜／因為甜蜜。
달아서 ／ 달콤해서
ta.la.seo / tal.kko.mae.seo

因為甜／因為甜蜜。
다느까 ／ 달콤하니까
ta.ni.gga / tal.kko.ma.ni.gga

73

「非常甜／太甜。」
아주 달다. / 너무 달다.
a.ju-tal.da / neo.mu-tal.da

「你看過電影甜蜜人生嗎？」
영화 달콤한 인생 봤어요？
yeong.hwa-tal.kko.man-in.saeng-pwa.sseo.yo

| 甜餅乾 | 甜蜜時光 | 甜言蜜語 |
|---|---|---|
| 단 과자 | 달콤한 시간 | 달콤한 말 |
| tan-gwa.ja | tal.kko.man-si.gan | tal.kko.man-mal |

## 痛　아프다 a.ppeu.da

| 痛。 | 아픕니다. |
|---|---|
| ★★★ | a.ppeum.ni.da |

| 痛。 | 아파요. |
|---|---|
| ★★ | a.ppa.yo |

| 痛。（過去式） | 아팠어요. |
|---|---|
| ★★ | a.ppa.sseo.yo |

| 不痛。 | 안 아파요. |
|---|---|
| ★★ | an-a.ppa.yo |

| 一定很痛。 | 아프겠어요. |
|---|---|
| ★★ | a.ppeu.ge.sseo.yo |

| 一定很痛呢。 | 아프겠네요. |
|---|---|
| ★★ | a.ppeu.gen.ne.yo |

| 痛。 | 아파. |
|---|---|
| ★ | a.ppa |

| 因為痛　아프니까 | 即使痛也　아파도 |
|---|---|
| a.ppeu.ni.gga | a.ppa.do |

| 痛可是 | 因為痛（過去式） |
|---|---|
| 아프지만 | 아팠으니까 |
| a.ppeu.ji.man | a.ppa.sseu.ni.gga |

「哪裡不舒服呢？」
어디가 어떻게 아파요?
eo.di.ga-eo.ddeo.kke-a.ppa.yo

「頭痛。」
머리가 아파.
meo.li.ga-a.ppa

## 討厭　싫다 sil.tta

討厭。
★★★

싫습니다.
sil.seum.ni.da

討厭。
★★

싫어요.
si.leo.yo

討厭。（過去式）
★★

싫었어요.
si.leo.sseo.yo

應該會變得不喜歡。
★★

싫어질 것 같아요.
si.leo.jil-geot-gga.tta.yo

不討厭。
★★

싫지 않아요.
sil.chi-a.na.yo

說不定會討厭。
★★

싫을지도 몰라요.
si.leul.ji.do-mol.la.yo

不要。
★

싫어.
si.leo

| 因為討厭。　싫으니까 | 討厭可是　싫지만 |
|---|---|
| si.leu.ni.gga | sil.chi.man |

「真的很討厭。」
진짜 싫다.
chin.jja-sil.tta

「不想吃。」
먹기 싫어요.
meok.ggi-si.leo.yo

討厭的事
싫은 일
si.leun-il

討厭的人
싫었던 사람
si.leot.ddeon-sa.lam

討厭的原因
싫은 이유
si.leun-i.yu

| 聽 | 듣다 teut.dda |
|---|---|

**ㅊ**

| 聽。 | 듣습니다. |
|---|---|
| ★★★ | teut.sseum.ni.da |
| 聽。 | 들어요. |
| ★★ | teu.leo.yo |
| 聽了。 | 들었어요. |
| ★★ | teu.leo.sseo.yo |
| 聽了。 | 들었어. |
| ★ | teu.leo.sseo |
| 會聽。 | 들을 거예요. |
| ★★ | teu.leul-geo.ye.yo |
| 會聽。 | 들을 거야. |
| ★ | teu.leul-geo.ya |
| 一起聽吧。 | 들읍시다. |
| ★★ | teu.leup.ssi.da |
| 一起聽吧。 | 듣자. |
| ★ | teut.jja |
| 有在聽嗎? | 듣고 있어요? |
| ★★ | teut.ggo-i.sseo.yo |
| 有在聽嗎? | 듣고 있어? |
| ★ | teut.ggo-i.sseo |
| 想要聽。 | 듣고 싶어요. |
| ★★ | teut.ggo-si.ppeo.yo |
| 想要聽。 | 듣고 싶어. |
| ★ | teut.ggo-si.ppeo |

| 不想聽。 | 듣고 싶지 않아요. |
|---|---|
| ★★ | teut.ggo-sip.jji-a.na.yo |

| 不想聽。 | 듣고 싶지 않아. |
|---|---|
| ★ | teut.ggo-sip.jji-a.na |

| 聽嗎？ | 들어요？ |
|---|---|
| ★★ | teu.leo.yo |

| 聽了嗎？ | 들었어요？ |
|---|---|
| ★★ | teu.leo.sseo.yo |

| 可以聽嗎？ | 들어도 돼요？ |
|---|---|
| ★★ | teu.leo.do-dwae.yo |

| 一邊聽 들으면서 | 聽的話 들으면 |
|---|---|
| teu.leu.myeon.seo | teu.leu.myeon |

| 聽了可是 들었지만 | 即使聽也 들어도 |
|---|---|
| teu.leot.jji.man | teu.leo.do |

「你有在聽我說話嗎？」
내 말 듣고 있어？
nae-mal-teut.ggo-i.sseo

「你有聽到什麼奇怪的聲音嗎？」
뭔가 이상한 소리 들었어？
mwon.ga-i.sang.han-so.li-teu.leo.sseo

 **解說** 「듣다」（teut.dda）單純地指耳朵「聽到」聲音，但是「묻다」（mut.dda）是要求回答的「提問」，加以詢問的意思。例：「저 좀 물어봐도 될까요？」（cheo-jom-mu.leo.bwa.do-toel.gga.yo）「我可以稍微問一下嗎？」

## 逃跑　도망가다 to.mang.ga.da【逃亡하다】

| | |
|---|---|
| 逃跑。 | **도망갑니다.** |
| ★★★ | to.mang.gam.ni.da |
| 逃跑。 | **도망가요.** |
| ★★ | to.mang.ga.yo |
| 逃跑。 | **도망가.** |
| ★ | to.mang.ga |
| 逃跑了。 | **도망갔어요.** |
| ★★ | to.mang.ga.sseo.yo |
| 逃跑了。 | **도망갔어.** |
| ★ | to.mang.ga.sseo |
| 一起跑吧。 | **도망갑시다.** |
| ★★ | to.mang.gap.ssi.da |
| 一起跑吧。 | **도망가자.** |
| ★ | to.mang.ga.ja |
| 不逃跑。 | **도망 안 가요.** |
| ★★ | to.mang-an-ga.yo |
| 不逃跑的話不行。 | **도망가지 않으면 안 돼요.** |
| ★★ | to.mang.ga.ji-a.neu.myeon-an-dwae.yo |
| 得逃跑才行。 | **도망가야지.** |
| ★ | to.mang.ga.ya.ji |
| 想要逃跑。 | **도망가고 싶어요.** |
| ★★ | to.mang.ga.go-si.ppeo.yo |
| 不能逃跑。 | **도망 가면 안 돼요.** |
| ★★ | to.mang.ga.myeon-an-dwae.yo |

| 因為逃跑 도망가니까 | 即使逃跑也 도망가도 |
|---|---|
| to.mang.ga.ni.gga | to.mang.ga.do |

| 「快點。快點逃跑。」 | 「是不是逃跑了？」 |
|---|---|
| 빨리. 빨리 도망가. | 도망간 거 아냐? |
| bbal.li/bbal.li-to.mang.ga | to.mang.gan-geo-a.nya |

## 脫　벗다 peot.dda

| 脫。 | 벗습니다. |
|---|---|
| ★★★ | peot.sseum.ni.da |

| 脫。 | 벗어요. |
|---|---|
| ★★ | peo.seo.yo |

| 我會脫。 | 벗을게. |
|---|---|
| ★ | peo.seul.gge |

| 脫了。 | 벗었어요. |
|---|---|
| ★★ | peo.sseo.sseo.yo |

| 脫了。 | 벗었어. |
|---|---|
| ★ | peo.sseo.sseo |

| 沒脫。 | 안 벗어요. |
|---|---|
| ★★ | an-beo.seo.yo |

| 想要脫。 | 벗고 싶어요. |
|---|---|
| ★★ | peot.ggo-si.ppeo.yo |

| 不想脫。 | 벗고 싶지 않아요. |
|---|---|
| ★★ | peot.ggo-sip.jji-a.na.yo |

| 請幫我脫。 | 벗어 주세요. |
|---|---|
| ★★ | peo.seo-ju.se.yo |

| 脫掉。 | 벗어. |
|---|---|
| ★ | peo.seo |

| 不可以脫。 | 벗으면 안 돼요. |
|---|---|
| ★★ | peo.seu.myeon-an-dwae.yo |

| 因為脫 벗으니까 | 即使脫了也 벗어도 |
|---|---|
| peo.seu.ni.gga | peo.seo.do |

| 脫的話 벗으면 | 脫的時候 벗을 때 |
|---|---|
| peo.seu.myeon | peo.seul-ddae |

| 「請脫掉鞋子再進來。」 | 「脫掉吧！脫掉吧！」 |
|---|---|
| 신발 벗고 들어오세요. | 벗어라！벗어라！ |
| sin.bal-peot.ggo-teu.leo.o.se.yo | peo.seo.la/peo.seo.la |

**解說** 右邊的句型是在韓流明星粉絲見面會上經常會說的句子。有「讓我看看六塊腹肌！」的意思。

## 談話　이야기하다 i.ya.gi.ha.da

| 談話。 | 이야기합니다. |
|---|---|
| ★★★ | i.ya.gi.ham.ni.da |

| 談話。 | 이야기해요. |
|---|---|
| ★★ | i.ya.gi.hae.yo |

| 我會說。 | 이야기할게. |
|---|---|
| ★ | i.ya.gi.hal.gge |

| 談話。（過去式） | 이야기했어요. |
|---|---|
| ★ | i.ya.gi.hae.sseo.yo |

| 談話。（過去式） | 이야기했어. |
|---|---|
| ★ | i.ya.gi.hae.sseo |

| 想要談話。 | 이야기하고 싶어요. |
|---|---|
| ★★ | i.ya.gi.ha.go-si.ppeo.yo |

| 不想談話。 | 이야기 하고 싶지 않아요. |
|---|---|
| ★★ | i.ya.gi.ha.go-sip.jji-a.na.yo |

| 可以說嗎？ | 이야기해도 돼요？ |
|---|---|
| ★★ | i.ya.gi.hae.do-twae.yo |
| 必須說。 | 이야기해야 해요. |
| ★★ | i.ya.gi-hae.ya-hae.yo |

| 一邊談話 이야기하면서 | 即使談話也 이야기해도 |
|---|---|
| i.ya.gi.ha.myeon.seo | i.ya.gi.hae.do |
| 因為談了 이야기했으니까 | 談話的話 이야기하면 |
| i.ya.gi.hae.sseu.ni.gga | i.ya.gi.ha.myeon |

 「이야기하다」（i.ya.gi.ha.da）是指兩人以上進行對話的意思。類似的單字有「말하다」（ma.la.da），但是這個單字並不是指對話，而是表示單方面的說話。例如：「말해 봐요.」（ma.lae-bwa.yo）「你說看看。」、「말하고 싶어요.」（ma.la.go-si.ppeo.yo）「想要說。」。

## 彈奏／打擊　치다 chi.da

| 彈奏。 | 칩니다. |
|---|---|
| ★★★ | chim.ni.da |
| 彈奏。 | 쳐요. |
| ★★ | chyeo.yo |
| 要彈奏。 | 칠 거예요. |
| ★★ | chil-geo.ye.yo |
| 彈奏了。 | 쳤어요. |
| ★★ | chyeo.sseo.yo |

| 彈奏了。 ★ | 첬어.<br>chyeo.sseo |
|---|---|
| 請幫忙彈奏。 ★★ | 쳐 주세요.<br>chyeo-ju.se.yo |
| 想要彈奏。 ★★ | 치고 싶어요.<br>chi.go-si.ppeo.yo |
| 一起彈奏吧。 ★★ | 칩시다.<br>chip.ssi.da |
| 一起彈奏吧。 ★ | 치자.<br>chi.ja |
| 會彈奏嗎？ ★★ | 칠 수 있어요？<br>chil-su-i.sseo.yo |
| 不會彈奏。 ★★ | 못 쳐요.<br>mot-chyeo.yo |
| 可以彈奏嗎？ ★★ | 쳐도 돼요？<br>chyeo.do-twae.yo |

| 因為彈奏了 | 첬으니까<br>chyeo.sseu.ni.gga | 即使彈奏也 | 쳐도<br>chyeo.do |
|---|---|---|---|

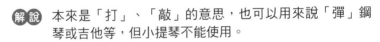 **解說** 本來是「打」、「敲」的意思，也可以用來說「彈」鋼琴或吉他等，但小提琴不能使用。

【3】

## 難過　슬프다 seul.ppeu.da

| 難過。 | 슬픕니다. |
|---|---|
| ★★★ | seul.ppeum.ni.da |
| 難過。 | 슬퍼요. |
| ★★ | seul.ppeo.yo |
| 難過。（過去式） | 슬펐어요. |
| ★★ | seul.ppeo.sseo.yo |
| 難過。（過去式） | 슬펐어. |
| ★ | seul.ppeo.sseo |
| 一定很難過。 | 슬프겠네요. |
| ★★ | seul.ppeu.gen.ne.yo |
| 真難過啊。 | 슬프네요. |
| ★★ | seul.ppeu.ne.yo |
| 不難過嗎？ | 슬프지 않아？ |
| ★ | seul.ppeu.ji-a.na |
| 不難過。 | 슬프지 않아요. |
| ★★ | seul.ppeu.ji-a.na.yo |
| 不難過。（過去式） | 슬프지 않았어요. |
| ★★ | seul.ppeu.ji-a.na.sseo.yo |

| 因為難過　슬프니까 | 難過可是　슬프지만 |
|---|---|
| seul.ppeu.ni.gga | seul.ppeu.ji.man |
| 難過可是（過去式）<br>슬펐지만 | 難過的時候<br>슬플 때 |
| seul.ppeot.jji.man | seul.ppeul-ddae |

「因為見不到面，實在很難過。」
**못 보니까 너무 슬프다.**
mot-bbo.ni.gga-neo.mu-seul.ppeu.da

「那部電影太悲傷了。」
**그 영화 너무 슬펐어요.**
keu.yeong.hwa-neo.mu-seul.ppeo.sseo.yo

## 努力　열심히 하다 yeol.si.mi-ha.da
【熱心히 하다】

| 我會努力。 | **열심히 하겠습니다.** |
|---|---|
| ★★★ | yeol.si.mi-ha.get.sseum.ni.da |

> 韓流偶像經常
> 會這樣說。

| 我會努力。 | **열심히 할게요.** |
|---|---|
| ★★ | yeol.si.mi-hal.ge.yo |

| 我努力了。 | **열심히 했어요.** |
|---|---|
| ★★ | yeol.si.mi-hae.sseo.yo |

| 我努力了。 | **열심히 했어.** |
|---|---|
| ★ | yeol.si.mi-hae.sseo |

| 我會努力。 | **열심히 할 거예요.** |
|---|---|
| ★★ | yeol.si.mi-hal-geo.ye.yo |

| 我想要努力。 | **열심히 하고 싶어요.** |
|---|---|
| ★★ | yeol.si.mi-ha.go-si.ppeo.yo |

| 我會努力。 | **열심히 할게.** |
|---|---|
| ★ | yeol.si.mi-hal.ge |

| 可以更努力。 | **열심히 할 수 있어.** |
|---|---|
| ★ | yeol.si.mi-hal-su-i.sseo |

| 你要努力！ | **열심히 해！** |
|---|---|
| ★ | yeol.si.mi-hae |

「**열심히 하다**」（yeol.si.mi-ha.da）直接翻譯時，可以翻譯為「用心努力做」、「拼命」。此外，「**잘하다**」（cha.la.da）直接翻譯是「做得好」=「厲害」（→244頁），使用過去式的「**잘했어.**」（cha.lase.sseo）有「辛苦了、做得很好！」的意思。另外，加油的單字則有「**힘내라**」（him.nae.la）「加油！」。

## 難吃　맛없다 ma.deop.dda

| 難吃。 ★★★ | **맛없습니다.**<br>ma.deop.sseum.ni.da |
|---|---|
| 難吃。 ★★ | **맛없어요.**<br>ma.deop.sseo.yo |
| 難吃。 ★ | **맛없어.**<br>ma.deop.sseo |
| 難吃。（過去式）★★ | **맛없었어요.**<br>ma.deop.sseo.sseo.yo |
| 難吃。（過去式）★ | **맛없었어.**<br>ma.deop.sseo.sseo |
| 不難吃。 ★★ | **맛없지 않아요.**<br>ma.deop.jji-a.na.yo |
| 不難吃嗎？ ★★ | **맛없지 않아요？**<br>mat.ddeop.jji-a.na.yo |
| 不難吃嗎？ ★ | **맛없지 않아？**<br>ma.ddeop.jji-a.na |
| 很難吃耶。 ★★ | **맛없네요.**<br>ma.deom.ne.yo |
| 因為難吃 | **맛없으니까**<br>ma.deop.sseu.ni.gga | 難吃可是 | **멋없지만**<br>ma.deop.jji.man |

韓國人大部份會說「맛있어요.」（ma.si.sseo.yo）「好吃」。

| 難吃的話 맛없으면 | 即使難吃也 맛없어도 |
|---|---|
| ma.deop.sseu.myeon | ma.deop.sseo.do |

## 難　어렵다 eo.lyeop.dda

| 難。 | 어렵습니다. |
|---|---|
| ★★★ | eo.lyeop.sseum.ni.da |
| 難。 | 어려워요. |
| ★★ | eo.lyeo.wo.yo |
| 難。 | 어려워. |
| ★ | eo.lyeo.wo |
| 難。（過去式） | 어려웠어요. |
| ★★ | eo.lyeo.wo.sseo.yo |
| 難。（過去式） | 어려웠어. |
| ★ | eo.lyeo.wo.sseo |
| 難嗎？ | 어려워요？ |
| ★★ | eo.lyeo.wo.yo |
| 不難嗎？ | 안 어려워요？ |
| ★★ | an-eo.lyeo.wo.yo |
| 不難。 | 안 어려워요. |
| ★★ | an-eo.lyeo.wo.yo |
| 不難。 | 안 어려워. |
| ★ | an-eo.lyeo.wo |

> 另一個「不難嗎？」的說法是「어렵지 않아요？」（eo.lyeop.jji-a.na.yo）。

| 因為難 | 어려우니까 | 難可是 | 어렵지만 |
|---|---|---|---|
| | eo.lyeo.u.ni.gga | | eo.lyeop.jji.man |
| 難的話 | 어려우면 | 即使難也 | 어려워도 |
| | eo.lyeo.u.myeon | | eo.lyeo.wo.do |

「今天考試難嗎？」　　　　「明天應該有點困難。」
오늘 시험은 어려웠어?　　　내일은 좀 어렵겠어.
o.neul-si.heo.meun-eo.lyeo.wo.sseo　　nae.i.leun-chom-eo.lyeop.gge.sseo

難題　　　　　難題（過去式）　　　難言之隱
어려운 문제　　어려웠던 문제　　　어려운 이야기
eo.lyeo.un-mun.je　　eo.lyeo.wot.ddeon-mun.je　　eo.lyeo.un-i.ya.gi

## 拿／帶　들다／가지다 teul.da/ka.jida

* 들다 → 伴隨拿上來的動作
　가지다 → 擁有

| 拿／帶。 ★★★ | 듭니다./가집니다.<br>teum.ni.da/ka.jim.ni.da |
| --- | --- |
| 拿／帶。 ★★ | 들어요./가져요.<br>teu.leo.yo/ka.jyeo.yo |
| 我會拿／我會帶。 ★ | 들게./가질게.<br>teul.gge/ka.jil.gge |
| 拿了／帶了。 ★★ | 들었어요./가졌어요.<br>teu.leo.sseo.yo/ka.jyeo.sseo.yo |
| 拿了／帶了。 ★ | 들었어./가졌어.<br>teu.leo.sseo/ka.jyeo.sseo |

拿著／帶著。
들고 있어요./가지고 있어요.
★★ teul.go-i.sseo.yo/ka.ji.go-i.sseo.yo

| 拿嗎？／帶嗎？ ★★ | 들어요?／가져요?<br>teu.leo.yo/ka.jyeo.yo |
| --- | --- |
| 沒拿／沒帶。 ★★ | 안 들어요./안 가져요.<br>an-teu.leo.yo/an-ka.jyeo.yo |

| 沒拿／沒帶。 | 안 들어.／안 가져. |
|---|---|
| ★ | an-teu.leo/an-ka.jyeo |

| 不能不拿／不能不帶。 | 들지 않으면 안 돼요.／ |
|---|---|
| ★★ | teul.ji-a.neu.myeon-an-dwae.yo |
| | 가지지 않으면 안 돼요. |
| | ka.ji.ji-a.neu.myeon-an-dwae.yo |

| 當然得拿／當然得帶。 | 들어야지.／가져야지. |
|---|---|
| ★ | teu.leo.ya.ji/ka.jyeo.ya.ji |

請幫我拿／請幫我帶。
들어 주세요.／가져 주세요.

★★ teu.leo-ju.se.yo/ka.jyeo-ju.se.yo

因為拿了／因為帶了
들었으니까／가졌으니까

teu.leo.sseu.ni.gga/ka.jyeo.sseu.ni.gga

| 即使拿也／即使帶也 | 들어도／가져도 |
|---|---|
| | teu.leo.do/ka.jyeo.do |

| 一邊拿／一邊帶 | 들면서／가지면서 |
|---|---|
| | teul.myeon.seo/ka.ji.myeon.seo |

| 拿了可是／帶了可是 | 들었지만／가졌지만 |
|---|---|
| | teu.leot.jji.man/ka.jyeot.jji.man |

---

| 「幫我拿這個包包。」 | 「這條項鍊你拿去吧。」 |
|---|---|
| 이 가방 좀 들어 줘. | 이 목걸이 너 가져. |
| i-ka.bang-chom-teu.leo-jwo | i-mok.ggeo.li-neo-ka.jyeo |

---

**解說** 和右邊的句型一樣「這條項鍊，你拿去。」可以當作
「給你。」的意思使用。

## 年輕　젊다 cheom.da

| 年輕。 | 젊습니다. |
|---|---|
| ★★★ | cheom.seum.ni.da |

| 年輕。 | 젊어요. |
|---|---|
| ★★ | cheol.meo.yo |

| 年輕。 | 젊다. |
|---|---|
| ★ | cheom.da |

| 年輕。（過去式） | 젊었어요. |
|---|---|
| ★★ | cheol.meo.sseo.yo |

| 年輕。（過去式） | 젊었어. |
|---|---|
| ★ | cheol.meo.sseo |

| 很年輕耶。 | 젊네요. |
|---|---|
| ★★ | cheom.ne.yo |

| 很年輕耶。 | 젊네. |
|---|---|
| ★ | cheom.ne |

| 好像很年輕。 | 젊은 것 같아요. |
|---|---|
| ★★ | cheol.meun-geot-gga.tta.yo |

| 因為年輕 | 젊으니까 | 即使年輕也 | 젊어도 |
|---|---|---|---|
| | cheol.meu.ni.gga | | cheol.meo.do |
| 希望年輕 | 젊었으면 | 年輕的時候 | 젊었을 때 |
| | cheol.meo.sseu.myeon | | cheol.meo.sseul-ddae |

「不好意思。因為你看起來很年輕…。」
미안해요. 젊어 보여서….
mi.a.nae.yo/cheol.meo-bo.yeo.seo

「因為還年輕，一定辦得到。」
젊으니까 할 수 있어.
cheol.meu.ni.gga-hal-su-i.sseo

**解說** 在日本很難想像因為對方看起來年輕造成誤會而道歉的情況。但是在韓國，會因為對方看起來年輕，在言語用詞或是態度上的失禮而道歉的情形。

# 【ㄉ】

## 辣　맵다 maep.dda

| 辣。 | 맵습니다. |
|---|---|
| ★★★ | maep.sseum.ni.da |

| 辣。 | 매워요. |
|---|---|
| ★★ | mae.wo.yo |

| 辣。 | 매워. |
|---|---|
| ★ | mae.wo |

| 辣。（過去式） | 매웠어요. |
|---|---|
| ★★ | mae.wo.sseo.yo |

| 辣嗎？ | 매워요？ |
|---|---|
| ★★ | mae.wo.yo |

| 很辣呢。 | 맵네요. |
|---|---|
| ★★ | maem.ne.yo |

| 不辣。 | 안 매워요. |
|---|---|
| ★★ | an-mae.wo.yo |

| 請幫我弄辣。 | 맵게 해 주세요. |
|---|---|
| ★★ | maep.gge-hae-ju.se.yo |

| 請不要弄辣。 | 안 맵게 해 주세요. |
|---|---|
| ★★ | an-maep.gge-hae-ju.se.yo |

| 因為辣　매우니까 | 即使辣也　매워도 |
|---|---|
| mae.u.ni.gga | mae.wo.do |

ㄉ

| 辣可是 **맵지만** | 辣的話 **매우면** |
|---|---|
| maep.jji.man | mae.u.myeon |

| 「我喜歡吃辣。」 | 「我不太敢吃辣。」 |
|---|---|
| **매운 것을 좋아해요.** | **매운 것을 잘 못 먹어요.** |
| mae.un-geo.seul-cho.a.hae.yo | mae.un-geo.seul-chal-mon-meo.geo.yo |

## 來　오다 o.da

| 來。 | **옵니다.** |
|---|---|
| ★★★ | om.ni.da |

| 來。 | **와요.** |
|---|---|
| ★★ | wa.yo |

| 來嗎？ | **와？** |
|---|---|
| ★ | wa |

| 來了。 | **왔어요.** |
|---|---|
| ★★ | wa.sseo.yo |

| 來了嗎？ | **왔어요？** |
|---|---|
| ★★ | wa.sseo.yo |

| 我會來。 | **올게요.** |
|---|---|
| ★★ | ol.gge.yo |

> 또 올게요（ddo-ol.ge.yo）「我下次會再來喔。」

| 要來。 | **올 거예요.** |
|---|---|
| ★★ | ol-geo.ye.yo |

| 可以來。 | **올 수 있어요.** |
|---|---|
| ★★ | ol-su-i.sseo.yo |

| 不來。 | **안 와요.** |
|---|---|
| ★★ | a-nwa.yo |

| 不能來。 | **못 와요.** |
|---|---|
| ★★ | mo-dwa.yo |

ㄅ

| 因為來 | 오니까 | 來的話 | 오면 |
| | o.ni.gga | | o.myeon |
| 因為來了 | 왔으니까 | 來了可是 | 왔지만 |
| | wa.sseu.ni.gga | | wat.jji.man |

「還沒來嗎？」 「歡迎光臨。」
아직 안 왔어요? 어서 오세요.
a.jik-an-wa.sseo.yo eo.seo-o.se.yo

**解說** 下雨的時候，會使用「비가 와요.」（pi.ga-wa.yo）「雨來了。」這樣的說法。

## 冷（天氣／氣溫）춥다 chup.dda

| 冷。 | 춥습니다. |
| ★★★ | chup.sseum.ni.da |

| 冷。 | 추워요. |
| ★★ | chu.wo.yo |

| 冷。 | 추워. |
| ★ | chu.wo |

| 冷。（過去式） | 추웠어요. |
| ★★ | chu.wo.sseo.yo |

| 冷。（過去式） | 추웠어. |
| ★ | chu.wo.sseo |

| 很冷呢。 | 춥네요. |
| ★★ | chum.ne.yo |

| 不冷嗎？ | 안 추워요? |
| ★★ | an-chu.wo.yo |

| 不冷。 | 안 추워요. |
| ★★ | an-chu.wo.yo |

| 好像會變冷。 ★★ | 추워질 것 같아요.<br>chu.wo.jil-geot-gga.tta.yo |
|---|---|

| 因為冷 추우니까<br>chu.u.ni.gga | 因為冷 추워서<br>chu.wo.seo |
|---|---|
| 冷可是 춥지만<br>chup.jji.man | 因為冷（過去式）추웠으니까<br>chu.wo.sseu.ni.gga |

「是今年以來最冷的天氣。」
**올해 들어 제일 추운 날씨입니다.**
o.lae-teu.leo-che.il-chu.un-nal.ssi.im.ni.da

「太冷了，冷到臉會痛。」
**너무 추워서 얼굴이 아파요.**
neo.mu-chu.wo-seo-eol.gu.li-a.ppa.yo

## 涼爽　시원하다 si.wo.na.da

| 涼爽。 ★★★ | 시원합니다.<br>si.wo.nam.ni.da |
|---|---|
| 涼爽。 ★★ | 시원해요.<br>si.wo.nae.yo |
| 涼爽。 ★ | 시원하다.<br>si.wo.na.da |
| 涼爽。（過去式）★★ | 시원했어요.<br>si.wo.nae.sseo.yo |
| 涼爽。（過去式）★ | 시원했어.<br>si.wo.nae.sseo |
| 很涼爽呢。 ★★ | 시원하네요.<br>si.wo.na.ne.yo |
| 很涼爽呢。 ★ | 시원하네.<br>si.wo.na.ne |

| 不涼嗎？ | 안 시원해요 ？ |
|---|---|
| ★★ | an-si.wo.ne.yo |

| 不涼。 | 안 시원해요. |
|---|---|
| ★★ | an-si.wo.nae.yo |

| 「這湯真的好爽口。」 | 「早晚很涼呢。」 |
|---|---|
| 이 국물 진짜 시원하다. | 아침저녁으로 시원하네요. |
| i-kung.mul-chin.jja-si.wo.na.da | a.chim-jeo.nyeo.geu.lo-si.wo.na.ne.yo |

 **解說** 「**시원하다**」（si.wo.na.da）只用「涼快」是無法完全表達出韓語的意思，也含有進入熱呼呼的浴室之後的舒爽感，以及一邊流汗、一邊吃人蔘雞湯或泡菜鍋等熱騰騰食物後的通體舒暢的感覺。

## 累　피곤하다 ppi.go.na.da【疲困하다】

| 累。 | 피곤합니다. |
|---|---|
| ★★★ | ppi.go.nam.ni.da |

| 累。 | 피곤해요. |
|---|---|
| ★★ | ppi.go.nae.yo |

| 累。 | 피곤해. |
|---|---|
| ★ | ppi.go.nae |

| 累。（過去式） | 피곤했어요. |
|---|---|
| ★★ | ppi.go.nae.sseo.yo |

| 好像會很累。 | 피곤할 것 같아요. |
|---|---|
| ★★ | ppi.go.nal-geot-gga.tta.yo |

| 會很累的。 | 피곤할 거야. |
|---|---|
| ★ | ppi.go.nal-geo.ya |

「要是那麼努力，會累喔。」預測接下來會很疲累所說的話。

| 累吧？ | 피곤하죠？ |
|---|---|
| ★★ | ppi.go.na.jyo |
| 累嗎？ | 피곤해요？ |
| ★★ | ppi.go.nae.yo |
| 看起來很累。 | 피곤해 보여요. |
| ★★ | ppi.go.nae-bo.yeo.yo |
| 看起來很累。 | 피곤해 보여. |
| ★ | ppi.go.nae-bo.yeo |
| 不累。 | 안 피곤해요. |
| ★★ | an-ppi.go.nae.yo |

> 피곤하지 않아요.
> （ppi.go.na.ji-a.
> na.yo）也是同樣的
> 意思，但不常使用。

| 因為累　피곤하니까 | 即使累也　피곤해도 |
|---|---|
| ppi.go.na.ni.gga | ppi.go.nae.do |
| 因為累（過去式）<br>피곤했으니까 | 累可是（過去式）<br>피곤했지만 |
| ppi.go.nae.sseu.ni.ga | ppi.go.naet.jji.man |

「真的累死了。」
진짜 피곤해 죽겠어.
chin.jja-ppi.go.nae-juk.gge.sseo

「就算累也沒問題。」
피곤해도 문제없어요.
ppi.go.nae.do-mun.je.eop.sseo.yo

**解說** 對別人說「別太累喔。」的時候，可以說「무리하지
마세요.」（mu.li.ha.ji-ma.se.yo），直接翻譯就是指「請不要
勉強」。

## 離婚　이혼하다 i.ho.na.da【離婚하다】

| 離婚。 | 이혼합니다. |
|---|---|
| ★★★ | i.ho.nam.ni.da |

| 離婚。 | 이혼해요. |
|---|---|
| ★★ | i.ho.nae.yo |

| 要離婚。 | 이혼할 거야. |
|---|---|
| ★ | i.ho.nal-geo.ya |

| 離婚了。 | 이혼했어요. |
|---|---|
| ★★ | i.ho.nae.sseo.yo |

| 離婚了。 | 이혼했어. |
|---|---|
| ★ | i.ho.nae.sseo |

| 離婚嗎？ | 이혼해요？ |
|---|---|
| ★★ | i.ho.nae.yo |

| 不離婚。 | 이혼 안 해요. |
|---|---|
| ★★ | i.hon-a-nae.yo |

| 想要離婚。 | 이혼하고 싶어요. |
|---|---|
| ★★ | i.ho.na.go-si.ppeo.yo |

| 不想離婚。 | 이혼하고 싶지 않아요. |
|---|---|
| ★★ | i.ho.na.go-sip.jji-a.na.yo |

| 不想離婚。 | 이혼하고 싶지 않아. |
|---|---|
| ★ | i.ho.na.go-sip.jji-a.na |

| 不能不離婚。 | 이혼하지 않으면 안 돼요. |
|---|---|
| ★★ | i.ho.na.ji-a.neu.myeon-an-dwae.yo |

| 離婚的話 이혼하면 | 因為離婚了 이혼했으니까 |
|---|---|
| i.ho.na.myeon | i.ho.nae.sseu.ni.gga |

| 即使離婚也 이혼해도 | 離婚的時候 이혼할 때 |
|---|---|
| i.ho.nae.do | i.ho.nal-ddae |

| 「就算離婚也無所謂。」<br>이혼해도 상관없어요.<br>i.ho.nae.do-sang.gwa.neop.sseo.yo | 「離婚吧！離婚！」<br>이혼해！이혼！<br>i.ho.nae/i.hon |
|---|---|

## 旅行　여행하다 yeo.haeng.ha.da 【旅行하다】

| 旅行。 | 여행합니다. |
|---|---|
| ★★★ | yeo.haeng.ham.ni.da |

| 旅行。 | 여행해요. |
|---|---|
| ★★ | yeo.haeng.hae.yo |

| 旅行。（過去式） | 여행했어요. |
|---|---|
| ★★ | yeo.haeng.hae.sseo.yo |

| 旅行。（過去式） | 여행했어. |
|---|---|
| ★ | yeo.haeng.hae.sseo |

| 要旅行。 | 여행할 거예요. |
|---|---|
| ★★ | yeo.haeng.hal-geo.ye.yo |

| 要旅行。 | 여행할 거야. |
|---|---|
| ★ | yeo.haeng.hal-geo.ya |

| 旅行嗎？ | 여행해요？ |
|---|---|
| ★★ | yeo.haeng.hae.yo |

| 想要旅行。 | 여행하고 싶어요. |
|---|---|
| ★★ | yeo.haeng.ha.go-si.ppeo.yo |

| 沒辦法旅行。 | 여행 못 해요. |
|---|---|
| ★★ | yeo.haeng-mo-ttae.yo |

| 一邊旅行 | 因為旅行了（過去式） |
|---|---|
| 여행하면서 | 여행했으니까 |
| yeo.haeng.ha.myeon.seo | yeo.haeng.hae.sseu.ni.gga |
| 因為想要旅行 | 要旅行的話 |
| 여행하고 싶어서 | 여행할 거면 |
| yeo.haeng.ha.go-si.ppeo.seo | yeo.haeng.hal-geo.myeon |

## 冷靜　냉정하다 naeng.jeong.ha.da
### 【冷靜하다】

| 冷靜。 | 냉정합니다. |
|---|---|
| ★★★ | naeng.jeong.ham.ni.da |
| 冷靜。 | 냉정해요. |
| ★★ | naeng.jeong.hae.yo |
| 冷靜。（過去式） | 냉정했어요. |
| ★★ | naeng.jeong.hae.sseo.yo |
| 想要變冷靜。 | 냉정해지고 싶어요. |
| ★★ | naeng.jeong.hae.ji.go-si.ppeo.yo |
| 想要變冷靜。 | 냉정해지고 싶어. |
| ★ | nae.jeong.hae.ji.go-si.ppeo |
| 很冷靜呢。 | 냉정하네요. |
| ★★ | naeng.jeong.ha.ne.yo |
| 冷靜嗎？ | 냉정해요？ |
| ★★ | naeng.jeong.hae.yo |
| 必須冷靜。 | 냉정해야 해요. |
| ★★ | naeng.jeong.hae.ya-hae.yo |
| 一起冷靜下來吧。 | 냉정해집시다. |
| ★★ | naeng.jeong.hae.jip.ssi.da |

| 請冷靜。 | 냉정하세요. |
|---|---|
| ★★ | naeng.jeong.ha.se.yo |

| 冷靜。 | 냉정해. |
|---|---|
| ★ | naeng.jeong.hae |

| 因為冷靜 냉정하니까 | 即使冷靜也 냉정해도 |
|---|---|
| naeng.jeong.ha.ni.gga | naeng.jeong.hae.do |

| 因為冷靜（過去式）<br>냉정했으니까 | 冷靜的話<br>냉정하면 |
|---|---|
| naeng.jeong.hae.sseu.ni.gga | naeng.jeong.ha.myeon |

「很擔心是否能保持冷靜。」
냉정하게 있을 수 있을지 걱정이야.
naeng.jeong.ha.ge.i.sseul.su.i.sseul.ji.keok.jjeong.i.ya

「各位，冷靜下來吧。」
여러분, 냉정해집시다.
yeo.leo.bun-naeng.jeong.hae.jip.ssi.da

## 聯絡　연락하다 yeol.la.kka.da【聯絡하다】

| 聯絡。 | 연락합니다. |
|---|---|
| ★★★ | yeol.la.kam.ni.da |

| 聯絡。 | 연락해요. |
|---|---|
| ★★ | yeol.la.kkae.yo |

| 聯絡了。 | 연락했어요. |
|---|---|
| ★★ | yeol.la.kkae.sseo.yo |

| 聯絡了。 | 연락했어. |
|---|---|
| ★ | yeol.la.kkae.sseo |

| 沒聯絡。 | 연락 안 해요. |
|---|---|
| ★★ | yeol.lak-a-nae.yo |

| | |
|---|---|
| 要聯絡。 ★★ | 연락할 거예요.<br>yeol.la.kkal-geo.ye.yo |
| 我會聯絡。 ★ | 연락할게.<br>yeol.la.kkal.gge |
| 請聯絡。 ★★ | 연락하세요.<br>yeol.la.kka.seo.yo |
| 要聯絡。 ★ | 연락해.<br>yeol.la.kkae |
| 必須聯絡。 ★★ | 연락해야 해요.<br>yeol.la.kkae.ya-hae.yo |
| 得聯絡才行。 ★ | 연락해야지.<br>yeol.la.kkae.ya.ji |
| 可以聯絡嗎？ ★★ | 연락해도 돼요？<br>yeol.la.kkae.do-twae.yo |

「為什麼不跟我聯絡？」
**왜 연락 안 해 줘？**
wae-yeol.lak-a-nae-jwo

「晚點跟我聯絡。」
**나중에 연락 줘.**
na.jung.e-yeol.lak-jjwo

「對不起。我忘了要聯絡。」
**미안. 연락하는 거 잊어버렸어.**
mi.an/yeol.la.kka.neun-geo-i.jeo.beo.lyeo.sseo

【《】

## 給　주다 chu.da

| | |
|---|---|
| 給<br>★★★ | 줍니다.<br>chum.ni.da |
| 我給你。<br>★ | 줄게.<br>chul.gge |
| 給了。<br>★★ | 줬어요.<br>chwo.sseo.yo |
| 要給你嗎？<br>★★ | 줄까요？<br>chul.gga.yo |
| 不給。<br>★★ | 안 줘요.<br>an-jwo.yo |
| 不能給。<br>★★ | 줄 수 없어요.<br>chul-su-eop.sseo.yo |
| 想給。<br>★★ | 주고 싶어요.<br>chu.go-si.ppeo.yo |
| 請給我。<br>★★ | 주세요.<br>chu.se.yo |
| 因為給 | 주니까<br>chu.ni.gga |

| | | | |
|---|---|---|---|
| 因為給了 | 줬으니까<br>chwo.sseu.ni.gga | 即使給也 | 줘도<br>jwo.do |
| 給可是 | 주지만<br>chu.ji.man | 給的時候 | 줄 때<br>chul-ddae |

「需要幫你嗎？」
도와 줄까요?
to.wa-jul.gga.yo

「我來為你介紹。」
내가 안내해 줄게.
nae.ga-an.nae.hae-jul.gge

「請趕快給我。」
빨리 주세요.
bbal.li-ju.se.yo

「請多給我一點。」
많이 주세요.
ma.ni-ju.se.yo

「請再給我一些。」
더 주세요.
teo-ju.se.yo

**解說** 「주다」(chu.da)「給予」為人與人之間，給予、受予物品或是心情，以及互換雙方的東西，在日語中根據使用的情況，分成「給（對方）」、「給（我）」。但其實韓語裡同時具備了兩種意思。

## 歸還　돌려주다 tol.lyeo.ju.da

歸還。
★★

돌려줘요.
tol.lyeo.jwo.yo

歸還了。
★★

돌려줬어요.
tol.lyeo.jwo.sseo.yo

會歸還。
★★

돌려줄 거예요.
tol.lyeo.jul-geo.ye.yo

沒歸還。
★★

안 돌려줬어요.
an-tol.lyeo.jwo.sseo.yo

想要歸還。
★★

돌려주고 싶어요.
tol.lyeo.ju.go-si.ppeo.yo

不想歸還。
★★

돌려주고 싶지 않아요.
tol.lyeo.ju.go-sip.jji-a.na.yo

請歸還。
★★

돌려주세요.
tol.lyeo.ju.se.yo

還我。
★

돌려줘.
tol.lyeo.jwo

| 歸還的話 | 돌려주면 | 即使歸還也 | 돌려줘도 |
|---|---|---|---|
| | tol.lyeo.ju.myeon | | tol.lyeo.jwo.do |

| 「必須趕快歸還才行。」 | 「還沒歸還嗎?」 |
|---|---|
| **빨리 돌려줘야지.** | **아직 안 돌려줬어?** |
| bbal.li-tol.lyeo.jwo.ya.ji | a.jik-an-dol.lyeo.jwo.sseo |

**解說**  這裡的「歸還」是指將借來的東西還回去、歸還的意思。而物品之外,屬於心情上的返還則使用「갚다」(kap.dda)「回報」。「은혜를 갚고 싶어요.」(eu.ne.leul-kap.ggo-si.ppeo.yo)「想要回報恩惠。」

《

## 感冒 감기에 걸리다 kam.gi.e.geol.li.da

| 感冒了。 ★★ | 감기에 걸렸어요. |
|---|---|
| | kam.gi.e-geol.lyeo.sseo.yo |

> 使用半語★來表達時,「감기에」(kam.gi.e)的助詞「에」(e)會被省略掉。

| 好像感冒了。 ★ | 감기 걸린 것 같아. |
|---|---|
| | kam.gi-geol.lin-geot-gga.tta |

| 感冒了嗎? ★★ | 감기에 걸렸어요? |
|---|---|
| | kam.gi.e-geol.lyeo.sseo.yo |

| 感冒了嗎? ★ | 감기 걸렸어? |
|---|---|
| | kam.gi-geol.lyeo.sseo |

| 好像快感冒了。 ★★ | 감기에 걸릴 것 같아요. |
|---|---|
| | kam.gi.e-geol.lil-geot-gga.tta.yo |

| 好像快感冒了。 ★ | 감기 걸릴 것 같아. |
|---|---|
| | kam.gi-geol.lil-geot-gga.tta |

| 因為感冒了 | 감기에 걸렸으니까 |
|---|---|
| | kam.gi.e-geol.lyeo.sseu.ni.gga |

| 感冒了可是 | 감기에 걸렸지만 |
|---|---|
| | kam.gi.e-geol.lyeot.jji.man |

「小心不要感冒。」
감기 안 걸리게 조심해.
kam.gi-an-geol.li.ge-cho.si.mae

「怎麼辦，好像感冒了。」
어떡해 감기 걸린 것 같아.
eo.ddeo.kkae-kam.gi-geol.lin-geot-gga.tta

## 感動　감동하다 kam.dong.ha.da【感動하다】

感動。
★★★

감동합니다.
kam.dong.ham.ni.da

感動。
★★

감동해요.
kam.dong.hae.yo

感動。（過去式）
★★

감동했어요.
kam.dong.hae.sseo.yo

感動。（過去式）
★

감동했어.
kam.dong.hae.sseo

不感動。
★★

감동 안 했어요.
kam.dong-a-nae.sseo.yo

感動嗎？（過去式）
★★

감동했어요？
kam.dong.hae.sseo.yo

因為感動（過去式）
감동했으니까
kam.dong.hae.sseu.ni.gga

即使感動也
감동해도
kam.dong.hae.do

「因為感動而哭了。」
감동해서 울었어요.
kam.dong.hae.seo-u.leo.sseo.yo

「因為那部電影很感動，我看了兩次。」
그 영화 감동해서 두번이나 봤어.
keu-yeong.hwa-kam.dong.hae.seo-tu.beo.ni.na-pwa.sseo

除了「很感動。」之外，還有「**감동 받았어요.**」（kam. dong-pa.da.sseo.yo）（收到了感動。）的說法。

## 關（有電） 끄다 ggeu.da

| 關。 | **끕니다.** |
|---|---|
| ★★★ | ggeum.ni.da |

| 關。 | **꺼요.** |
|---|---|
| ★★ | ggeo.yo |

| 關了。 | **껐어요.** |
|---|---|
| ★★ | ggeo.sseo.yo |

| 沒關。 | **안 꺼요.** |
|---|---|
| ★★ | an-ggeo.yo |

| 請幫我關。 | **꺼 주세요.** |
|---|---|
| ★★ | ggeo-ju.se.yo |

| 可以關嗎？ | **꺼도 돼요？** |
|---|---|
| ★★ | ggeo.do-twae.yo |

| 關掉了。 | **꺼 버렸어.** |
|---|---|
| ★ | ggeo-beo.lyeo.sseo |

| 關可是 | **끄지만** ggeu.ji.man | 因為關 | **끄니까** ggeu.ni.gga |
|---|---|---|---|
| 關了可是 | **껐지만** ggeot.jji.man | 即使關也 | **꺼도** ggeo.do |

「請幫我關燈。」
**불 좀 꺼 주세요.**
pul-jom-ggeo-ju.se.yo

「可以關掉電視嗎？」
**텔레비전 꺼도 돼요？**
ttel.le.bi.jeon-ggeo.do-twae.yo

「끄다」（ggeu.da）是指將火或電器用品的電源「關掉」的意思。其他如用橡皮擦把字擦掉，會使用「지우다」（chi.u.da）「擦掉」，「글씨를 지워요.」（keul.ssi.leul-chi.wo.yo）是「把字擦掉。」。而「躲藏、銷聲匿跡」會使用「감추다」（kam.chu.da）「躲藏」，「모습을 감췄어요.」（mo.seu.beul-kam.chyeo.sseo.yo）就是「消聲匿跡。」

## 告白　고백하다 ko.bae.kka.da【告白하다】

| | |
|---|---|
| 告白。<br>★★★ | **고백합니다.**<br>ko.bae.kkam.ni.da |
| 告白。<br>★★ | **고백해요.**<br>ko.bae.kkae.yo |
| 告白了。<br>★★ | **고백했어요.**<br>ko.bae.kkae.sseo.yo |
| 告白了嗎？<br>★ | **고백했어？**<br>ko.bae.kkae.sseo |
| 要告白。<br>★★ | **고백할 거예요.**<br>ko.bae.kkal.-geo.ye.yo |
| 想要告白。<br>★★ | **고백하고 싶어요.**<br>ko.bae.kka.go-si.ppeo.yo |
| 想要告白。<br>★ | **고백하고 싶어.**<br>ko.bae.kka.go-si.ppeo |
| 沒告白。<br>★★ | **고백 안 해요.**<br>ko.baek-an-hae.yo |
| 沒能告白。<br>★★ | **고백 못 해요.**<br>ko.baek-mo-ttae.yo |

| 告白的話 고백하면 | 告白了不過 고백했는데 |
|---|---|
| ko.bae.kka.myeon | ko.bae.kkaen.neun.de |

## 關（無電）닫다 tat.dda

| 關。 | 닫습니다. |
|---|---|
| ★★★ | tat.sseum.ni.da |

| 關。 | 닫아요. |
|---|---|
| ★★ | ta.da.yo |

| 關了。 | 닫았어요. |
|---|---|
| ★★ | ta.da.sseo.yo |

| 關了。 | 닫았어. |
|---|---|
| ★ | ta.da.sseo |

| 請幫我關。 | 닫아 주세요. |
|---|---|
| ★★ | ta.da-ju.se.yo |

| 可以關嗎？ | 닫아도 돼요？ |
|---|---|
| ★★ | ta.da.do-twae.yo |

| 想要關。 | 닫고 싶어요. |
|---|---|
| ★★ | tat.ggo-si.ppeo.yo |

| 必須關。 | 닫아야 해요. |
|---|---|
| ★★ | ta.da.ya-hae.yo |

| 一起關吧。 | 닫읍시다. |
|---|---|
| ★★ | te.deup.ssi.da |

## 過　지내다 chi.nae.da

| | |
|---|---|
| 過。<br>★★★ | **지냅니다.**<br>chi.naem.ni.da |
| 過。<br>★★ | **지내요.**<br>chi.nae.yo |
| 過著。<br>★★ | **지내고 있어요.**<br>chi.nae.go-i.sseo.yo |
| 過著。<br>★ | **지내고 있어.**<br>chi.nae.go-i.sseo |
| 過著。（過去式）<br>★★ | **지내고 있었어요.**<br>chi.nae.go-i.sseo.sseo.yo |
| 過了嗎？<br>★ | **지냈어？**<br>chi.nae.sseo |
| 過嗎？<br>★★ | **지내요？**<br>chi.nae.yo |

「過得好嗎？」
잘 지내세요？
chal-ji.nae.se.yo

「周末做些什麼事呢？」
주말에 뭐 하고 지내요？
chu.ma.le-mwo-ha.go-chi.nae.yo

## 貴　비싸다 pi.ssa.da

* 비싸다 → 指的是價錢方面的高價
　높다 → 指的是大樓或物品的高度

| | |
|---|---|
| 貴。<br>★★★ | **비쌉니다.**<br>pi.ssam.ni.da |
| 貴。<br>★★ | **비싸요.**<br>pi.ssa.yo |

|  |  |
|------|------|
| 貴。<br>★ | **비싸다.**<br>pi.ssa.da |
| 貴。（過去式）<br>★★ | **비쌌어요.**<br>pi.ssa.sseo.yo |
| 貴。（過去式）<br>★ | **비쌌어.**<br>pi.ssa.sseo |
| 好像很貴。<br>★★ | **비싼 것 같아요.**<br>pi.ssan-geot-gga.tta.yo |
| 好像很貴。<br>★ | **비싼 것 같아.**<br>pi.ssan-geot-gga.tta |
| 不貴。<br>★★ | **비싸지 않아요.**<br>pi.ssa.ji-a.na.yo |
| 不貴。<br>★ | **안 비싸.**<br>an-pi.ssa |
| 說不定很貴。<br>★ | **비쌀지도 몰라.**<br>pi.ssal.ji.do-mol.la |
| 貴也沒關係嗎？<br>★ | **비싸도 괜찮아？**<br>pi.ssa.do-kwaen.cha.na |
| 不可能貴。<br>★ | **비쌀 리가 없어.**<br>pi.ssal-li.ga-eop.sseo |
| 因為貴 | **비싸니까**<br>pi.ssa.ni.gga |
| 即使貴也 | **비싸도**<br>pi.ssa.do |
| 貴可是（過去式） | **비쌌지만**<br>pi.ssat.jji.man |

| 很貴而 | 비싼데 |
|---|---|
| | pi.ssan.de |

| 「有那麼貴啊？」 | 貴的東西 |
|---|---|
| 그렇게 비싼 거야? | 비싼 것 |
| keu.leo.kke-pi.ssan-geo.ya | pi.ssan-geot |

## 高　높다 nop.dda

* 높다 → 物體的高度

| 高。 | 높습니다. |
|---|---|
| ★★★ | nop.sseum.ni.da |

| 高。 | 높아요. |
|---|---|
| ★★ | no.ppa.yo |

| 高。 | 높다. |
|---|---|
| ★ | nop.dda |

| 高。（過去式） | 높았어요. |
|---|---|
| ★★ | no.ppa.sseo.yo |

| 高。（過去式） | 높았어. |
|---|---|
| ★ | no.ppa.sseo |

| 好像很高。 | 높은 것 같아요. |
|---|---|
| ★★ | no.ppeun-geot-gga.tta.yo |

| 好像很高。 | 높은 것 같아. |
|---|---|
| ★ | no.ppeun-geot-gga.tta |

| 不高。 | 높지 않아요. |
|---|---|
| ★★ | nop.jji-a.na.yo |

| 不高。 | 안 높아. |
|---|---|
| ★ | an-no.ppa |

| | |
|---|---|
| 說不定很高。<br>★★ | 높을지도 몰라요.<br>no.ppul.ji.do-mol.la.yo |
| 高也沒關係嗎？<br>★ | 높아도 괜찮아？<br>no.ppa.do-kwaen.cha.na |
| 不可能高。<br>★ | 높을 리가 없어.<br>no.ppeul-li.ga-eop.sseo |

| | |
|---|---|
| 因為高　높으니까<br>no.ppeu.ni.gga | 即使高也　높아도<br>no.ppa.do |
| 高可是（過去式）<br>높았지만<br>no.ppat.jji.man | 很高而<br>높은데<br>no.ppeun.de |

「這棟大樓比想像中高呢。」
이 빌딩 생각보다 높네요.
i-pil.ding-saeng.gak.bbo.da-nom.ne.yo

| 高的東西　높은 것<br>no.ppeun-geot | 高的大樓　높은 빌딩<br>no.ppeun-bil.ding |
|---|---|

## 過世　돌아가시다 to.la.ga.si.da

「돌아가시다」是尊敬語，以翻譯成「過世」是最適合了，而翻譯為「死去」也沒有太大的差異。

| | |
|---|---|
| 過世了。<br>★★★ | 돌아가셨습니다.<br>to.la.ga.syeot.sseum.ni.da |
| 過世了。<br>★★ | 돌아가셨어요.<br>to.la.ga.syeo.sseo.yo |
| 過世了。<br>★ | 돌아가셨어.<br>to.la.ga.syeo.sseo |

雖然是用率性的半語在對話，但是對於死去的人是有尊重之意的說法。

| | |
|---|---|
| 過世了嗎？<br>★ | 돌아가셨어？<br>to.la.ga.syeo.sseo |
| 好像過世了。<br>★★ | 돌아가신 것 같아요.<br>to.la.ga.sin-geot-ga.tta.yo |
| 好像快過世。<br>★★ | 돌아가실 것 같아요.<br>to.la.ga.sil-geot-ga.tta.yo |
| 過世之後 | 돌아가신 후에<br>to.la.ga.sin-hu.e |
| 即使過世也 | 돌아가셔도<br>to.la.ga.syeo.do |

「為什麼會過世？」
왜 돌아가셨어요？
wae-to.la.ga.syeo.sseo.yo

「什麼時候過世的？」
언제 돌아가셨어요？
eon.je-to.la.ga.syeo.sseo.yo

## 工作　일하다 i.la.da

| | |
|---|---|
| 工作。<br>★★★ | 일합니다.<br>i.lam.ni.da |
| 工作。<br>★★ | 일해요.<br>i.lae.yo |
| 工作。（過去式）<br>★★ | 일했어요.<br>i.lae.sseo.yo |
| 工作嗎？<br>★★ | 일해요？<br>i.lae.yo |
| 不工作。<br>★★ | 일 안 해요.<br>il-a-nae.yo |
| 不工作。<br>★ | 일 안 해.<br>il-a-nae |

| | | | |
|---|---|---|---|
| 想要工作。 | 일하고 싶어요. | | |
| ★★ | i.la.go-si.ppeo.yo | | |
| 不能不工作。 | 일하지 않으면 안 돼요. | | |
| ★★ | i.la.ji-a.neu.myeon-an-dwae.yo | | |
| 得工作才行。 | 일해야지. | | |
| ★ | i.lae.ya.ji | | |
| 要工作的話 | 일할 거면 | 一邊工作 | 일하면서 |
| | i.lal-geo.myeon | | i.la.myeon.seo |
| 即使工作也 | 일해도 | 為工作而 | 일하러 |
| | i.lae.do | | i.la.leo |

「想要工作而…。」
일하고 싶은데….
i.la.go-si.ppeun.de

「連周末也得工作。」
주말에도 일해야 해요.
chu.ma.le.do-i.lae.ya-hae.yo

ㄅ

## 【ㄅ】

| 開 열리다 yeol.li.da | |
|---|---|
| 開。 | 열립니다. |
| ★★★ | yeol.lim.ni.da |
| 開。 | 열려요. |
| ★★ | yeol.lyeo.yo |
| 開了。 | 열렸어요. |
| ★★ | yeol.lyeo.sseo.yo |
| 開了嗎？ | 열렸어요？ |
| ★★ | yeol.lyeo.sseo.yo |

> 也能夠使用在商店等
> 「開店了嗎？」。
> 「開了」代表已經發
> 生，要使用過去式。

| 沒有開。 | 안 열려 있어요. |
|---|---|
| ★★ | an-yeol.lyeo-i.sseo.yo |

| 開著。 | 열려 있었어요. |
|---|---|
| ★★ | yeol.lyeo-i.sseo.sseo.yo |

| 會開。 | 열릴 거예요. |
|---|---|
| ★★ | yeol.lil-ggeo.ye.yo |

| 因為開 열리니까 | 開的時候 열릴 때 |
|---|---|
| yeol.li.ni.gga | yeol.lil-ddae |

## 空 비다 pi.da

| 空。 | 빕니다. |
|---|---|
| ★★★ | pim.ni.da |

| 空。 | 비어요. |
|---|---|
| ★★ | pi.eo.yo |

| 空了。 | 비었어요. |
|---|---|
| ★★ | pi.eo.sseo.yo |

| 空著嗎？ | 비어 있어요？ |
|---|---|
| ★★ | pi.eo-i.sseo.yo |

| 不是空著。 | 안 비어요. |
|---|---|
| ★★ | an-pi.eo.yo |

| 會是空的嗎？ | 빌 것 같아요？ |
|---|---|
| ★★ | pil-ggeot-gga.tta.yo |

| 不是空著。 | 안 비어. |
|---|---|
| ★ | an-bi.eo |

| 因為空著 비니까 | 空著的話 비면 |
|---|---|
| pi.ni.gga | pi.myeon |

ㅌ

114

| 空房間 | 空位 | 空車 |
|---|---|---|
| **빈방** | **빈자리** | **빈차** |
| pin.bang | pin.ja.li | pin.cha |

## 開心　기쁘다 ki.bbeu.da

| 開心。 | **기쁩니다.** |
|---|---|
| ★★★ | ki.bbeum.ni.da |

| 開心。 | **기뻐요.** |
|---|---|
| ★★ | ki.bbeo.yo |

| 開心。 | **기뻐.** |
|---|---|
| ★ | ki.bbeo |

| 開心嗎？ | **기뻐?** |
|---|---|
| ★ | ki.bbeo |

| 開心。（過去式） | **기뻤어.** |
|---|---|
| ★ | ki.bbeo.sseo |

| 不開心。 | **안 기뻐요.** |
|---|---|
| ★★ | an-ki.bbeo.yo |

| 不開心。 | **안 기뻐.** |
|---|---|
| ★ | an-ki.bbeo |

| 因為開心　**기쁘니까** | 開心可是　**기쁘지만** |
|---|---|
| ki.bbeu.ni.gga | ki.bbeu.ji.man |

| 「見到你很開心。」 | 「非常開心。」 |
|---|---|
| **만나서 기쁩니다.** | **아주 기뻐요.** |
| man.na.seo-ki.bbeum.ni.da | a.ju-ki.bbeo.yo |

 只有在初次見面時，會使用 **만나서 반갑습니다.**（man.na.seo-pan.gap.sseum.ni.da）「非常高興認識您。」的句子。而在第二次之後見面時，會使用 **만나서 기쁩니다.**（man.na.seo-ki.bbeum.ni.da）「很高興看到您。」

ㅂ

## 可愛　귀엽다 kwi.yeop.dda

| 可愛。 ★★★ | 귀엽습니다.<br>kwi.yeop.sseum.ni.da |
|---|---|
| 可愛。 ★★ | 귀여워요.<br>kwi.yeo.wo.yo |
| 可愛。 ★ | 귀엽다<br>kwi.yeop.dda　自言自語的說法。 |
| 可愛。（過去式） ★★ | 귀여웠어요.<br>kwi.yeo.wo.sseo.yo |
| 可愛。（過去式） ★ | 귀여웠어.<br>kwi.yeo.wo.sseo |
| 很可愛呢。 ★★ | 귀엽네요.<br>kwi.yeom.ne.yo |
| 很可愛呢。 ★ | 귀엽네.<br>kwi.yeom.ne |
| 可愛吧？ ★★ | 귀엽죠？<br>kwi.yeop.jjyo |
| 不可愛。 ★★ | 안 귀여워요.<br>an-gwi.yeo.wo.yo |
| 因為可愛 | 귀여우니까<br>kwi.yeo.u.ni.gga |
| 可愛可是（過去式） | 귀여웠지만<br>kwi.yeo.wot.jji.man |

| 可愛的小孩<br>귀여운 아기<br>kwi.yeo.un-a.gi | 可愛的貓咪<br>귀여운 고양이<br>kwi.yeo.un-go.yang.i | 可愛的時候<br>귀여웠을 때<br>kwi.yeo.wo.sseul-ddae |
|---|---|---|

「**귀엽다**」（kwi.yeop.dda）具有小嬰兒或小動物給人的一種小巧可愛的印象，比日語「可愛」的範圍更狹小。對高中女生也可以使用，代表可愛的意思，但也具有「孩子氣的」、「好像小孩」的意思。如果使用「**예쁘다**」（ye.bbeu.da）「漂亮」也許會更適合。→ 參考30頁「漂亮」

## 可憐　불쌍하다 pul.ssang.ha.da

| 可憐。 | 불쌍합니다. |
|---|---|
| ★★★ | pul.ssang.ham.ni.da |

| 可憐。 | 불쌍해요. |
|---|---|
| ★★ | pul.ssang.hae.yo |

| 可憐。 | 불쌍해. |
|---|---|
| ★ | pul.ssang.hae |

| 可憐。（過去式） | 불쌍했어요. |
|---|---|
| ★★ | pul.ssang.hae.sseo.yo |

| 可憐。（過去式） | 불쌍했어. |
|---|---|
| ★ | pul.ssang.hae.sseo |

| 很可憐呢。 | 불쌍하네요. |
|---|---|
| ★★ | pul.ssang.ha.ne.yo |

| 很可憐呢。 | 불쌍하네. |
|---|---|
| ★ | pul.ssang.ha.ne |

| 可憐嗎？ | 불쌍해요？ |
|---|---|
| ★★ | pul.ssang.hae.yo |

| 不可憐。 | 안 불쌍해요. |
|---|---|
| ★★ | an-bul.ssang.hae.yo |

| 因為可憐 | 불쌍하니까 |
|---|---|
| | pul.ssang.ha.ni.gga |

ㅂ

| 可憐可是 | 불쌍하지만 |
|---|---|
| | pul.ssang.ha.ji.man |

## 恐怖　무섭다 mu.seop.dda

| 恐怖。 | 무섭습니다. |
|---|---|
| ★★★ | mu.seop.sseum.ni.da |

| 恐怖。 | 무서워요. |
|---|---|
| ★★ | mu.seo.wo.yo |

| 恐怖。 | 무서워. |
|---|---|
| ★ | mu.seo.wo |

| 恐怖。（過去式） | 무서웠어요. |
|---|---|
| ★★ | mu.seo.wo.sseo.yo |

| 恐怖吧？ | 무섭죠？ |
|---|---|
| ★★ | mu.seop.jjyo |

| 不恐怖嗎？ | 안 무서워？ |
|---|---|
| ★ | an-mu.seo.wo |

| 因為恐怖 무서우니까 | 即使恐怖也 무서워도 |
|---|---|
| mu.seo.u.ni.gga | mu.seo.wo.do |

| 恐怖電影 | 恐怖的故事 | 恐怖的人 |
|---|---|---|
| 무서운 영화 | 무서운 이야기 | 무서운 사람 |
| mu.seo.un-yeong.hwa | mu.seo.un-i.ya.gi | mu.seo.un-sa.lam |

## 快樂 행복하다 haeng.bo.kka.da【幸福하다】

| 快樂。 | 행복합니다. |
| --- | --- |
| ★★★ | haeng.bo.kkam.ni.da |

| 快樂。 | 행복해요. |
| --- | --- |
| ★★ | haeng.bo.kkae.yo |

| 快樂。 | 행복해. |
| --- | --- |
| ★ | haeng.bo.kkae |

| 快樂。（過去式） | 행복했어요. |
| --- | --- |
| ★★ | haeng.bo.kkae.sseo.yo |

| 快樂嗎？ | 행복해요？ |
| --- | --- |
| ★★ | haeng.bo.kkae.yo |

| 不快樂。 | 행복하지 않아요. |
| --- | --- |
| ★★ | haeng.bo.kka.ji-a.na.yo |

| 很快樂呢。 | 행복하네요. |
| --- | --- |
| ★★ | haeng.bo.kka.ne.yo |

| 很快樂呢。 | 행복하네. |
| --- | --- |
| ★ | haeng.bo.kka.ne |

| 想要變快樂。 | 행복해지고 싶어요. |
| --- | --- |
| ★★ | haeng.bo.kkae.ji.go-si.ppeo.yo |

| 要快樂喔。 | 행복하세요. |
| --- | --- |
| ★★ | haeng.bo.kka.seo.yo |

| 得變得快樂才行。 | 행복해져야 지. |
| --- | --- |
| ★ | haeng.bo.kkae.jyeo.ya-ji |

ㅎ

| | |
|---|---|
| 因為非常快樂<br>**너무 행복해서**<br>neo.mu-haeng.bo.kkae.seo | 快樂可是<br>**행복하지만**<br>haeng.bo.kka.ji.man |
| 因為快樂<br>**행복하니까**<br>haeng.bo.kka.ni.gga | 快樂可是（過去式）<br>**행복했지만**<br>haeng.bo.kkaet.jji.man |

| | |
|---|---|
| 「祝你有個快樂的一天。」<br>**오늘도 행복한 하루 되세요.**<br>o.neul.do-haeng.bo.kkan-ha.lu-doe.se.yo | 「看起來很快樂呢。」<br>**행복해 보이네요.**<br>haeng.bo.kkae-bo.i.ne.yo |
| 「祝你健康又快樂。」<br>**건강하고 행복하세요.**<br>keon.gang.ha.go-haeng.bo.kka.se.yo | 「我最近好快樂。」<br>**난 요즘 너무 행복해.**<br>nan-yo.jeum-neo.mu-haeng.bo.kkae |

**解說** 「祝你健康又快樂。」這樣的句型經常使用。無論是對誰，就算是第一次見面也可以使用。

## 開玩笑　농담이다 nong.da.mi.da

| | |
|---|---|
| 是玩笑話。<br>★★★ | **농담입니다.**<br>nong.da.mim.ni.da |
| 是玩笑話。<br>★★ | **농담이에요.**<br>nong.da.mi.e.yo |
| 是玩笑話。<br>★ | **농담이야.**<br>nong.da.mi.ya |
| 是開玩笑。（過去式）<br>★★ | **농담이었어요.**<br>nong.da.mi.eo.sseo.yo |
| 是開玩笑嗎？<br>★★ | **농담이에요?**<br>nong.da.mi.e.yo |

ㄅ

| 是開玩笑對吧？ | 농담이죠？ |
|---|---|
| ★★ | nong.da.mi.jyo |

| 不是玩笑話。 | 농담이 아니에요. |
|---|---|
| ★★ | nong.da.mi-a.ni.e.yo |

| 因為是開玩笑 | 是開玩笑的話 |
|---|---|
| 농담이니까 | 농담이면 |
| nong.da.mi.ni.gga | nong.da.mi.myeon |

| 「對不起。是開玩笑。」 | 「不要開玩笑。」 |
|---|---|
| 미안. 농담이야. | 농담하지 마. |
| mi.an/nong.da.mi.ya | nong.da.ma.ji-ma |

**解說** 韓語裡表達「你是開玩笑的吧？」經常也會使用「**말도 안되.**」（mal.do-an-dwae），直接翻譯就是「太不像話了。」

## 哭／鳴叫　울다 ul.da

| 哭。 | 웁니다. |
|---|---|
| ★★★ | um.ni.da |

| 哭。 | 울어요. |
|---|---|
| ★★ | u.leo.yo |

| 哭了。 | 울었어요. |
|---|---|
| ★★ | u.leo.sseo.yo |

| 哭了。 | 울었어. |
|---|---|
| ★ | u.leo.sseo |

| 哭了。 | 울어 버렸어. |
|---|---|
| ★ | u.leo-beo.lyeo.sseo |

| 想哭。 | 울고 싶어요. |
|---|---|
| ★★ | ul.go-si.ppeo.yo |

| 不想哭。 | 울고 싶지 않아요. |
|---|---|
| ★★ | ul.go-sip.jji-a.na.yo |

| 可以哭嗎？ | 울어도 돼요？ |
|---|---|
| ★★ | u.leo.do-twae.yo |

| 說不定會哭。 | 울지도 몰라. |
|---|---|
| ★ | ul.ji.do-mol.la |

| 請不要哭。 | 울지 마세요. |
|---|---|
| ★★ | ul.ji-ma.se.yo |

| 別哭。 | 울지 마. |
|---|---|
| ★ | ul.ji-ma |

| 一邊哭 울면서 | 因為哭了 울었으니까 |
|---|---|
| ul.myeon.seo | u.leo.sseu.ni.gga |

「現在別再哭了。」
이제 울지마.
i.je-ul.ji-ma

「請盡情哭泣吧。」
실컷 우세요.
sil.kkeot-u.se.yo

**解說** 和日語一樣，可以使用眼淚這個單字。「눈물이 나요.」
（nun.mu.li-na.yo）「眼淚出來了。」

## 開始　시작하다 si.ja.kka.da【始作하다】

| 開始。 | 시작합니다. |
|---|---|
| ★★★ | si.ja.kkam.ni.da |

| 開始。 | 시작해요. |
|---|---|
| ★★ | si.ja.kkae.yo |

| 我會開始。 | 시작할게. |
|---|---|
| ★ | si.ja.kkal.gge |

| 開始了。 | 시작했어요. |
|---|---|
| ★★ | si.ja.kkae.sseo.yo |

| 開始了。 | 시작했어. |
|---|---|
| ★ | si.ja.kkae.sseo |

| 一起開始吧。 | 시작합시다. |
|---|---|
| ★★ | si.ja.kkap.ssi.da |

| 一起開始吧。 | 시작하자. |
|---|---|
| ★ | si.ja.kka.ja |

| 想要開始。 | 시작하고 싶어요. |
|---|---|
| ★★ | si.ja.kka.go-si.ppeo.yo |

| 不想開始。 | 시작하고 싶지 않아요. |
|---|---|
| ★★ | si.ja.kka.go-sip.jji-a.na.yo |

| 開始嗎？ | 시작해요？ |
|---|---|
| ★★ | si.ja.kkae.yo |

| 可以開始嗎？ | 시작해도 돼요？ |
|---|---|
| ★★ | si.ja.kkae.do-twae.yo |

| 請開始。 | 시작하세요. |
|---|---|
| ★★ | si.ja.kka.se.yo |

| 可以開始。 | 시작할 수 있어요. |
|---|---|
| ★★ | si.ja.kkal-su-i.sseo.yo |

| 不能開始。 | 시작할 수 없어요. |
|---|---|
| ★★ | si.jja.kal-su-eop.sseo.yo |

| 變得想要開始。 | 시작하고 싶어져요. |
|---|---|
| ★★ | si.ja.kka.go-si.ppeo.jyeo.yo |

| 因為開始 시작하니까 | 開始了可是 시작했지만 |
|---|---|
| si.jja.kka.ni.gga | si.ja.kkaet.jji.man |

| 開始的話 시작하면 | 開始的時候 시작했을 때 |
|---|---|
| si.ja.kka.myeon | si.ja.kkae.sseul-ddae |

「要不要慢慢開始做？」
슬슬 시작해 볼까요?
seul.seul-si.jja.kkae-bol.gga.yo

「什麼時候開始學習韓語的？」
한국어 공부는 언제 시작했어?
han.gu.geo-kong.bu.neun-eon.je-si.ja.kkae.sseo

 「Start！」「開始！」說「시작！」（si.jak）。

## 快速　빠르다 bba.leu.da

| 快速。 | 빠릅니다. |
|---|---|
| ★★★ | bba.leum.ni.da |

| 快速。 | 빨라요. |
|---|---|
| ★★ | bbal.la.yo |

| 快速。 | 빨라. |
|---|---|
| ★ | bbal.la |

> 自言自語的說法是
> 「빠르다」（bba.leu.da）。

| 快速。（過去式） | 빨랐어요. |
|---|---|
| ★★ | bbal.la.sseo.yo |

| 快速。（過去式） | 빨랐어. |
|---|---|
| ★ | bbal.la.sseo |

| 不快。 | 안 빨라요. |
|---|---|
| ★★ | an-bbal.la.yo |

| 因為快速 빠르니까 | 即使快也 빨라도 |
|---|---|
| bba.leu.ni.gga | bbal.la.do |

| 快速而 빠른데 | 快速可是 빠르지만 |
|---|---|
| bba.leun.de | bba.leu.ji.man |

「快點走吧。」
빨리 가자.
bbal.li-ka.ja

「因為很忙，快點做。」
바쁘니까 빨리 해.
pa.bbeu.ni.gga-bbal.li-hae

## 看得見／看起來　보이다 po.i.da

| 看得見。 | 보입니다. |
|---|---|
| ★★★ | po.im.ni.da |

| 看得見。 | 보여요. |
|---|---|
| ★★ | po.yeo.yo |

| 看得見。 | 보여. |
|---|---|
| ★ | po.yeo |

| 看得見。（過去式） | 보였어요. |
|---|---|
| ★★ | po.yeo.sseo.yo |

| 看得見。（過去式） | 보였어. |
|---|---|
| ★ | po.yeo.sseo |

| 看得見嗎？ | 보여요？ |
|---|---|
| ★★ | po.yeo.yo |

| 看不見。 | 안 보여요. |
|---|---|
| ★★ | an-bo.yeo.yo |

| 因為看得見 보이니까 | 看得見可是 보이지만 |
|---|---|
| po.i.ni.gga | po.i.ji.man |
| 看得見的話 보이면 | 即使看得見也 보여도 |
| po.i.myeon | po.yeo.do |

「從這裡看得見首爾塔嗎？」
여기서 서울 타워 보여요？
yeo.gi.seo-seo.ul-tta.wo-po.yeo.yo

「看起來很年輕呢。」
젊어 보이네요.
cheol.meo-po.i.ne.yo

ㅋ

## 看　보다 po.da

翻譯右上有＊記號的可以做為第143頁「見面」的意思使用。

| 看。＊ | 봅니다. |
|---|---|
| ★★★ | pom.ni.da |

| 看。＊ | 봐요. |
|---|---|
| ★★ | pwa.yo |

| 我會看。＊ | 볼게. |
|---|---|
| ★ | pol.gge |

> 可以翻譯成未來式「我會看喔。」

| 看了。＊ | 봤어요. |
|---|---|
| ★★ | pwa.sseo.yo |

| 看了。＊ | 봤어. |
|---|---|
| ★ | pwa.sseo |

| 看了嗎？＊ | 봤어요？ |
|---|---|
| ★★ | pwa.sseo.yo |

| 看了嗎？＊ | 봤어？ |
|---|---|
| ★ | pwa.sseo |

| 沒看。＊ | 안 봐요. |
|---|---|
| ★★ | an-bwa.yo |

| 沒看。（過去式）＊ | 안 봤어요. |
|---|---|
| ★★ | an-pwa.sseo.yo |

| 沒看。（過去式）＊ | 안 봤어. |
|---|---|
| ★ | an-pwa.sseo |

| 當然得看。＊ | 봐야지. |
|---|---|
| ★ | pwa.ya.ji |

| 想要看。＊ | 보고 싶어요. |
|---|---|
| ★★ | po.go.si.ppeo.yo |

| 請幫我看。 | 봐 주세요. |
|---|---|
| ★★ | pwa-ju.se.yo |

「請見一面。」「만나 주세요.」（man.na-ju. se.yo）。

| 幫我看。 | 봐 줘. |
|---|---|
| ★ | pwa-jwo |

| 一起看吧。* | 봅시다. |
|---|---|
| ★★ | pob.ssi.da |

| 一起看吧。* | 보자. |
|---|---|
| ★ | po.ja |

| 看的話* | 보면 | 看了可是* | 봤지만 |
|---|---|---|---|
| | po.myeon | | pwat.jji.man |
| 因為看了* | 봤으니까 | 即使看也* | 봐도 |
| | pwa.sseu.ni.gga | | pwa.do |

「看了昨天播的電視劇嗎？」
어제 한 드라마 봤어 ?
eo.je-han-deu.la.ma-pwa.sseo

「明天見。」
내일 또 보자.
nae.il-ddo-po.ja

## 【ㄏ】

## 好吃　맛있다 ma.sit.dda

| 好吃。 | 맛있습니다. |
|---|---|
| ★★★ | ma.sit.sseum.ni.da |

| 好吃。 | 맛있어요. |
|---|---|
| ★★ | ma.si.sseo.yo |

| 好吃。 | 맛있어. |
|---|---|
| ★ | ma.si.sseo |

| 好吃。（過去式） | 맛있었어요. |
|---|---|
| ★★ | ma.si.sseo.sseo.yo |

| 好吃。（過去式） | 맛있었어. |
|---|---|
| ★ | ma.si.sseo.sseo |

| 一定很好吃。 | 맛있겠네요. |
|---|---|
| ★★ | ma.sit.ggen.ne.yo |

| 一定很好吃。 | 맛있겠다. |
|---|---|
| ★ | ma.sit.gget.dda |

自言自語的說法。

| 好吃嗎？ | 맛있어요？ |
|---|---|
| ★★ | ma.si.sseo.yo |

| 好吃嗎？ | 맛있어？ |
|---|---|
| ★ | ma.si.sseo |

| 好吃嗎？（過去式） | 맛있었어요？ |
|---|---|
| ★★ | ma.si.sseo.sseo.yo |

| 因為好吃 | 맛있으니까 | 好吃可是 | 맛있지만 |
|---|---|---|---|
| | ma.si.sseu.ni.gga | | ma.sit.jji.man |

| 因為好吃（過去式） | 맛있었으니까 |
|---|---|
| | ma.si.sseo.sseu.ni.gga |

「請弄好吃一點。」
맛있게 해 주세요.
ma.sit.gge-hae-ju.se.yo

好吃的店
맛있는 가게
ma.sin.neun-ka.ge

「請慢用。」
맛있게 드세요.
ma.sit.gge-teu.se.yo

好吃的食物
맛있었던 음식
ma.si.sseot.ddeon-eum.sik

**解說** 左上句的「請弄好吃一點。」是在餐廳等場合中，客人點餐之後，對店員說的話。右上句的「請慢用。」是點餐的東西送到桌上的同時，店員對客人說的話。當在餐廳等地方點餐之後，請試著對店員說看看 맛있게 해 주세요.（ma.sit.gge-hae-ju.se.yo）吧。

## 換　바꾸다 pa.ggu.da

| 換。 ★★ | 바꿔요.<br>pa.ggwo.yo |
|---|---|
| 換了。 ★★ | 바꿨어요.<br>pa.ggwo.sseo.yo |
| 會換。 ★★ | 바꿀 거예요.<br>pa.ggul-geo.ye.yo |
| 想換。 ★ | 바꾸고 싶어.<br>pa.ggu.go-si.ppeo |
| 不想換。 ★★ | 바꾸고 싶지 않아요.<br>pa.ggu.go-sip.jji-a.na.yo |
| 請幫我換。 ★★ | 바꿔 주세요.<br>pa.ggwo-ju.se.yo |
| 可以換嗎？ ★★ | 바꿔도 돼요？<br>pa.ggwo.do-twae.yo |
| 換的話。 바꾸면<br>pa.ggu.myeon | 即使換也 바꿔도<br>pa.ggwo.do |

## 回去　돌아가다 to.la.ga.da

| 回去。 ★★ | 돌아가요.<br>to.la.ga.yo |
|---|---|
| 回去了。 ★★ | 돌아갔어요.<br>to.la.ga.sseo.yo |
| 會回去。 ★★ | 돌아갈 거예요.<br>to.la.gal-geo.ye.yo |

ㄱ

| 不回去。 | 안 돌아가요. |
|---|---|
| ★★ | an-do.la.ga.yo |
| 回去嗎？ | 돌아가요？ |
| ★★ | to.la.ga.yo |
| 想回去。 | 돌아가고 싶어요. |
| ★★ | to.la.ga.go-si.ppeo.yo |
| 不想回去。 | 돌아가고 싶지 않아요. |
| ★★ | to.la.ga.go-sip.jji-a.na.yo |
| 不能回去。 | 못 돌아가요. |
| ★★ | mot-ddo.la.ga.yo |
| 可以回去。 | 돌아갈 수 있어요. |
| ★★ | to.la.gal-su-i.sseo.yo |

| 回去的同時 돌아가면서 | 回去的話 돌아가면 |
|---|---|
| to.la.ga.myeon.seo | to.la.ga.myeon |
| 回去了可是 돌아갔지만 | 回去之前 돌아가기 전에 |
| to.la.gat.jji.man | to.la.ga.gi-jeo.ne |

「什麼時候回日本？」
언제 일본에 돌아가요？
eon.je-il.bo.ne-to.la.ga.yo

「回去之前請打電話給我。」
돌아가기 전에 전화 주세요.
to.la.ga.gi-jeo.ne-cheo.nwa-ju.se.yo

**解說**　「돌아가다」（to.la.ga.da）具有花費一段時間、外出之後回去、回歸意思的單字。所以當對方在旅行中，可以問說「什麼時候回去日本呢？」。而工作或當天來回的情形，會使用「언제 집에 와？」（eon.je-chi.be-wa）「什麼時候回家呢？」，即使用「去」或「來」的單字。

| 換穿。 | 갈아입습니다. |
|---|---|
| ★★★ | ka.la.ip.sseum.ni.da |

| 換穿。 | 갈아입어요. |
|---|---|
| ★★ | ka.la.i.beo.yo |

| 我要換穿。 | 갈아입을게. |
|---|---|
| ★ | ka.la.i.beul.ge |

| 換穿好了。 | 갈아입었어요. |
|---|---|
| ★★ | ka.la.i.beo.sseo.yo |

| 要換穿嗎？ | 갈아입어요？ |
|---|---|
| ★★ | ka.la.i.beo.yo |

| 可以換穿嗎？ | 갈아입을 수 있어요？ |
|---|---|
| ★★ | ka.la.i.beul-su-i.sseo.yo |

| 可以換穿嗎？ | 갈아입어도 돼요？ |
|---|---|
| ★★ | ka.la.i.beo.do-dwae.yo |

| 請換穿。 | 갈아입으세요. |
|---|---|
| ★★ | ka.la.i.beu.se.yo |

| 我想換穿。 | 갈아입고 싶어요. |
|---|---|
| ★★ | ka.la.ip.ggo-si.ppeo.yo |

| 不想換穿。 | 갈아입고 싶지 않아요. |
|---|---|
| ★★ | ka.la.ip.ggo-sip.jji-a.na.yo |

| 不想換穿。 | 안 갈아입고 싶어. |
|---|---|
| ★ | an-ga.la.ip.ggo-si.ppeo |

| 不換穿。 | 안 갈아입어요. |
|---|---|
| ★★ | an-ga.la.i.beo.yo |

| 不能換穿。 | 못 갈아입어요. |
|---|---|
| ★★ | mot-gga.la.i.beo.yo |

| 換穿的話 | 갈아입으면 |
|---|---|
| | ka.la.i.beu.myeon |

| 換穿了不過 | 갈아입어 봤는데 |
|---|---|
| | ka.la.i.beo-bwan.neun.de |

「快點換穿。」
빨리 갈아입어.
bbal.li-ka.la.i.beo

「我換個衣服馬上過去。」
옷 갈아입고 금방 갈게.
ot-gga.la.ip.ggo-keum.bang-kal.ge

## 後悔　후회하다 hu.hoe.ha.da【後悔하다】

| 後悔。 | 후회합니다. |
|---|---|
| ★★★ | hu.hoe.ham.ni.da |

| 後悔。 | 후회해요. |
|---|---|
| ★★ | hu.hoe.hae.yo |

| 後悔著。 | 후회하고 있어요. |
|---|---|
| ★★ | hu.hoe.ha.go-i.sseo.yo |

| 後悔了。 | 후회했어요. |
|---|---|
| ★★ | hu.hoe.hae.sseo.yo |

| 你後悔嗎？ | 후회하고 있어요? |
|---|---|
| ★★ | hu.hoe.ha.go-i.sseo.yo |

| 請不要後悔。 | 후회하지 마세요. |
|---|---|
| ★★ | hu.hoe.ha.ji-ma.se.yo |

| 別後悔。 | 후회하지 마. |
|---|---|
| ★ | hu.hoe.ha.ji-ma |

| 因為後悔了 | 後悔了不過 |
|---|---|
| 후회했으니까 | 후회했는데 |
| hu.hoe.hae.sseu.ni.gga | hu.hoe.haen.neun.de |

| 「一定會後悔。」 | 「請不要讓自己後悔。」 |
|---|---|
| 분명히 후회할 거예요. | 후회하지 않도록 하세요. |
| pun.myeong.hi-hu.hoe.hal-geo.ye.yo | hu.hoe.ha.ji-an.tto.lok-ha.se.yo |

## 喝　마시다 ma.si.da

| 喝。 | 마십니다. |
|---|---|
| ★★★ | ma.sim.ni.da |

| 喝。 | 마셔요. |
|---|---|
| ★★ | ma.syeo.yo |

| 要喝。 | 마실 거야. |
|---|---|
| ★ | ma.sil-geo.ya |

> 自己要喝的意思。

| 我會喝。 | 마실게. |
|---|---|
| ★ | ma.sil.gge |

> 答應要和對方喝的意思。

| 喝了。 | 마셨어요. |
|---|---|
| ★★ | ma.syeo.sseo.yo |

| 喝了。 | 마셨어. |
|---|---|
| ★ | ma.syeo.sseo |

| 想要喝。 | 마시고 싶어요. |
|---|---|
| ★★ | ma.si.go-si.ppeo.yo |

| 想要喝。 | 마시고 싶어. |
|---|---|
| ★ | ma.si.go-si.ppeo |

| 不想喝。 | 안 마시고 싶어요. |
|---|---|
| ★★ | an-ma.si.go-si.ppeo.yo |

| 請喝。 | 마시세요. |
|---|---|
| ★★ | ma.si.se.yo |

| 可以喝。 | 마실 수 있어요. |
|---|---|
| ★★ | ma.sil-su-i.sseo.yo |

| 不能喝。 | 못 마셔요. |
|---|---|
| ★★ | mon-ma.syeo.yo |

| 有喝過。 | 마신 적이 있어요. |
|---|---|
| ★★ | ma.sin-jeo.gi-i.sseo.yo |

| 沒喝過。 | 마신 적이 없어요. |
|---|---|
| ★★ | ma.sin-jeo.gi-eop.sseo.yo |

| 一起喝吧。 | 마십시다. |
|---|---|
| ★★ | ma.sip.ssi.da |

| 一起喝吧。 | 마시자. |
|---|---|
| ★ | ma.si.ja |

| 你喝酒嗎？ | 要喝什麼呢？ |
|---|---|
| 술 마셔요? | 뭐 마실래요? |
| sul-ma.syeo yo | mwo-ma.sil.lae.yo |

**解說** 不管是哪一種句型，意思都是詢問「你要喝嗎？」，但是「你喝酒嗎？」是確認是否可以喝酒的意思，「要喝什麼呢？」是詢問接下來想要喝什麼。

藥物並不是使用「喝」，而是使用「吃」「먹다」（meok.dda），「**약 먹었어요?**」（yang-meo.geo.sseo.yo）「你吃藥了嗎？」

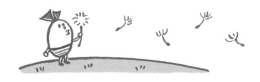

## 害羞／害臊　부끄럽다 pu.ggeu.leop.dda

| 害羞。 | 부끄럽습니다. |
|---|---|
| ★★★ | pu.ggeu.leop.sseum.ni.da |

| 害羞。 | 부끄러워요. |
|---|---|
| ★★ | pu.ggeu.leo.wo.yo |

| 害羞。 | 부끄러워. |
|---|---|
| ★ | pu.ggeu.leo.wo |

> 自言自語的說「真丟臉。」「부끄럽다.」（pu.ggeu.leop.dda）。

| 害羞。（過去式） | 부끄러웠어요. |
|---|---|
| ★★ | pu.ggeu.leo.wo.sseo.yo |

| 害羞。（過去式） | 부끄러웠어. |
|---|---|
| ★ | pu.ggeu.leo.wo.sseo |

| 不害羞。 | 안 부끄러워요. |
|---|---|
| ★★ | an-bu.ggeu.leo.wo.yo |

| 害羞嗎？ | 부끄러워요？ |
|---|---|
| ★★ | pu.ggeu.leo.wo.yo |

| 真害羞呢。 | 부끄럽네요. |
|---|---|
| ★★ | pu.ggeu.leom.ne.yo |

| 真害羞呢。 | 부끄럽네. |
|---|---|
| ★ | pu.ggeu.leom.ne |

| 因為害羞 부끄러워서 | 害羞可是 부끄럽지만 |
|---|---|
| pu.ggeu.leo.wo.seo | pu.ggeu.leop.jji.man |

| 因為害羞（過去式） | 부끄러웠으니까 |
|---|---|
| | pu.ggeu.leo.wo.sseu.ni.gga |

ㄱ

> 「很丟臉，別這樣。」
> **부끄러우니까 하지마.**
> pu.ggeu.leo.u.ni.gga-ha.ji.ma
>
> 「竟然做出那種事，不覺得害臊嗎？」
> **그런 짓을 하다니 안 부끄러워?**
> keu.leon-ji.seul-ha.da.ni-an-bu.ggeu.leo.wo

**解說** 「**부끄럽다**」（pu.ggeu.leop.dda）是指臉頰發紅、感到害羞的意思。另外，表示置身於眾人面前的害羞，想找個洞鑽進去的丟臉的情形是使用「**창피하다**」（chang.ppi.ha.da）。例如：「**거짓말을 들켜서 창피해요.**」（keo.jin.ma.leul-teul.kkyeo.seo-chang.ppi.hae.yo）「謊言被揭穿了，真是丟臉。」

## 回答　대답하다 tae.da.ppa.da【對答하다】

| | |
|---|---|
| 回答。<br>★★★ | **대답합니다.**<br>tae.da.ppam.ni.da |
| 回答。<br>★★ | **대답해요.**<br>tae.da.ppae.yo |
| 我會回答。<br>★ | **대답할게.**<br>tae.da.ppal.gge |
| 回答了。<br>★★ | **대답했어요.**<br>tae.da.ppae.sseo.yo |
| 回答了。<br>★ | **대답했어.**<br>tae.da.ppae.sseo |
| 沒回答。<br>★★ | **대답 안 해요.**<br>tae.dap-a-nae.yo |

| 沒回答。（過去式） | 대답 안 했어요. |
|---|---|
| ★★ | tae.dap-a-nae.sseo.yo |
| 不想回答。 | 대답하고 싶지 않아요. |
| ★★ | tae.da.ppa.go-sip.jji-a.na.yo |
| 必須回答。 | 대답해야 해요. |
| ★★ | tae.da.ppae.ya-hae.yo |
| 請回答。 | 대답하세요. |
| ★★ | tae.da.ppa.se.yo |

| 因為回答了<br>대답했으니까<br>tae.da.ppae.sseu.ni.gga | 即使回答也<br>대답해도<br>tae.da.ppae.do |
|---|---|
| 回答了可是<br>대답했지만<br>tae.da.ppaet.jji.man | 回答的話<br>대답하면<br>tae.da.ppa.myeon |

| 「老實回答。」<br>똑바로 대답해.<br>ddok-bba.lo-tae.da.ppae | 「什麼時候要回答我？」<br>언제 대답해 줄 거야？<br>eon.je-tae.da.ppae-jul-geo.ya |
|---|---|

## 和藹可親／貼心體貼 상냥하다／다정하다
sang.nyang.ha.da/ta.jeong.ha.da 【多情하다】

* 상냥하다 → 和藹、親切、看起來很溫柔
  다정하다 → 貼心、為對方著想的體貼

## 和藹可親／貼心體貼。
## 상냥합니다.／다정합니다.
★★★　sang.nyang.ham.ni.da/ta.jeong.ham.ni.da

和藹可親／貼心體貼。
**상냥해요.／다정해요.**
★★　sang.nyang.hae.yo/ta.jeong.hae.yo

和藹可親／貼心體貼。（過去式）
**상냥했어요.／다정했어요.**
★★　sang.nyang.hae.sseo.yo/ta.jeong.hae.sseo.yo

和藹可親／貼心體貼。（過去式）
**상냥했어.／다정했어.**
★　sang.nyang.hae.sseo/ta.jeong.hae.sseo

很和藹可親呢／很貼心體貼呢。
**상냥하네요.／다정하네요.**
★★　sang.nyang.ha.ne.yo/ta.jeong.ha.ne.yo

和藹可親嗎？／貼心體貼嗎？
**상냥해요？／다정해요？**
★★　sang.nyang.hae.yo/ta.jeong.hae.yo

不和藹可親／不貼心體貼。
**상냥하지 않아요.／다정하지 않아요.**
★★　sang.nyang.ha.ji-a.na.yo/ta.jeong.ha.ji-a.na.yo

請和藹可親對待／請貼心體貼對待。
**상냥하게 대해 주세요.／**
★★　xsang.nyang.ha.ge-tae.he-ju.se.yo/

**다정하게 대해 주세요.**
★★　ta.jeong.ha.ge-tae.hae-ju.se.yo

因為和藹可親／因為貼心體貼
**상냥하니까／다정하니까**
sang.nyang.ha.ni.gga/ta.jeong.ha.ni.gga

即使和藹可親也／即使貼心體貼也
# 상냥해도／다정해도
sang.nyang.hae.do/ta.jeong.hae.do

和藹可親而／貼心體貼而（過去式）
# 상냥했는데／다정했는데
sang.nyang.haen.neun.de/ta.jeong.haen.neun.de

因為和藹可親／因為貼心體貼
# 상냥하기 때문에／다정하기 때문에
sang.nyang.ha.gi-ddae.mu.ne/ta.jeong.ha.gi-ddae.mu.ne

「對所有人都很和藹可親呢。」
**모든 사람들한테 상냥하네요.**
mo.deun-sa.lam.deu.lan.tte-sang.nyang.ha.ne.yo

「謝謝你熱情款待我。」
**다정하게 대해 줘서 고마워.**
ta.jeong.ha.ge-tae.hae-jwo.seo-ko.ma.wo

和藹可親的人／貼心體貼的人
**상냥한 사람 / 다정한 사람**
sang.nyang.han-sa.lam/ta.jeong.han-sa.lam

和藹可親的男友／貼心體貼的男友
**상냥한 남자친구 / 다정한 남자친구**
sang.nyang.han-nam.ja.chin.gu/ta.jeong.han-nam.ja.chin.gu

## 很好　좋다 cho.tta

|  |  |
|---|---|
| 很好。 ★★★ | **좋습니다.** cho.seum.ni.da |
| 很好。 ★★ | **좋아요.** cho.a.yo |
| 很好。 ★ | **좋아.** cho.a |
| 很好。（過去式）★★ | **좋았어요.** cho.a.sseo.yo |
| 很好。（過去式）★ | **좋았어.** cho.a.sseo |
| 很好呢。 ★★ | **좋네요.** chon.ne.yo |
| 很好呢。 ★ | **좋네.** chon.ne |
| 很好嗎？ ★★ | **좋아요？** cho.a.yo |
| 不好。 ★★ | **안 좋아요.** an-cho.a.yo |
| 不好。（過去式）★★ | **안 좋았어요.** an-cho.a.sseo.yo |
| 好像會變好。 ★★ | **좋아질 것 같아요.** cho.a.jil-geot-gga.tta.yo |
| 會變好嗎？ ★ | **좋아질까？** cho.a.jil.gga |

| 也許會變好。 | 좋아질지도 몰라요. |
|---|---|
| ★★ | cho.a.jil.ji.do-mol.la.yo |

| 不是很好嗎？ | 좋지 않아？ |
|---|---|
| ★ | cho.chi-a.na |

| 很好吧？ | 좋지？ |
|---|---|
| ★ | cho.chi |

| 因為很好 | 即使很好也 |
|---|---|
| 좋으니까 | 좋아도 |
| cho.eu.ni.gga | cho.a.do |

| 很好可是（過去式） | 很好的話 |
|---|---|
| 좋았지만 | 좋으면 |
| cho.at.jji.man | cho.eu.myeon |

「不是很好的點子嗎？」　「什麼好呢？」
**좋은 생각 아냐？**　　　**뭐가 좋을까？**
cho.eun-saeng.gak-a.nya　mwo.ga-cho.eul.gga

好人　　　　好話　　　　美好的一天
**좋은 사람**　　**좋은 이야기**　　**좋은 하루**
cho.eun.sa.lam　cho.eun-i.ya.gi　cho.eun-ha.lu

## 壞　나쁘다 na.bbeu.da

| 壞。 | 나쁩니다. |
|---|---|
| ★★★ | na.bbeum.ni.da |

| 壞。 | 나빠요. |
|---|---|
| ★★ | na.bba.yo |

| 壞。 | 나빠. |
|---|---|
| ★ | na.bba |

| 壞。（過去式） | 나빴어요. |
|---|---|
| ★★ | na.bba.sseo.yo |
| 不壞。 | 안 나빠요. |
| ★★ | an-na.bba.yo |
| 不壞。 | 안 나빠. |
| ★ | an-na.bba |
| 好像很壞。 | 나쁜 것 같아요. |
| ★★ | na.bbeun-geot-gga.tta.yo |
| 好像不壞。 | 안 나쁜 것 같아. |
| ★ | an-na.bbeun-geot-gga.tta |
| 不壞。（過去式） | 안 나빴어요. |
| ★★ | an-na.bba.sseo.yo |

| 因為壞 | 나쁘니까 | 壞的話 | 나쁘면 |
|---|---|---|---|
| | na.bbeu.ni.gga | | na.bbeu.myeon |
| 壞可是 | 나쁘지만 | 即使壞也 | 나빠도 |
| | na.bbeu.ji.man | | na.bba.do |

「真的是很壞的人呢。」

진짜 나쁜 사람이네.

chin.jja-na.bbeun-sa.la.mi.ne

「為什麼心情差？」

왜 기분이 나빠?

wae-ki.bu.ni-na.bba

| 壞人 | 壞男人 | 壞事 |
|---|---|---|
| 나쁜 사람 | 나쁜 남자 | 나쁜 일 |
| na.bbeun-sa.lam | na.bbeun-nam.ja | na.bbeu-nil |

142

【ㄴ】

## 見面　만나다 man.na.da

| 見面。 | 만납니다. |
| --- | --- |
| ★★★ | man.nam.ni.da |

| 見面。 | 만나요. |
| --- | --- |
| ★★ | man.na.yo |

| 見過面。 | 만났어요. |
| --- | --- |
| ★★ | man.na.sseo.yo |

| 見過。 | 만났어. |
| --- | --- |
| ★ | man.na.sseo |

| 想見面。 | 만나고 싶어요. |
| --- | --- |
| ★★ | man.na.go-si.ppeo.yo |

| 想見。 | 만나고 싶어. |
| --- | --- |
| ★ | man.na.go-si.ppeo |

| 不想見面。 | 안 만나고 싶어요. |
| --- | --- |
| ★★ | an-man.na.go-si.ppeo.yo |

| 不想見。 | 안 만나고 싶어. |
| --- | --- |
| ★ | an-man.na.go-si.ppeo |

| 見個面吧。 | 만납시다. |
| --- | --- |
| ★★ | man.nap.ssi.da |

| 來見面吧。 | 만나자. |
| --- | --- |
| ★ | man.na.ja |

| 應該見個面。 | 만나야 돼요. |
| --- | --- |
| ★★ | man.na.ya-dwae.yo |

ㄴ

| 不能見面。 | 만날 수 없어요. |
|---|---|
| ★★ | man.nal-su-eop.sseo.yo |
| 沒能見到面。 | 만날 수 없었어요. |
| ★★ | man.nal-su-eop.sseo.yo |
| 別見面。 | 만나지 마. |
| ★ | man.na.ji-ma |
| 希望能見面。 | 만났으면 좋겠어. |
| ★ | man.na.sseu.myeon-cho.kke.sseo |
| 請和我見面。 | 만나 주세요. |
| ★★ | man.na-ju.se.yo |

ㄴ

| 因為想見面 | 即使見面也 |
|---|---|
| 만나고 싶으니까 | 만나도 |
| man.na.go-si.ppeu.ni.gga | man.na.do |
| 為了見面  만나러 | 見面的話  만나면 |
| man.na.leo | man.na.myeon |

「希望能早一天盡快見面。」
하루라도 빨리 만나고 싶어.
ha.lu.la.do-bbal.li-man.na.go-si.ppeo

| 「真希望可以見到面。」 | 「再見。」 |
|---|---|
| 만날 수 있으면 좋겠다. | 또 만나요. |
| man.nal-su-i.sseu.myeon-cho.kket.dda | ddo-man.na.yo |

**解說** 「만나다」（man.na.da）「見面」是需要見面，或是有目的的「見面」，屬於語感較強的單字。表達想要見面的心情時，會使用「보고 싶어요」（po.go-si.ppeo.yo），直接翻譯就是「想看」＝「想見」，各自分開使用。→ 參考126頁「看」

## 寄放　맡기다 mat.ggi.da

| | |
|---|---|
| 寄放。 ★★★ | **맡깁니다.** mat.ggim.ni.da |
| 寄放。 ★★ | **맡겨요.** mat.ggyeo.yo |
| 寄放了。 ★★ | **맡겼어요.** mat.ggyeo.sseo.yo |
| 不能寄放。 ★★ | **못 맡겨요.** mon-mat.ggyeo.yo |
| 想寄放。 ★★ | **맡기고 싶어요.** mat.ggi.go-si.ppeo.yo |
| 寄放吧。 ★ | **맡기자.** mat.ggi.ja |

「可以寄放到明天嗎？」
**내일까지 맡겨도 돼요?**
nae.il.gga.ji-mat.ggyeo.do-twae.yo

「這個可以寄放嗎？」
**이것은 맡길 수 있어요?**
i.geo.seun-mat.ggil-su-i.sseo.yo

「去寄放。」
**맡기러 가요.**
mat.ggi.leo-ka.yo

| 想寄放的東西 | 原本想寄放的東西 | 寄放的東西 |
|---|---|---|
| **맡기고 싶은 것** | **맡기고 싶었던 것** | **맡긴 것** |
| mat.ggi.go-si.ppeun-geot | mat.ggi.go-si.ppeot.ddeon-geot | mat.ggin-geot |

**解說**　「保管。」是 **맡아요**. ( ma.tta.yo )，「可以幫我保管嗎？」是 **맡아 주실 수 있어요?** ( ma.tta-ju.sil.su.i.sseo.yo )。

## 加熱　데우다 te.u.da

| 加熱。 | 데워요. |
|---|---|
| ★★ | te.wo.yo |
| 加熱了。 | 데웠어요. |
| ★★ | te.wo.sseo.yo |
| 請幫我加熱。 | 데워 주세요. |
| ★★ | te.wo-ju.se.yo |
| 要幫你加熱嗎？ | 데워 줄까요？ |
| ★★ | te.wo-jul.gga.yo |

解說 在韓國像人蔘雞這樣熱呼呼的食物如果涼掉了，可以在吃到一半時拜託店家重新加熱。

## 集合　모이다 mo.i.da

| 集合。 | 모입니다. |
|---|---|
| ★★★ | mo.im.ni.da |
| 集合。 | 모여요. |
| ★★ | mo.yeo.yo |
| 集合了。 | 모였어요. |
| ★★ | mo.yeo.sseo.yo |
| 集合了。 | 모였어. |
| ★ | mo.yeo.sseo |
| 集合嗎？ | 모여요？ |
| ★★ | mo.yeo.yo |
| 不集合。 | 안 모여요. |
| ★★ | an-mo.yeo.yo |

| 集合吧。 | 모입시다. |
|---|---|
| ★★ | mo.ip.ssi.da |

| 必須集合。 | 모여야 해요. |
|---|---|
| ★★ | mo.yeo.ya-hae.yo |

| 因為集合 모이니까 | 集合之後 모여서 |
|---|---|
| mo.i.ni.gga | mo.yeo.seo |

「今天和朋友們有聚會。」
오늘 친구들하고 모임이 있어요.
o.neul-chin.gu.deu.la.go-mo.i.mi-i.sseo.yo

「會費都收齊了嗎？」
회비 다 모였어요？
hoe.bi-ta-mo.yeo.sseo.yo

니

## 寄送　보내다 po.nae.da

| 寄送。 | 보냅니다. |
|---|---|
| ★★★ | po.naem.ni.da |

| 寄送。 | 보내요. |
|---|---|
| ★★ | po.nae.yo |

| 我來寄。 | 보낼게. |
|---|---|
| ★ | po.nael.gge |

| 寄了。 | 보냈어요. |
|---|---|
| ★★ | po.nae.sseo.yo |

| 寄了。 | 보냈어. |
|---|---|
| ★ | po.nae.sseo |

| 要寄。 | 보낼 거예요. |
|---|---|
| ★★ | po.nael-ggeo.ye.yo |

| 我來寄。 | 보낼게. |
|---|---|
| ★ | po.nael.gge |

| 寄嗎？ | 보내요？ |
|---|---|
| ★★ | po.nae.yo |

| 寄了嗎？ ★★ | 보냈어요 ? <br> po.nae.sseo.yo |
|---|---|
| 寄了嗎？ ★ | 보냈어 ? <br> po.nae.sseo |
| 沒寄。 ★★ | 안 보내요. <br> an-bo.nae.yo |
| 想要寄。 ★★ | 보내고 싶어요. <br> po.nae.go-si.ppeo.yo |
| 能寄送嗎？ ★★ | 보낼 수 있어요 ? <br> po.nal-su-i.sseo.yo |
| 不能寄。 ★★ | 보낼 수 없어요. <br> po.nael-su-eop.sseo.yo |
| 可以寄嗎？ ★★ | 보내도 돼요 ? <br> po.nae.do-twae.yo |
| 請幫我寄。 ★★ | 보내 주세요. <br> po.nae.ju.se.yo |
| 來寄吧。 ★ | 보내자. <br> po.nae.ja |
| 不能不寄。 ★★ | 보내지 않으면 안 돼요. <br> po.nae.ji-a.neu.myeon-an-dwae.yo |

ㄴ

| 因為寄 보내니까 <br> po.nae.ni.gga | 即使寄了也 보내도 <br> po.nae.do |
|---|---|
| 寄送可是 <br> 보내지만 <br> po.nae.ji.man | 因為寄了（過去式） <br> 보냈으니까 <br> po.nae.sseu.ni.gga |

 「보내다」（po.nae.da）除了寄信或包裹之外，還有「度過時間」或「度過日子」的意思。

## 教 가르치다 ka.leu.chi.da

| 教。 ★★★ | **가르칩니다.** <br> ka.leu.chim.ni.da |
|---|---|
| 教。 ★★ | **가르쳐요.** <br> ka.leu.chyeo.yo |
| 我來教。 ★ | **가르칠게.** <br> ka.leu.chil-gge |
| 教了。 ★★ | **가르쳤어요.** <br> ka.leu.chyeo.sseo.yo |
| 教了。 ★ | **가르쳤어.** <br> ka.leu.chyeo.sseo |
| 會教。 ★★ | **가르칠 거예요.** <br> ka.leu.chil-ggeo.ye.yo |
| 不教。 ★★ | **안 가르쳐요.** <br> an-ka.keu.chyeo.yo |
| 不教我。 ★ | **안 가르쳐 줘.** <br> an-ka.leu.chyeo-jwo |
| 不能教。 ★★ | **못 가르쳐요.** <br> mot-gga.leu.chyeo.yo |
| 請教我。 ★★ | **가르쳐 주세요.** <br> ka.leu.chyeo-ju.se.yo |
| 教我。 ★ | **가르쳐 줘.** <br> ke.leu.chyeo-jwo |
| 不能不教。 ★★ | **가르치지 않으면 안 돼요.** <br> ka.leu.chi.ji-a.neu.myeon-an-dwae.yo |

> 「我教你。」是
> 「가르쳐 줄게.」
> （ka.leu.chyeo-jul.ge）

ㄴ

| 想教。 | 가르치고 싶어요. |
|---|---|
| ★★ | ka.leu.chi.go-si.ppeo.yo |

| 不想教。 | 가르치고 싶지 않아요. |
|---|---|
| ★★ | ka.leu.chi.go-sip.jji-a.na.yo |

| 不想教。 | 가르치고 싶지 않아. |
|---|---|
| ★ | ka.leu.chi.go-sip.jji-a.na |

| 因為教 | 가르치니까 | 即使教也 | 가르쳐도 |
|---|---|---|---|
| | ka.leu.chi.ni.gga | | ka.leu.chyeo.do |

| 一邊教 | 가르치면서 | 教的話 | 가르치면 |
|---|---|---|---|
| | ka.leu.chi.myeon.seo | | ka.leu.chi.myeon |

「請告訴我電話號碼。」
전화번호를 가르쳐 주세요.
cheo.nwa.beo.no.leul-ka.leu.chyeo-ju.se.yo

「請教我韓語。」
한국어를 가르쳐 주세요.
han.gu.geo.leul-ka.leu.chyeo-ju.se.yo

教的人
가르치는 사람
ka.leu.chi.neun-sa.lam

教導我的店
가르쳐준 가게
ka.leu.chyeo.jun-ka.ge

## 結束　끝나다　ggeun.na.da

| 結束。 | 끝납니다. |
|---|---|
| ★★★ | ggeun.nam.ni.da |

| 結束。 | 끝나요. |
|---|---|
| ★★ | ggeun.na.yo |

「結束。」就是
「끝.」（ggeut）

| 結束了。 | 끝났어요. |
|---|---|
| ★★ | ggeun.na.sseo.yo |

ㄴ

150

| | |
|---|---|
| 結束了。 ★ | 끝났어. ggeun.na.sseo |
| 會結束。 ★★ | 끝날 거예요. ggeun.nal-geo.ye.yo |
| 結束嗎? ★★ | 끝나요? ggeun.na.yo |
| 結束了嗎? ★★ | 끝났어요? ggeun.na.sseo.yo |
| 結束了。 ★ | 끝나 버렸어. ggeun.na-beo.lyeo.sseo |
| 沒有結束。 ★★ | 안 끝나요. an-ggeun.na.yo |
| 沒有結束。（過去式） ★★ | 안 끝났어요. an-ggeun.na.sseo.yo |

ㄴ

| | | | |
|---|---|---|---|
| 因為結束 | 끝나니까 ggeun.na.ni.gga | 即使結束也 | 끝나도 ggeun.na.do |
| 結束了可是 | 끝났지만 ggeun.nat.jji.man | 結束的時候 | 끝날 때 ggeun.nal-ddae |

## 結帳／計算　계산하다 ke.sa.na.da
【計算하다】

| | |
|---|---|
| 結帳／計算。 ★★ | 계산해요. ke.sa.nae.yo |
| 結帳了／計算了。 ★★ | 계산했어요. ke.sa.nae.sseo.yo |
| 請幫我結帳。 ★★ | 계산해 주세요. ke.sa.nae-ju.se.yo |

> 在餐廳結帳時可以使用。

| 沒有結帳／計算。 | 계산 안 했어요. |
|---|---|
| ★★ | ke.san-an-nae.sseo.yo |

| 沒辦法計算。 | 계산 못해요. |
|---|---|
| ★★ | ke.san-mo.ttae.yo |

| 必須結帳／計算。 | 계산해야 해요. |
|---|---|
| ★★ | ke.sa.nae.ya-hae.yo |

| 計算下來發現<br>계산해 보니까 | 計算了可是<br>계산했지만 |
|---|---|
| ke.sa.nae-bo.ni.gga | ke.sa.naet.jji.man |

ㄴ

| 「算錯了。」<br>계산이 틀려요.<br>ke.sa.ni-tteul.lyeo.yo | 「全部多少錢，請幫我算一下。」<br>전부 얼만지 계산해 주세요.<br>cheon.bu-eol.man.ji-ke.sa.nae-ju.se.yo |
|---|---|

**解說** 結帳或付款使用「계산하다」（ke.sa.na.da）【計算
하다】。另一方面，像「會計師」是「회계사」（hoe.
ge.sa）、「會計結算」是「결산회계」（kyeol.sa.noe.
ge），這時使用「회계」（hoe.ge）「會計」的單字。

## 解散　해산하다 hae.sa.na.da【解散하다】

| 解散。 | 해산해요. |
|---|---|
| ★★ | hae.sa.nae.yo |

| 解散了。 | 해산했어요. |
|---|---|
| ★★ | hae.sa.nae.sseo.yo |

| 會解散。 | 해산할 거예요. |
|---|---|
| ★★ | hae.sa.nal-geo.ye.yo |

| 不解散。 | 해산 안 해요. |
|---|---|
| ★★ | hae.san-an-nae.yo |

| 請不要解散。 | 해산하지 마세요. |
|---|---|
| ★★ | hae.sa.na.ji-ma.se.yo |

| 別解散。 | 해산하지 마. |
|---|---|
| ★ | hae.sa.na.ji-ma |

| 解散的話 | 解散了可是 |
|---|---|
| **해산하면** | **해산했지만** |
| hae.sa.na.myeon | hae.sa.naet.jji.man |

| 為了解散 | 解散之後 |
|---|---|
| **해산하기 위해서** | **해산한 후에** |
| hae.sa.na.gi-wi.hae.seo | hae.sa.nan-hu.e |

ㄴ

| 解散宣言 | 宣布解散 | 決定解散 |
|---|---|---|
| **해산 선언** | **해산 발표** | **해산 결정** |
| hae.san-seo.neo | hae.san-pal.ppyo | hae.san-gyeol.jeong |

## 居住／生活　살다 sal.dda

| 居住。 | 삽니다. |
|---|---|
| ★★★ | sam.ni.da |

| 居住。 | 살아요. |
|---|---|
| ★★ | sa.la.yo |

| 居住。（過去式） | 살았어요. |
|---|---|
| ★★ | sa.la.sseo.yo |

| 居住。（過去式） | 살았어. |
|---|---|
| ★ | sa.la.sseo |

| 要住嗎？ | 살 거예요？ |
|---|---|
| ★★ | sal-geo.ye.yo |

| 當時住過。 | 살고 있었어요. |
|---|---|
| ★★ | sal.go-i.sseo.sseo.yo |

| 想要住嗎？ | 살고 싶어요? |
|---|---|
| ★★ | sal.go-si.ppeo.yo |

| 「以前住在哪裡？」 | 「和誰住？」 |
|---|---|
| 전에는 어디에 살았어요? | 누구하고 살아요? |
| cheo.ne.neun-eo.di.e-sa.la.sseo.yo | nu.gu.ha.go-sa.la.yo |

**解說** 「살다」（sal.da）「生活」，同時也具有「活著」、「住」的意思

## 結婚　결혼하다 kyeo.lo.na.da【結婚하다】

| 結婚。 | 결혼합니다. |
|---|---|
| ★★★ | kyeo.lo.nam.ni.da |

| 結婚。 | 결혼해요. |
|---|---|
| ★★ | kyeo.lo.nae.yo |

| 結婚了。 | 결혼했어요. |
|---|---|
| ★★ | kyeo.lo.nae.sseo.yo |

| 要結婚。 | 결혼할 거예요. |
|---|---|
| ★★ | kyeo.lo.nal-geo.ye.yo |

| 想要結婚。 | 결혼하고 싶어요. |
|---|---|
| ★★ | kyeo.lo.na.go-si.ppeo.yo |

| 請結婚。 | 결혼하세요. |
|---|---|
| ★★ | kyeo.lo.na.se.yo |

| 當然得結婚。 | 결혼해야지. |
|---|---|
| ★ | kyeo.lo.nae.ya.ji |

| 不結婚。 | 결혼 안 해요. |
|---|---|
| ★★ | kyeo.lon-a-nae.yo |

| 不能結婚。 | 결혼 못 해요. |
|---|---|
| ★★ | kyeo.lon-mo-ttae.yo |

| 因為結婚　결혼하니까 | 結婚的話　결혼하면 |
|---|---|
| kyeo.lo.na.ni.gga | kyeo.lo.na.myeon |

| 「你何時要結婚？」 | 「希望今年一定要結婚。」 |
|---|---|
| 언제 결혼할 거예요? | 올해는 꼭 결혼하고 싶어. |
| eon.je-kyeo.lo.nal-geo.ye.yo | o.lae.neun-ggok-gyeo.lo.na.go-si.ppeo |

**解說** 在日語中，結婚是包含往後的婚姻生活，所以會用進行式來表達「你一直都還在結婚生活嗎？」但是韓語裡是以結婚典禮的日子為準來思考，所以會用過去式表達「**결혼했어요？**」（kyeo.lo.nae.sseo.yo）「結婚了嗎？」或是「**결혼했어요.**」（kyeo.lo.nae.sseo.yo）「我結婚了。」

ㄴ

## 健康　건강하다 keon.gang.ha.da【健康하다】

| 健康。 | 건강합니다. |
|---|---|
| ★★★ | keon.gang.ham.ni.da |

| 健康。 | 건강해요. |
|---|---|
| ★★ | keon.gang.hae.yo |

| 健康。（過去式） | 건강했어요. |
|---|---|
| ★★ | keon.gang.hae.sseo.yo |

| 健康。（過去式） | 건강했어. |
|---|---|
| ★ | keon.gang.hae.sseo |

| 健康嗎？ | 건강해요？ |
|---|---|
| ★★ | keon.gang.hae.yo |

| 不健康。 | 건강하지 않아요. |
|---|---|
| ★★ | keon.gang.ha.ji-a.na.yo |

| 不健康的話不行。 | 건강하지 않으면 안 돼요. |
|---|---|
| ★★ | keon.gang.ha.ji-a.neu.myeon-a-dwae.yo |

| 想要變健康。 | 건강해지고 싶어요. |
|---|---|
| ★★ | keon.gang.hae.ji.go-si.ppeo.yo |

| 因為健康 | 為了健康 |
|---|---|
| 건강하니까 | 건강을 위해서 |
| keon.gang.ha.ni.gga | keon.gang.eul-wi.hae.seo |

| 健康可是（過去式） | 即使健康也 |
|---|---|
| 건강했지만 | 건강해도 |
| keon.gang.haet.jji.man | keon.gang.hae.do |

「為了變健康而運動。」
건강해지기 위해서 운동을 해요.
keon.gang.hae.ji.gi-wi.hae.seo-un.dong.eul-hae.yo

「必須心思在健康上才行。」
건강에 신경 써야지.
keon.gang.e-sin.gyeong-sseo.ya.ji

## 寂寞　외롭다 oe.lop.dda

| 寂寞。 | 외롭습니다. |
|---|---|
| ★★★ | oe.lop.sseum.ni.da |

| 寂寞。 | 외로워요. |
|---|---|
| ★★ | oe.lo.wo.yo |

| 寂寞。 | 외로워. |
|---|---|
| ★ | oe.lo.wo |

| 寂寞。（過去式） | 외로웠어요. |
|---|---|
| ★★ | oe.lo.wo.sseo.yo |

| 寂寞。（過去式） | 외로웠어. |
|---|---|
| ★ | oe.lo.wo.sseo |

| 很寂寞呢。 | 외롭네요. |
|---|---|
| ★★ | oe.lom.ne.yo |
| 不寂寞嗎？ | 외롭지 않아요？ |
| ★★ | oe.lop.jji-a.na.yo |
| 不寂寞。 | 외롭지 않아요. |
| ★★ | oe.lop.jji-a.na.yo |

| 因為寂寞 외로우니까 | 寂寞可是 외롭지만 |
|---|---|
| oe.lo.u.ni.gga | oe.lop.jji.man |

| 因為寂寞（過去式）<br>외로웠으니까 | 寂寞的時候<br>외로울 때 |
|---|---|
| oe.lo.wo.sseu.ni.gga | oe.lo.ul-ddae |

ㄴ

---

「不能見面很寂寞，可是一起忍耐吧。」
**못 만나서 외롭지만 참자.**
mon-man.na.seo-oe.lop.jji.man-cham.ja

「一點都不寂寞。」
**하나도 안 외로워.**
ha.na.do-an-oe.lo.wo

---

(解說) 這裡提到的「**외롭다**」（oe.lop.dda）表示感覺孤獨的寂寞。在日語同樣也是被翻譯成「寂寞」的還有「**쓸쓸하다**」（sseul.sseu.la.da），但這個單字在韓語中並不是指感情，而是使用於風景、氣氛方面的「寂寥」。
例：「**저 사람 뒷모습이 쓸쓸해 보이네요.**」（cheo-sa.lam-twin.mo.seu.bi-sseul.sseu.lae-bo.i.ne.yo）「那個人的背影看起來很寂寥。」

## 嫉妒　질투하다 chil.du.ha.da【嫉妒하다】

| 嫉妒。<br>★★★ | 질투합니다.<br>chil.ttu.ham.ni.da |
| 嫉妒。<br>★★ | 질투해요.<br>chil.ttu.hae.yo |
| 嫉妒著。<br>★ | 질투하고 있어.<br>chil.ttu.ha.go-i.sseo |
| 嫉妒。（過去式）<br>★★ | 질투했어요.<br>chil.ttu.hae.sseo.yo |
| 嫉妒。（過去式）<br>★ | 질투했어.<br>chil.ttu.hae.sseo |
| 你是在嫉妒？<br>★ | 질투하는 거야？<br>chil.ttu.ha.neun-geo.ya |
| 不嫉妒。<br>★★ | 질투 안 해요.<br>chil.ttu-a-nae.yo |
| 變得嫉妒。<br>★ | 질투하게 돼.<br>chil.ttu.ha.ge-dwae |
| 別嫉妒。<br>★ | 질투하지 마.<br>chil.ttu.ha.ji-ma |
| 難道是嫉妒？<br>★ | 질투인가？<br>chil.ttu.in.ga |
| 即使嫉妒也<br>질투해도<br>chil.ttu.hae.do | 嫉妒的同時<br>질투하면서<br>chil.ttu.ha.myeon.seo |

ㄴ

「你現在是在嫉妒嗎？」
지금 질투하는 거예요?
chi.geum-chil.ttu.ha.neun-geo.ye.yo

「就算嫉妒也沒有用。」
질투해도 소용없어.
chil.ttu.hae.do-so.yong.eop.sseo

## 近　가깝다 ka.ggap.dda

| 近。 | 가깝습니다. |
|---|---|
| ★★★ | ka.gap.sseum.ni.da |

| 近。 | 가까워요. |
|---|---|
| ★★ | ka.gga.wo.yo |

| 近。 | 가깝다. |
|---|---|
| ★ | ka.gap.dda |

| 近。（過去式） | 가까웠어요. |
|---|---|
| ★★ | ka.gga.wo.sseo.yo |

| 近。（過去式） | 가까웠어. |
|---|---|
| ★ | ka.gga.wo.sseo |

| 近嗎？ | 가까워요？ |
|---|---|
| ★★ | ka.gga.wo.yo |

| 不近。 | 안 가까워요. |
|---|---|
| ★★ | an-ka.gga.wo.yo |

| 好像很近。 | 가까운 것 같아요. |
|---|---|
| ★★ | ka.gga.un-geot-gga.tta.yo |

| 因為近 | 가까우니까 | 即使近也 | 가까워도 |
|---|---|---|---|
| | ka.gga.u.ni.gga | | ka.gga.wo.do |
| 近處 | 가까이에 | 近可是 | 가깝지만 |
| | ka.gga.i.e | | ka.ggap.jji.man |

ㄴ

159

| 「離這裡近嗎？」 | 「因為很近，走路去吧。」 |
|---|---|
| 여기서 가까워요? | 가까우니까 걸어서 갑시다. |
| yeo.gi.seo-ka.gga.wo.yo | ka.gga.u.ni.gga-keo.leo.seo-kap.ssi.da |

**解說** 表達「在近處」的時候，經常使用「근처에」（keun.cheo. e）「在附近」。但是，如果是自己的手所能觸及之處的「近處」，可以說上述的「**가까이에**」（ka.gga.i.e）。也可以說「**바로 옆에**」（pa.lo-yeo.ppe）「就在旁邊」、「**바로 앞에**」（pa.lo-a.ppe）「就在前面」。

ㄴ

## 繼續　계속하다 ke.so.kka.da【繼續하다】

| 繼續。 | 계속합니다. |
|---|---|
| ★★★ | kke.so.kkam.ni.da |

| 繼續。 | 계속해요. |
|---|---|
| ★★ | kke.so.kkae.yo |

| 我會繼續。 | 계속할게. |
|---|---|
| ★ | kke.so.kkal.gge |

| 繼續。（過去式） | 계속했어요. |
|---|---|
| ★★ | kke.so.kkae.sseo.yo |

| 繼續。（過去式） | 계속했어. |
|---|---|
| ★ | kke.so.kkae.sseo |

| 繼續嗎？ | 계속해요？ |
|---|---|
| ★★ | kke.so.kkae.yo |

| 請繼續。 | 계속해 주세요. |
|---|---|
| ★★ | kke.so.kkae-ju.se.yo |

| 繼續。 | 계속해. |
|---|---|
| ★ | kke.so.kkae |

| 可以繼續嗎？ | 계속할 수 있어요？ |
|---|---|
| ★★ | kke.so.kkal-su-i.sseo.yo |
| 想要繼續。 | 계속하고 싶어요. |
| ★★ | kke.so.kka.go-si.ppeo.yo |
| 不想繼續。 | 계속하고 싶지 않아요. |
| ★★ | kke.so.kka.go-sip.jji-a.na.yo |
| 可以繼續嗎？ | 계속해도 돼요？ |
| ★★ | kke.so.kkae.do-twae.yo |
| 可以繼續。 | 계속할 수 있어요. |
| ★★ | kke.so.kkal-su-i.sseo.yo |
| 不能繼續。 | 계속할 수 없어요. |
| ★★ | kke.so.kkal-su-eop.sseo.yo |
| 正繼續著。 | 계속하고 있어요. |
| ★★ | kke.so.kka.go-i.sseo.yo |

ㄴ

| 繼續的話 | 계속하면 | 繼續的同時 | 계속하면서 |
|---|---|---|---|
| | kke.so.kka.myeon | | kke.so.kka.myeon.seo |
| 繼續可是 | 계속하지만 | 即使繼續也 | 계속해도 |
| | kke.so.kka.ji.man | | kke.so.kkae.do |

| 繼續的理由<br>계속한 이유<br>kke.so.kkan-i.yu | 想要繼續的事<br>계속하고 싶은 일<br>kke.so.kka.go-si.ppeun-nil |
|---|---|

161

## 焦慮　불안하다 pu.la.na.da【不安하다】

| 焦慮。<br>★★★ | **불안합니다.**<br>pu.la.nam.ni.da |
| --- | --- |
| 焦慮。<br>★★ | **불안해요.**<br>pu.la.nae.yo |
| 焦慮。<br>★ | **불안해.**<br>pu.la.nae |
| 焦慮。（過去式）<br>★★ | **불안했어요.**<br>pu.la.nae.sseo.yo |
| 焦慮。（過去式）<br>★ | **불안했어.**<br>pu.la.nae.sseo |
| 焦慮吧？<br>★★ | **불안하죠？**<br>pu.la.na.jyo |
| 不焦慮。<br>★★ | **불안하지 않아요.**<br>pu.la.na.ji-a.na.yo |
| 很焦慮呢。<br>★★ | **불안하네요.**<br>pu.la.na.ne.yo |
| 很焦慮呢。<br>★ | **불안하네.**<br>pu.la.na.ne |

> 「沒有焦慮。」是「안 불안해요.」（an-bu. la.nae.yo）

| 因為焦慮<br>**불안하니까**<br>pu.la.na.ni.gga | 焦慮可是（過去式）<br>**불안했지만**<br>pu.la.naet.jji.man |
| --- | --- |

「一定很焦慮吧？」
**많이 불안했죠？**
ma.ni-pu.la.naet.jjyo

「太過焦慮，沒辦法睡覺。」
**불안해서 잠을 못 자겠어.**
pu.la.nae.seo-cha.meul-mot-jja.ge.sseo

## 叫　부르다 pu.leu.da

| | |
|---|---|
| 叫。<br>★★★ | **부릅니다.**<br>pu.leum.ni.da |
| 叫。<br>★★ | **불러요.**<br>pul.leo.yo |
| 我會叫。<br>★ | **부를게.**<br>pu.leul.gge |
| 叫了。<br>★★ | **불렀어요.**<br>pul.leo.sseo.yo |
| 叫了。<br>★ | **불렀어.**<br>pul.leo.sseo |
| 叫了嗎？<br>★★ | **불렀어요？**<br>pul.leo.sseo.yo |
| 叫了嗎？<br>★ | **불렀어？**<br>pul.leo.sseo |
| 沒叫。<br>★★ | **안 불러요.**<br>an-bu.leo.yo |
| 可以叫嗎？<br>★★ | **불러도 돼요？**<br>pul.leo.do-twae.yo |
| 請幫我叫。<br>★★ | **불러 주세요.**<br>pul.leo-ju.se.yo |
| 幫我叫。<br>★ | **불러 줘.**<br>pul.leo-jwo |

| 因為叫了 | **불렀으니까**<br>pul.leo.sseu.ni.gga | 叫了可是 | **불렀지만**<br>pul.leot.jji.man |
|---|---|---|---|

ㄴ

| 叫了發現 | 불러 보니까 | 即使叫也 | 불러도 |
|---|---|---|---|
| | pul.leo-po.ni.gga | | pul.leo.do |

「請幫我叫計程車。」
**택시 좀 불러 주세요.**
ttaek.ssi-chom-pul.leo-ju.se.yo

「應該叫做什麼呢？」
**뭐라고 불러야 해요？**
mwo.la.go-pul.leo.ya-hae.yo

## 機靈　영리하다 yeong.ni.ha.da【伶俐하다】

| 機靈。 | **영리합니다.** |
|---|---|
| ★★★ | yeong.ni.ham.ni.da |
| 機靈。 | **영리해요.** |
| ★★ | yeong.ni.hae.yo |
| 機靈。（過去式） | **영리했어요.** |
| ★★ | yeong.ni.hae.sseo.yo |
| 機靈。（過去式） | **영리했어.** |
| ★ | yeong.ni.hae.sseo |
| 機靈嗎？ | **영리해요？** |
| ★★ | yeong.ni.hae.yo |
| 想要變機靈。 | **영리해지고 싶어요.** |
| ★★ | yeong.ni.hae.ji.go-si.ppeo.yo |
| 必須變得機靈。 | **영리해져야 해요.** |
| ★★ | yeong.ni.hae.jyeo.ya-hae.yo |
| 得變得機靈才行。 | **영리해져야지.** |
| ★ | yeong.ni.hae.jyeo.ya-ji |
| 看起來很機靈。 | **영리해 보여요.** |
| ★★ | yeong.ni.hae-po.yeo.yo |

| | |
|---|---|
| 看起來不機靈。<br>★★ | 영리해 보이지 않아요.<br>yeong.ni.hae-po.i.ji-a.na.yo |
| 因為機靈<br>영리하니까<br>yeong.ni.ha.ni.gga | 即使機靈也<br>영리해도<br>yeong.ni.hae.do |
| 即使說機靈也 | 영리했다고 해도<br>yeong.ni.haet.dda.go-hae.do |

「是很機靈的孩子耶。」
영리한 아이네요.
yeong.ni.han-a.i.ne.yo

「因為很機靈，什麼都學得很快。」
영리해서 뭐든지 빨리 배워요.
yeong.ni.hae.seo-mwo.deun.ji-bbal.li-pae.wo.yo

---

**解說** 是指能夠舉一反三的伶俐聰明。也含有腦筋轉得很快，或是狡猾的意思。

## 【 ㄍ 】

## 去 가다 ka.da

| | |
|---|---|
| 去。<br>★★★ | 갑니다.<br>kam.ni.da |
| 去。<br>★★ | 가요.<br>ka.yo |
| 去了。<br>★★ | 갔어요.<br>ka.sseo.yo |
| 要去。<br>★★ | 갈 거예요.<br>kal-ggeo.ye.yo |

| | |
|---|---|
| 說不定會去。<br>★★ | **갈지도 몰라요.**<br>kal.jji.do-mol.la.yo |
| 想去。<br>★★ | **가고 싶어요.**<br>ka.go-si.ppeo.yo |
| 我會去。<br>★★ | **가 볼게요.**<br>ka-bol.gge.yo |
| 想去看看。<br>★★ | **가보고 싶어요.**<br>ka.bo.go-si.ppeo.yo |
| 一起去吧。<br>★★ | **갑시다.**<br>kap.ssi.da |
| 走吧。<br>★ | **가자.**<br>ka.ja |
| 走。<br>★ | **가.**<br>ka |
| 請不要走。<br>★★ | **가지 마세요.**<br>ka.ji-ma.se.yo |
| 別走。<br>★ | **가지 마.**<br>ka.ji-ma |
| 不想去。<br>★★ | **가고 싶지 않아요.**<br>ka.go-sip.jji-a.na.yo |
| 不想去。<br>★ | **안 가고 싶어.**<br>an-ka.go-si.ppeo |

也可以當作「再見！」使用，如果用強硬的語氣說，會變成「你走！」。

| | |
|---|---|
| 會去的話 **갈 거면**<br>kal-ggeo.myeon | 即使去了也 **가도**<br>ka.do |
| 一邊去 **가면서**<br>ka.myeon.seo | 不只去而已 **갈 뿐만 아니라**<br>kal-bbun.man-a.ni.la |

「一起去吧。」　　「去哪？」　　「我們要去哪裡呢？」
같이 가자.　　　어디 가?　　어디에 갈까요?
ka.chi-ka.ja　　　eo.di-ka　　eo.di.e-kal.gga.yo

 따라가다（dda.la.ga.da）「跟去」、들어가다（teu.leo.
ga.da）「進去」、 돌아가다（to.la.ga.da）「回去」等，在
最後使用가다（ka.da）「去」的詞彙上可以做同樣的活
用。
例：따라가요.（dda.la.ga.yo）「跟著去。」
　　돌아갈 거예요.（to.la.gal-geo.ye.yo）「要回去。」

## 起床　일어나다 i.leo.na.da

| 起床。 | 일어납니다. |
| --- | --- |
| ★★★ | i.leo.nam.ni.da |

| 起床。 | 일어나요. |
| --- | --- |
| ★★ | i.leo.na.yo |

| 起床了。 | 일어났어요. |
| --- | --- |
| ★★ | i.leo.na.sseo.yo |

| 起床了。 | 일어났어. |
| --- | --- |
| ★ | i.leo.na.sseo |

| 起床吧。 | 일어납시다. |
| --- | --- |
| ★★ | i.leo.nap.ssi.da |

| 起床吧。 | 일어나자. |
| --- | --- |
| ★ | i.leo.na.ja |

| 請起床。 | 일어나세요. |
| --- | --- |
| ★★ | i.leo.na.se.yo |

| 起床。 | 일어나. |
| --- | --- |
| ★ | i.leo.na |

| | |
|---|---|
| 沒辦法起床。<br>★★ | 못 일어나요.<br>mon-ni.leo.na.yo |
| 沒辦法起床。（過去式）<br>★★ | 못 일어났어요.<br>mon-ni.leo.na.sseo.yo |
| 想要起床。<br>★★ | 일어나고 싶어요.<br>i.leo.na.go-si.ppeo.yo |
| 不想起床。<br>★★ | 일어나고 싶지 않아요.<br>i.leo.na.go-sip.jji-a.na.yo |
| 因為起床 일어나니까<br>i.leo.na.ni.gga | 即使起床也 일어나도<br>i.leo.na.do |

> 「請早一點起床。」<br>일찍 일어나세요.<br>il.jjik-i.leo.na.se.yo
> 「請現在立刻起來。」<br>지금 바로 일어나세요.<br>chi.geum-pa.lo-i.leo.na.se.yo

**解說** 「일어나다」（i.leo.na.da）不只是從躺著的狀態起身，由坐著的狀態站起來也可以使用。「叫醒。」是「깨워요.」（ggae.wo.yo）。「깨워 주세요.」（ggae.wo-ju.se.yo）」意思是「請叫醒（我）。」

## 確認 확인하다 hwa.gi.na.da【確認하다】

| | |
|---|---|
| 確認。<br>★★★ | 확인합니다.<br>hwa.gi.nam.ni.da |
| 確認。<br>★★ | 확인해요.<br>hwa.gi.nae.yo |
| 確認了。<br>★★ | 확인했어요.<br>hwa.gi.nae.sseo.yo |
| 無法確認。<br>★★ | 확인 못 했어요.<br>hwa.gin-mo-ttae.sseo.yo |

| 請幫我確認。 | 확인해 주세요. |
|---|---|
| ★★ | hwa.gi.nae-ju.se.yo |

| 去確認。 | 확인해. |
|---|---|
| ★ | hwa.gi.nae |

| 確認了嗎？ | 확인했어요？ |
|---|---|
| ★★ | hwa.gi.nae.sseo.yo |

| 確認的話　확인하면 | 確認的時候　확인할 때 |
|---|---|
| hwa.gi.na.myeon | hwa.gi.nal-ddae |

| 確認的同時 | 確認的可是 |
|---|---|
| 확인하면서 | 확인했지만 |
| hwa.gi.na.myeon | hwa.gi.naet.jji.man |

| 「確認了，可是沒有。」 | 「我來確認看看。」 |
|---|---|
| 확인했지만 없었어요. | 확인해 볼게. |
| hwa.gi.nat.jji.man-eop.sseo.sseo.yo | hwa.gi.nae-bol.gge |

**解說** 雖然有「메일 봤어？」（me.il-bwa.sseo）「看到郵件了嗎？」這種表達方式，但這時通常是在確認是否有收到郵件，而不是確認內容為何。

## 輕　가볍다 ka.byeop.dda

| 輕。 | 가볍습니다. |
|---|---|
| ★★★ | ka.byeop.sseum.ni.da |

| 輕。 | 가벼워요. |
|---|---|
| ★★ | ka.byeo.wo.yo |

| 輕。（過去式） | 가벼웠어요. |
|---|---|
| ★★ | ka.byeo.wo.sseo.yo |

| 輕。（過去式） | 가벼웠어. |
|---|---|
| ★ | ka.byeo.wo.sseo |

| 很輕呢。 | 가볍네요. |
|---|---|
| ★★ | ka.byeom.ne.yo |

| 一定很輕。 | 가볍겠어요. |
|---|---|
| ★★ | ka.byeop.gge.sseo.yo |

| 輕嗎？ | 가벼워요？ |
|---|---|
| ★★ | ka.byeo.wo.yo |

| 不輕。 | 안 가벼워요. |
|---|---|
| ★★ | an-ka.byeo.wo.yo |

| 好像很輕。 | 가벼운 것 같아. |
|---|---|
| ★ | ka.byeo.un-geot-gga.tta |

> 「看起來很輕的樣子。」是「가벼워 보여.」（ka.byeo.wo-bo.yeo）。

| 因為輕 | 가벼우니까 | 因為輕 | 가벼워서 |
|---|---|---|---|
| | ka.byeo.u.ni.gga | | ka.byeo.wo.seo |
| 即使輕也 | 가벼워도 | 輕可是 | 가볍지만 |
| | ka.byeo.wo.do | | ka.byeop.jji.man |

「你太大嘴巴了。」
너 입이 너무 가벼워.
neo-i.bi-neo.mu-ka.byeo.wo

「這球鞋真的好輕。」
이 운동화 진짜 가벼워.
i-un.dong.hwa-chin.jja-ka.byeo.wo

**解說** 主要是使用於重量的「輕」，但和日語一樣，當形容「嘴巴很輕」時，可以用來比喻大嘴巴守不住祕密的人。但是形容和性格有關的「輕浮的人」，在韓語裡則沒有使用。

| 期待。 | 기대합니다. |
|---|---|
| ★★★ | ki.dae.ham.ni.da |

| 期待。 | 기대해요. |
|---|---|
| ★★ | ki.dae.hae.yo |

| 期待著。 | 기대하고 있어요. |
|---|---|
| ★★ | ka.dae.ha.go-i.sseo.yo |

| 一起期待吧。 | 기대합시다. |
|---|---|
| ★★ | ki.dae.hap.ssi.da |

| 一起期待吧。 | 기대하자. |
|---|---|
| ★ | ki.dae.ha.ja |

| 無法期待。 | 기대 못 해요. |
|---|---|
| ★★ | ki.dae-mo-ttae.yo |

| 請不要期待。 | 기대하지 마세요. |
|---|---|
| ★★ | ki.dae.ha.ji-ma.se.yo |

| 別期待。 | 기대하지 마. |
|---|---|
| ★ | ki.dae.ha.ji-ma |

| 不可以期待。 | 기대하면 안 돼요. |
|---|---|
| ★★ | ki.dae.ha.myeon-an-dwae.yo |

| 即使期待也 | 因為期待（過去式） |
|---|---|
| 기대해도 | 기대했으니까 |
| ki.dae.hae.do | ki.dae.hae.sseu.ni.gga |

| 期待的同時 | 期待可是（過去式） |
|---|---|
| 기대하면서 | 기대했지만 |
| ki.dae.ha.myeon.seo | ki.dae.haet.jji.man |

「就算期待也沒有用。」　「敬請期待新電影。」
**기대해도 소용없어.**　**새 영화 기대하세요.**
ki.dae.hae.do-so.yong.eop.sseo　sae-yeong.hwa-ki.dae.ha.se.yo

**解說** 韓流偶像們常常會說「**기대하세요.**」（ki.dae.ha.se.yo）。雖然有「請大家期待。」的意思，但是在日本會使用「保持樂趣喔。」這樣的說法。其實兩者想要傳達的意思是一樣的。還有，當充滿自信，希望大家能夠給予熱烈期待時，可以使用「**기대하셔도 돼요.**」（ki.dae.ha.syeo.do-twae.yo）「請大家拭目以待。」

## 切斷／剪斷　끊다 ggeun.tta／자르다 cha.leu.da

* 끊다 → 可以是將長長的線切斷的意思，或將一直在做的事情中斷。
  자르다 → 使用剪刀或刀子切割。

切斷。／剪斷。
★★★
**끊습니다.／자릅니다.**
ggeun.seum.ni.da/cha.leum.ni.da

切斷。／剪斷。
★★
**끊어요./잘라요.**
ggeu.neo.yo/chal.la.yo

我來切。／我來剪。
★
**끊을게./자를게.**
ggeu.neul.gge/cha.leul.gge

切斷了。／剪斷了。
★★
**끊었어요./잘랐어요.**
ggeu.neo.sseo.yo/chal.la.sseo.yo

切斷了。／剪斷了。
★
**끊었어./잘랐어.**
ggeu.neo.sseo/chal.la.sseo

想切斷。／想剪斷。
**끊고 싶어요./자르고 싶어요.**
★★ ggeun.kko-si.ppeo.yo/cha.leu.go-si.ppeo.yo

想切斷。／想剪斷。（過去式）
**끊고 싶었어요.／자르고 싶었어요.**

★★　ggeun.kko-si.ppeo.sseo.yo/cha.leu.go-si.ppeo.sseo.yo

可以切嗎？／可以剪嗎？
**끊어도 돼요／잘라도 돼요?**

★★　ggeu.neo.do-twae.yo/chal.la.do-twae.yo

想切嗎？／想剪嗎？
**끊고 싶어요?／자르고 싶어요?**

★★　ggeun.kko-si.ppeo.yo/cha.leu.go-si.ppeo.yo

一起來切吧。／一起來剪吧。
**끊읍시다.／자릅시다.**

★★　ggeu.neup.ssi.da/cha.leup.ssi.da

因為切了／因為剪了
**끊었으니까／잘랐으니까**

ggeu.neo.sseu.ni.gga/chal.la.sseu.ni.gga

一邊切／一邊剪　　　　**끊으면서／자르면서**

ggeu.neu.myeon.seo/cha.leu.myeon.seo

切了可是／剪了可是　**끊었지만／잘랐지만**

ggeu.neot.jji.man/chal.lat.jji.man

「快掛電話。」
**빨리 전화 끊어.**
bbal.li-cheo.nwa-ggeu.neo

「剪了頭髮？」
**머리 잘랐어?**
meo.li-chal.la.sseo

## 奇怪　이상하다 i.sang.ha.da 【異常하다】

| 奇怪。 | 이상합니다. |
|---|---|
| ★★★ | i.sang.ham.ni.da |

| 奇怪。 | 이상해요. |
|---|---|
| ★★ | i.sang.hae.yo |

| 奇怪。 | 이상해. |
|---|---|
| ★ | i.sang.hae |

| 奇怪。（過去式） | 이상했어요. |
|---|---|
| ★★ | i.sang.hae.sseo.yo |

| 奇怪。（過去式） | 이상했어. |
|---|---|
| ★ | i.sang.hae.sseo |

| 奇怪嗎？ | 이상해요？ |
|---|---|
| ★★ | i.sang.hae.yo |

| 很奇怪呢。 | 이상하네요. |
|---|---|
| ★★ | i.sang.ha.ne.yo |

| 很奇怪呢。 | 이상하네. |
|---|---|
| ★ | i.sang.ha.ne |

| 不奇怪。 | 이상하지 않아요. |
|---|---|
| ★★ | i.sang.ha.ji-a.na.yo |

| 不奇怪嗎？ | 이상하지 않아？ |
|---|---|
| ★ | i.sang.ha.ji-a.na |

| 因為奇怪 이상하니까 | 即使奇怪也 이상해도 |
|---|---|
| i.sang.ha.ni.gga | i.sang.hae.do |
| 奇怪的時候 이상할 때 | 奇怪可是 이상하지만 |
| i.sang.hal-ddae | i.sang.ha.ji.man |

「有一種奇怪的感覺呢。」 「不覺得哪裡不對勁嗎？」
**이상한 느낌이 드네요.** **뭔가 이상하지 않아 ?**
i.sang.han-neu.ggi.mi-teu.ne.yo    mwon.ga-i.sang.ha.ji-a.na

奇怪的氣味　　　　　奇怪的人　　　　　　奇怪的味道
**이상한 냄새**　　　　**이상한 사람**　　　　**이상한 맛**
i.sang.han-naem.sae    i.sang.han-sa.lam    i.sang.han-mat

# 【 ㅜ 】

## 羨慕　부럽다 pu.leop.dda

| 羨慕。 | **부럽습니다.** |
|---|---|
| ★★★ | pu.leop.sseum.ni.da |

| 羨慕。 | **부러워요.** |
|---|---|
| ★★ | pu.leo.wo.yo |

| 羨慕。 | **부러워.** |
|---|---|
| ★ | pu.leo.wo |

| 羨慕。（過去式） | **부러웠어요.** |
|---|---|
| ★★ | pu.leo.wo.sseo.yo |

| 羨慕。（過去式） | **부러웠어.** |
|---|---|
| ★ | pu.leo.wo.sseo |

| 不羨慕。 | **안 부러워요.** |
|---|---|
| ★★ | an-bu.leo.wo.yo |

| 不羨慕嗎？ | **안 부러워 ?** |
|---|---|
| ★ | an-bu.leo.wo |

| 羨慕吧？ | **부럽지 ?** |
|---|---|
| ★ | pu.leop.jji |

| 真羨慕呢。 | 부럽네요. |
|---|---|
| ★★ | pu.leom.ne.yo |

| 因為羨慕 | 부러우니까 |
|---|---|
| | pu.leo.u.ni.gga |

| 羨慕可是 | 부럽지만 |
|---|---|
| | pu.leop.jji.man |

| 因為羨慕 | 부러워서 |
|---|---|
| | pu.leo.wo.seo |

| 羨慕可是（過去式） | 부러웠지만 |
|---|---|
| | pu.leo.wot.jji.man |

T

「姐姐我羨慕妳。」
언니가 부러워요.
eon.ni.ga-pu.leo.wo.yo

「一點都不羨慕。」
하나도 안 부러워.
ha.na.do-an-bu.leo.wo

## 洗 빨다 bbal.da ／ 씻다 ssit.dda

\* 빨다 → 洗布類、洗衣物
　씻다 → 所有清洗的東西都能使用

| 洗。 | 빱니다. ／ 씻습니다. | |
|---|---|---|
| ★★★ | bbam.ni.da | ssit.sseum.ni.da |

| 洗。 | 빨아요. ／ 씻어요. | |
|---|---|---|
| ★★ | bba.la.yo | ssi.seo.yo |

| 洗了。 | 빨았어요. ／ 씻었어요. | |
|---|---|---|
| ★★ | bba.la.sseo.yo | ssi.seo.sseo.yo |

| 沒洗。 | 안 빨았어요. ／ 안 씻었어요. | |
|---|---|---|
| ★★ | an-bba.la.sseo.yo | an-ssi.seo.sseo.yo |

| 要洗。 | 빨 거예요. ／ 씻을 거예요. | |
|---|---|---|
| ★★ | bbal-ggeo.ye.yo | ssi.seul-ggeo.ye.yo |

| 請幫我洗。 | 빨아 주세요. ╱ 씻어 주세요. |
|---|---|
| ★★ | bba.la-ju.se.yo    ssi.seo-ju.se.yo |
| 請洗。 | 빠세요. ╱ 씻으세요. |
| ★★ | bba.se.yo    ssi.seu.se.yo |
| 洗了嗎？ | 빨았어？╱ 씻었어？ |
| ★ | bba.la.sseo    ssi.seo.sseo |
| 沒洗嗎？ | 안 빨았어？╱ 안 씻었어？ |
| ★ | an-bba.la.sseo    an-ssi.seo.sseo |
| 想要洗。 | 빨고 싶어요. ╱ 씻고 싶어요. |
| ★★ | bbal.go-si.ppeo.yo    ssit.ggo-si.ppeo.yo |
| 應該洗。 | 빨아야 해요. ╱ 씻어야 해요. |
| ★★ | bba.la.ya-hae.yo    ssi.seo.ya-hae.yo |
| 一邊洗 | 빨면서 ╱ 씻으면서 |
| | bbal.myeon.seo  ssi.seu.myeon.seo |
| 即使洗了也 | 빨아도 ╱ 씻어도 |
| | bba.la.do    ssi.seo.do |
| 洗了可是 | 빨았는데 ╱ 씻었는데 |
| | bba.lan.neun.de    ssi.seon.neun.de |
| 因為洗了 | 빨았으니까 ╱ 씻었으니까 |
| | bba.la.sseu.ni.gga    ssi.seo.sseu.ni.gga |

**解說** 只有在洗頭髮的時候會用 **감다**（kam.da），**머리를 감았어요.**（meo.li.leul-ka.ma.sseo.yo）意思就是「洗了頭髮」。

## 謝謝　고맙다 ko.mab.dda

| 謝謝您。 | 고맙습니다. |
|---|---|
| ★★★ | ko.mab.sseum.ni.da |
| 謝謝你。 | 고마워요. |
| ★★ | ko.ma.wo.yo |
| 謝謝你。（過去式） | 고마웠어요. |
| ★★ | ko.ma.wo.sseo.yo |
| 謝啦。 | 고마워. |
| ★ | ko.ma.wo |

也可以使用 고맙다.（ko.map.dda），意思相同。

| 因為感謝 고마우니까 | 感謝可是 고맙지만 |
|---|---|
| ko.ma.u.ni.gga | ko.map.jji.man |

「請替我轉達謝意。」
고맙다고 전해 주세요.
ko.map.dda.go-jeo.nae-ju.se.yo

「謝啦，朋友。」
친구야 고맙다.
chin.gu.ya-ko.map.dda

**解說** 同樣表達「謝謝」的還有 감사합니다.（kam.sa.ham.ni.da），用於第一次見面，或是在眾人面前使用，比較具有禮貌的形象。這裡所說的 고맙습니다.（ko.map.sseum.ni.da）是在熟識的關係上，想要表示感謝時使用，是比較具有親近感的表現。

## 想／思考　생각하다 saeng.ga.kka.da

| 想一想。 | 생각합니다. |
|---|---|
| ★★★ | saeng.ga.kkam.ni.da |
| 想一想。 | 생각해요. |
| ★★ | saeng.ga.kkae.yo |
| 想過了。 | 생각했어요. |
| ★★ | saeng.ga.kkae.sseo.yo |

T

| 想過了。 | 생각했어. |
|---|---|
| ★ | saeng.ga.kkae.sseo |
| 我會想一想。 | 생각해 볼게요. |
| ★★ | saeng.ga.kkae-bol.ge.yo |
| 我會想一想。 | 생각해 볼게. |
| ★ | saeng.ga.kkae-bol.ge |
| 請讓我想一想。 | 생각하게 해 주세요. |
| ★★ | saeng.ga.kka.ge-hae-ju.se.yo |
| 我想思考。 | 생각하고 싶어요. |
| ★★ | saeng.ga.kka.go-si.ppeo.yo |
| 我不想思考。 | 생각하고 싶지 않아요. |
| ★★ | saeng.ga.kka.go-sip.jji-a.na.yo |
| 不能思考。 | 생각할 수 없어요. |
| ★★ | saeng.ga.kkal-su-eop.sseo.yo |
| 必須思考。 | 생각해야 돼. |
| ★ | saeng.ga.kkae.ya-dwae |
| 可以想一想嗎？ | 생각해도 돼요？ |
| ★★ | saeng.ga.kkae.do-dwae.yo |

| 因為想過了 | 一邊思考 |
|---|---|
| 생각했으니까 | 생각하면서 |
| saeng.ga.kkae.sseu.ni.gga | saeng.ga.kka.myeon.seo |
| 仔細想想的話 | 比想像中的 |
| 생각해 보면 | 생각보다 |
| saeng.ga.kkae-bo.myeon | saeng.gak.bbo.da |

「你有什麼想法呢？」
어떻게 생각해요？
eo.ddeo.kke-saeng.ga.kkae.yo

「有一個好點子。」
좋은 생각이 있어요.
cho.eun-saeng.ga.gi-i.sseo.yo

## 小心　조심하다 cho.si.ma.da 【操心하다】

|  |  |
|---|---|
| 小心。 ★★★ | **조심합니다.** cho.si.mam.ni.da |
| 小心。 ★★ | **조심해요.** cho.si.mae.yo |
| 小心。（過去式） ★★ | **조심했어요.** cho.si.mae.sseo.yo |
| 小心。（過去式） ★ | **조심했어.** cho.si.mae.sseo |
| 一起小心吧。 ★★ | **조심합시다.** cho.si.map.ssi.da |
| 請小心。 ★★ | **조심하세요.** cho.si.ma.se.yo |
| 要小心。 ★ | **조심해.** cho.si.mae |
| 希望能小心。 ★★ | **조심하기를 바라요.** cho.si.ma.gi.leul-pa.la.yo |
| 得小心。 ★★ | **조심해야 해요.** cho.si.mae.ya-hae.yo |

| 小心的話 **조심하면** cho.si.ma.myeon | 小心可是（過去式） **조심했지만** cho.si.maet.jji.man |
|---|---|

「路上小心。」
조심해서 가세요.
chi.si.mae.seo-ka.se.yo

「請小心別感冒。」
감기 조심하세요.
kam.gi-cho.si.ma.se.yo

## 辛苦　고생하다 ko.saeng.ha.da【苦生하다】

| 辛苦。 ★★★ | 고생합니다. ko.saeng.ham.ni.da | 做為「辛苦了。」的意思使用。 |

| 有勞您了。 ★★ | 고생하세요. ko.saeng.ha.se.yo |

| 有勞。 ★★ | 고생해요. ko.saeng.hae.yo |

| 辛苦了。 ★★ | 고생했어요. ko.saeng.hae.sseo.yo |

| 很辛苦呢。 ★★ | 고생하네요. ko.saeng.ha.ne.yo |

| 因為辛苦 고생하니까 ko.saeng.ha.ni.gga | 辛苦可是 고생하지만 ko.saeng.ha.ji.man |

| 即使辛苦也 고생해도 ko.saeng.hae.do | 辛苦了可是（過去式） 고생했지만 ko.saeng.haet.jji.man |

「這件事情辛苦是值得的。」
이 일은 고생한 보람이 있어요.
i-i.leun-ko.saeng.han-bo.la.mi-i.sseo.yo

「真是辛苦您了呢。」
고생 많이 하셨네요.
ko.saeng-ma.ni-ha.syeon.ne.yo

 **解說** 這裡的「辛苦」也可以使用在肉體上的痛苦、勞心勞神等精神方面的辛苦。另外，經常會聽到的句子有「**수고하셨습니다.**」（su.go.ha.syeot.sseum.ni.da），意思是「您辛苦了。」作為安慰對方的辛勞而使用的說法。

## 相信　믿다 mit.dda

| | |
|---|---|
| 相信。<br>★★★ | **믿습니다.**<br>mit.sseum.ni.da |
| 相信。<br>★★ | **믿어요.**<br>mi.deo.yo |
| 相信。<br>★ | **믿어.**<br>mi.deo |
| 相信。（過去式）<br>★★ | **믿었어요.**<br>mi.deo.sseo.yo |
| 請相信我。<br>★★ | **믿어 주세요.**<br>mi.deo-ju.se.yo |
| 會相信我嗎？<br>★★ | **믿어 줄 거예요？**<br>mi.deo-jul-geo.ye.yo |
| 可以相信你嗎？<br>★★ | **믿어도 돼요？**<br>mi.deo.do-twae.yo |
| 可以相信你嗎？<br>★ | **믿어도 돼？**<br>mi.deo.do-twae |
| 不相信。<br>★★ | **안 믿어요.**<br>an-mi.deo.yo |
| 不能相信。<br>★ | **못 믿어.**<br>mon-mi.deo |
| 必須相信。<br>★★ | **믿어야 해요.**<br>mi.deo.ya-hae.yo |
| 只能相信。<br>★ | **믿을 수 밖에 없어.**<br>mi.deul-su-ba.gge-eop.sseo |

| 因為相信<br>**믿으니까**<br>mi.deu.ni.gga | 原本相信，不過<br>**믿었었는데**<br>mi.deo.sseon.neun.de |
|---|---|
| 「相信我吧。」<br>**날 믿어.**<br>nal-mi.deo | 「我會相信並跟隨你。」<br>**믿고 따라가겠습니다.**<br>mit.ggo-dda.la.ga.get.sseum.ni.da |

## 喜歡　좋아하다 cho.a.ha.da

| 喜歡。<br>★★★ | **좋아합니다.**<br>cho.a.ham.ni.da |
|---|---|
| 喜歡。<br>★★ | **좋아해요.**<br>cho.a.hae.yo |
| 喜歡。<br>★ | **좋아해.**<br>cho.a.hae |
| 喜歡。（過去式）<br>★★ | **좋아했어요.**<br>cho.a.hae.sseo.yo |
| 喜歡嗎？<br>★★ | **좋아해요？**<br>cho.a.hae.yo |
| 喜歡嗎？<br>★ | **좋아해？**<br>cho.a.hae |
| 不喜歡。<br>★★ | **안 좋아해요.**<br>an-cho.a.hae.yo |
| 說不定喜歡。<br>★★ | **좋아하는지도 몰라요.**<br>cho.a.ha.neun.ji.do-mol.la.yo |
| 難道喜歡？<br>★ | **좋아하는 걸까？**<br>cho.a.ha.neun-geol.gga |
| 變得喜歡。<br>★★ | **좋아하게 됐어요.**<br>cho.a.ha.ge-twae.sseo.yo |

ㅜ

183

| 因為喜歡<br>**좋아하니까**<br>cho.a.ha.ni.gga | 喜歡可是<br>**좋아하지만**<br>cho.a.ha.ji.man |
|---|---|

「喜歡韓國菜嗎？」
**한국 음식 좋아해요?**
han.guk-eum.sik-cho.a.hae.yo

「非常喜歡。」
**너무 좋아해.**
neo.mu-cho.a.hae

「都說了喜歡。」
**좋아한다니까.**
cho.a.han.da.ni.gga

「喜歡誰？」
**누구 좋아해?**
nu.gu-cho.a.hae

| 喜歡的類型<br>**좋아하는 타입**<br>cho.a.ha.neun-ta.ip | 喜歡的電視劇<br>**좋아하는 드라마**<br>cho.a.han.neun-teu.la.ma | 喜歡的演員<br>**좋아하는 배우**<br>cho.a.ha.neun-pae.u |
|---|---|---|

## 辛苦／累　힘들다 him.deul.dda

| 辛苦。<br>★★★ | **힘듭니다.**<br>him.deum.ni.da |
|---|---|

> 當非常疲勞的時候，可以用來表示「很累」。

| 辛苦。<br>★★ | **힘들어요.**<br>him.deu.leo.yo |
|---|---|
| 辛苦。（過去式）<br>★★ | **힘들었어요.**<br>him.deu.leo.sseo.yo |
| 辛苦。（過去式）<br>★ | **힘들었어.**<br>him.deu.leo.sseo |
| 累嗎？<br>★★ | **힘들어요?**<br>him.deu.leo.yo |
| 不是很累人嗎？<br>★★ | **힘든 거 아니에요?**<br>him.deun-geo-a.ni.e.yo |
| 不辛苦。<br>★★ | **힘들지 않아요.**<br>him.deul.ji-a.na.yo |

T

| 不辛苦。（過去式） | 힘들지 않았어요. |
|---|---|
| ★★ | him.deul.ji-a.na.sseo.yo |

| 說不定會很累。 | 힘들지도 몰라요. |
|---|---|
| ★★ | him.deul.ji.do-mol.la.yo |

| 因為辛苦 힘드니까 | 即使辛苦也 힘들어도 |
|---|---|
| him.deu.ni.gga | him.deu.leo.do |

| 辛苦的時候 힘들었을 때 | 辛苦可是 힘들지만 |
|---|---|
| him.deu.leo.sseul-ddae | him.deul.ji.man |

**解說** 「힘들다」（him.deul.da）具有「精神上吃不消」、「非常疲累」、「生活痛苦」等的意思。單純地說「不得了！」的時候，會使用「큰일 났어.」（kkeu.nil-na.sseo）。直接翻譯就是「出了大事。」「大事不好了。」。

##  小　작다 chak.dda

| 小。 | 작습니다. |
|---|---|
| ★★★ | chak.sseum.ni.da |

| 小。 | 작아요. |
|---|---|
| ★★ | cha.ga.yo |

| 小。（過去式） | 작았어요. |
|---|---|
| ★★ | cha.ga.sseo.yo |

| 小。 | 작아. |
|---|---|
| ★ | cha.ga |

| 很小呢。 | 작네요. |
|---|---|
| ★★ | chang.ne.yo |

| 很小呢。 | 작네. |
|---|---|
| ★ | chang.ne |

| 小嗎？ | 작아요？ |
|---|---|
| ★★ | cha.ga.yo |

| 小也沒關係嗎？ | 작아도 돼요？ |
|---|---|
| ★★ | cha.ga.do-twae.yo |

| 不小。 | 안 작아요. |
|---|---|
| ★★ | an-ja.ga.yo |

| 看起來小。 | 작아 보여요. |
|---|---|
| ★★ | cha.ga-bo.yeo.yo |

| 請幫我調小。 | 작게 해 주세요. |
|---|---|
| ★★ | chak.gge-hae-ju.se.yo |

| 因為小　작으니까 | 即使小也　작아도 |
|---|---|
| cha.geu.ni.gga | cha.ga.do |

| 「沒有比這個小的嗎？」<br>이것보다 작은 건 없어요？<br>i.geot.bbo.da-cha.geun-geon-eop.sseo.yo | 「這鞋子太小了。」<br>이 신발 너무 작아요.<br>i-sin.bal-neo.mu-cha.ga.yo |
|---|---|

## 修理／修正　고치다 ko.chi.da

| 修理／修正。 | 고칩니다. |
|---|---|
| ★★★ | ko.chim.ni.da |

| 修理／修正。 | 고쳐요. |
|---|---|
| ★★ | ko.chyeo.yo |

| 修理了／修正了。 | 고쳤어요. |
|---|---|
| ★★ | ko.chyeo.sseo.yo |

| 修理了／修正了。 | 고쳤어. |
|---|---|
| ★ | ko.chyeo.sseo |

| 可以修理。 | 고칠 수 있어요. |
|---|---|
| ★★ | ko.chil-su-i.sseo.yo |

| | |
|---|---|
| 不能修理。 | 못 고쳐요. |
| ★★ | mot-ggo.chyeo.yo |
| 修理嗎？ | 고쳐요？ |
| ★★ | ko.chyeo.yo |
| 請幫我修理。 | 고쳐 주세요. |
| ★★ | ko.chyeo-ju.se.yo |
| 想要修理。 | 고치고 싶어요. |
| ★★ | ko.chi.go-si.ppeo.yo |

| | | | |
|---|---|---|---|
| 因為修理 | 고치니까<br>ko.chi.ni.gga | 即使修理也 | 고쳐도<br>ko.chyeo.do |
| 修理的話 | 고치면<br>ko.chi.myeon | 修理了可是 | 고쳤지만<br>ko.chyeot.jji.man |

**解說** 雖然「고치다」（ko.chi.da）是指「修理」，但是重病或接受手術的「治療」也可以使用。不過感冒等服用藥物或自然治癒的情況下，使用「낫다」（nat.dda）「痊癒」，「나아요？」（na.a.yo）「會治好嗎？」、「나았어요.」（na.a.sseo.yo）「治好了。」等。

## 學習　배우다 pae.u.da

| | |
|---|---|
| 學習。 | 배웁니다. |
| ★★★ | pae.um.ni.da |
| 學習。 | 배워요. |
| ★★ | pae.wo.yo |
| 學過了。 | 배웠어요. |
| ★★ | pae.wo.sseo.yo |
| 想要學習。 | 배우고 싶어요. |
| ★★ | pae.u.go-si.ppeo.yo |

| 想要學習。 | 배우고 싶어. |
|---|---|
| ★ | pae.u.go-si.ppeo |

| 有學過。 | 배운 적이 있어요. |
|---|---|
| ★★ | pae.un-jeo.gi-i.sseo.yo |

| 沒學過。 | 배운 적이 없어요. |
|---|---|
| ★★ | pae.un-jeo.gi-eop.sseo.yo |

| 正在學習嗎？ | 배우고 있어요？ |
|---|---|
| ★★ | pae.u.go-i.sseo.yo |

| 可以學習嗎？ | 배울 수 있어요？ |
|---|---|
| ★★ | pae.ul-su-i.sseo.yo |

| 必須學習。 | 배워야 해요. |
|---|---|
| ★★ | pae.wo.ya-hae.yo |

| 一起學習吧。 | 배웁시다. |
|---|---|
| ★★ | pae.up.ssi.da |

| 因為學習 배우니까 | 因為學過了 배웠으니까 |
|---|---|
| pae.u.ni.gga | pae.wo.sseu.ni.gga |

| 即使學習也<br>배워도 | 學習的時候（過去式）<br>배웠을 때 |
|---|---|
| pae.wo.do | pae.wo.sseul-ddae |

---

「下次一起學習吧。」
다음에 같이 배웁시다.
ta.eu.me-ka.chi-pae.up.ssi.da

「現在有在學什麼嗎？」
지금 뭐 배우는 거 있어요？
chi.geum-mwo-pae.u.neun-geo-i.sseo.yo

## 希望　원하다 wo.na.da【願하다】

| 希望。 | 원합니다. |
|---|---|
| ★★★ | wo.nam.ni.da |

| 希望。 | 원해요. |
|---|---|
| ★★ | wo.nae.yo |

| 希望。（過去式） | 원했어요. |
|---|---|
| ★★ | wo.nae.sseo.yo |

| 希望。（過去式） | 원했어. |
|---|---|
| ★ | wo.nae.sseo |

| 不希望。 | 원하지 않아요. |
|---|---|
| ★★ | wo.na.ji-a.na.yo |

| 希望的話 | 원하면 | 即使希望也 | 원해도 |
|---|---|---|---|
| | wo.na.myeon | | wo.nae.do |
| 因為希望 | 원하니까 | 希望的時候 | 원할 때 |
| | wo.na.ni.gga | | wo.nal-ddae |

「願望是什麼呢？」
원하는 게 뭐예요？
wo.na.neun-ge-mwo.ye.yo

「有願望的話盡管說。」
원하는 게 있으면 뭐든지 말해.
wo.na.neun-ge-i.sseu.myeon-mwo.deun.ji-ma.lae

 解說　원하다（wo.na.da）是祈願所希望的事情時使用的單字，含有要求或是想要什麼的意思。

189

## 需要　필요하다 ppi.lyo.ha.da【必要하다】

| 需要。 ★★★ | 필요합니다.<br>ppi.lyo.ham.ni.da |
|---|---|
| 需要。 ★★ | 필요해요.<br>ppi.lyo.hae.yo |
| 需要。 ★ | 필요해.<br>ppi.lyo.hae |
| 需要。（過去式）★★ | 필요했어요.<br>ppi.lyo.hae.sseo.yo |
| 需要。（過去式）★ | 필요했어.<br>ppi.lyeo.hae.sseo |
| 好像會變得需要。★★ | 필요해질 것 같아요.<br>ppi.lyo.hae.jil-geot-gga.tta.yo |

| 因為需要 | 필요하니까 | 需要可是 | 필요하지만 |
|---|---|---|---|
| 需要的話 | 필요하면 | 必要時 | 필요할 때는 |

| 需要的東西<br>**필요한 것**<br>ppi.lyo.han-geot | 需要的人<br>**필요한 사람**<br>ppi.lyo.han-sa.lam | 需要的時候<br>**필요할 때**<br>ppi.lyo.hal-ddae |
|---|---|---|

 「不必要。」不太使用「**안 필요해요.**」（an-ppil.lyo.hae.yo），而要說「**필요 없어요.**」（ppil.lyo-eop.sseo.yo）「沒必要」。

## 想要擁有　갖고 싶다 kat.ggo-sip.dda

| | |
|---|---|
| 想要擁有。<br>★★★ | **갖고 싶습니다.**<br>kat.ggo-sip.sseum.ni.da |
| 想要擁有。<br>★★ | **갖고 싶어요.**<br>kat.ggo-si.ppeo.yo |
| 想要擁有。<br>★ | **갖고 싶어.**<br>kat.ggo-si.ppeo |
| 想要擁有。（過去式）<br>★★ | **갖고 싶었어요.**<br>kat.ggo-si.ppeo.sseo.yo |
| 不想擁有。<br>★★ | **안 갖고 싶어요.**<br>an-kat.ggo-si.ppeo.yo |
| 不想擁有。<br>★ | **안 갖고 싶어.**<br>an-kat.ggo-si.ppeo |
| 會變得想要擁有。<br>★★ | **갖고 싶어질 거예요.**<br>kat.ggo-si.ppeo.jil-geo.ye.yo |

| 因為想要擁有<br>**갖고 싶으니까**<br>kat.ggo-si.ppeu.ni.gga | 即使想要擁有也<br>**갖고 싶어도**<br>kat.ggo-si.ppeo.do |
|---|---|

 「갖고 싶다」（kat.ggo-sip.dda）是指想買東西或想要擁有。「想要時間」則不可以使用。

## 休息　쉬다 swi.da

| | |
|---|---|
| 休息。<br>★★★ | **쉽니다.**<br>swim.ni.da |
| 休息。<br>★★ | **쉬어요.**<br>swi.eo.yo |

| | |
|---|---|
| 休息了。（過去式）<br>★★ | 쉬었어요.<br>swi.eo.sseo.yo |
| 休息了。（過去式）<br>★ | 쉬었어.<br>swi.eo.sseo |
| 沒休息。<br>★★ | 안 쉬어요.<br>an-swi.eo.yo |
| 想要休息。<br>★★ | 쉬고 싶어요.<br>swi.go-si.ppeo.yo |
| 想要休息。<br>★ | 쉬고 싶어.<br>swi.go-si.ppeo |
| 想要休息。（過去式）<br>★ | 쉬고 싶었어.<br>swi.go-si.ppeo.sseo |
| 休息嗎？<br>★★ | 쉬어요？<br>swi.eo.yo |
| 可以休息嗎？<br>★★ | 쉬어도 돼요？<br>swi.eo.do-twae.yo |
| 請休息。<br>★★ | 쉬세요.<br>swi.se.yo |

ㅜ

| 因為休息 | 쉬니까<br>swi.ni.gga | 一邊休息 | 쉬면서<br>swi.myeon.seo |
|---|---|---|---|
| 休息的話 | 쉬면<br>swi.myeon | 休息的時候 | 쉴 때<br>swil-ddae |

---

「請充分休息。」
푹 쉬세요.
ppuk-sswi.se.yo

「最好休息。」
쉬는 게 좋아요.
swi.neun-ge-cho.a.yo

## 笑　웃다 ut.dda

| 笑。 ★★★ | 웃습니다. |
|---|---|
| | ut.sseum.ni.da |

| 笑。 ★★ | 웃어요. |
|---|---|
| | u.seo.yo |

| 笑了。 ★★ | 웃었어요. |
|---|---|
| | u.seo.sseo.yo |

| 笑了。 ★ | 웃었어. |
|---|---|
| | u.seo.sseo |

| 不笑。 ★★ | 안 웃어요. |
|---|---|
| | an-u.seo.yo |

| 不笑。（過去式） ★★ | 안 웃었어요. |
|---|---|
| | an-u.seo.sseo.yo |

> 忍不住笑了出來的情況是「웃고 말았어요.」（ut. ggo-ma.la.sse o.yo）

| 笑出來了。 ★★ | 웃어 버렸어요. |
|---|---|
| | u.seo-beo.lyeo.sseo.yo |

| 真好笑。 ★ | 웃긴다. |
|---|---|
| | ut.ggin.da |

> 和「真好笑！」的意思一樣。

| 請笑一笑。 ★★ | 웃어 주세요. |
|---|---|
| | u.seo-ju.se.yo |

| 笑。 ★ | 웃어. |
|---|---|
| | u.seo |

| 因為笑 | 웃으니까 | 即使笑也 | 웃어도 |
|---|---|---|---|
| | u.seu.ni.gga | | u.seo.do |
| 一邊笑 | 웃으면서 | 因為笑了 | 웃었으니까 |
| | u.seu.myeon.seo | | u.seo.sseu.ni.gga |

【ㅗ】

## 找　찾다 chat.dda

| 找。 ★★★ | 찾습니다.<br>chat.sseum.ni.da |
| 找。 ★★ | 찾아요.<br>cha.ja.yo |
| 找了。 ★★ | 찾았어요.<br>cha.ja.sseo.yo |
| 找了。 ★ | 찾았어.<br>cha.ja.sseo |
| 找到了嗎？ ★★ | 찾았어요？<br>cha.ja.sseo.yo |
| 沒找到。 ★★ | 못 찾았어요.<br>mot-cha.ja.sseo.yo |
| 沒辦法找。 ★ | 못 찾겠어.<br>mot-chat.gge.sseo |
| 想要找。 ★★ | 찾고 싶어요.<br>chat.ggo-si.ppeo.yo |
| 必須找。 ★★ | 찾아야 해요.<br>cha.ja.ya-hae.yo |

| 因為找了 | 찾았으니까<br>cha.ja.sseu.ni.gga | 找了可是 | 찾았지만<br>cha.jat.jji.man |

「從剛才就開始找，可是沒有。」
아까부터 찾고 있는데 없어요.
a.gga.bu.tteo-chat.ggo-in.neun.de-eop.sseo.yo

ㅗ

194

## 重要　중요하다 chung.yo.ha.da【重要하다】

| 重要。 ★★★ | 중요합니다.<br>chung.yo.ham.ni.da |
|---|---|
| 重要。 ★★ | 중요해요.<br>chung.yo.hae.yo |
| 重要。（過去式） ★★ | 중요했어요.<br>chung.yo.hae.sseo.yo |
| 重要。（過去式） ★ | 중요했어.<br>chung.yo.hae.sseo |
| 重要嗎？ ★★ | 중요해요？<br>chung.yo.hae.yo |
| 不重要。 ★★ | 중요하지 않아요.<br>chung.yo.ha.ji-a.na.yo |

| 因為重要 중요하니까<br>chung.yo.ha.ni.gga | 重要可是 중요하지만<br>chung.yo.ha.ji.man |
|---|---|

「對我來說真的是很重要的事。」
저한테는 정말 중요한 일이에요.
cheo.han.tte.neun-cheong.mal-jung.yo.han-i.li.e.yo

「那番話好像很重要。」
그 이야기는 중요한 것 같아요.
keu-i.ya.gi.neun-jung.yo.han-geot-gga.tta.yo

## 正直　정직하다 cheong.ji.kka.da【正直하다】

| 正直。 ★★★ | 정직합니다. cheong.ji.kkam.ni.da |
|---|---|
| 正直。 ★★ | 정직해요. cheong.ji.kkae.yo |
| 正直。 ★ | 정직해. cheong.ji.kkae |
| 不正直。 ★★ | 정직하지 않아요. cheong.ji.kka.ji-a.na.yo |
| 沒能老實呢。 ★ | 정직하지 못하네. cheong.ji.kka.ji-mo.tta.ne |

| 因為正直 정직하니까 cheong.ji.kka.ni.gga | 即使正直也 정직해도 cheong.ji.kkae.do |
|---|---|
| 正直的話 정직하면 cheong.ji.kka.myeon | 因為正直（過去式） 정직했으니까 cheong.ji.kkae.sseu.ni.gga |

「必須老實才行。」
정직해야 해요.
cheong.ji.kkae.ya-hae.yo

「我不會生氣，所以你老實說。」
화 안 낼테니까 정직하게 말해.
hwa-an-nael.tte.ni.gga-cheong.ji.kka.ge-ma.lae

## 製作　만들다 man.deul.da

| 製作。 ★★★ | 만듭니다. man.deum.ni.da |
|---|---|
| 製作。 ★★ | 만들어요. man.deu.leo.yo |

| 我會製作。 | 만들게. |
|---|---|
| ★ | man.deul.gge |
| 我會製作看看。 | 만들어 볼게요. |
| ★★ | man.deu.leo-pol.gge.yo |
| 製作了。 | 만들었어요. |
| ★★ | man.deu.leo.sseo.yo |
| 製作了。 | 만들었어. |
| ★ | man.deu.leo.sseo |
| 要製作。 | 만들 거예요. |
| ★★ | man.deul-geo.ye.yo |
| 製作嗎？ | 만들어요？ |
| ★★ | man.deu.leo.yo |
| 一起製作吧。 | 만듭시다. |
| ★★ | man.deup.ssi.da |
| 一起製作吧。 | 만들자. |
| ★ | man.deul.jja |
| 請幫我製作。 | 만들어 주세요. |
| ★★ | man.deu.leo-ju.se.yo |
| 為我製作。 | 만들어 줘. |
| ★ | man.deu.leo-jwo |
| 會製作嗎？ | 만들 수 있어요？ |
| ★★ | man.deul-su-i.sseo.yo |
| 會製作。 | 만들 수 있어요. |
| ★★ | man.deul-su-i.sseo.yo |
| 不會製作。 | 못 만들어요. |
| ★★ | mon-man.deu.leo.yo |

ㅂ

有製作過。
★★

만든 적이 있어요.
man.deun-jeo.gi-i.sseo.yo

沒有製作過。
★★

만든 적이 없어요.
man.deun-jeo.gi-eop.sseo.yo

沒有製作過。
★

만든 적  없어.
man.deun-jeok-eop.sseo

必須製作。
★★

만들어야 해요.
man.deu.leo.ya-hae.yo

當然得製作。
★

만들어야지.
man.deu.leo.ya.ji

製作的方法
만드는 방법
man.deu.neun-pang.beop

想要製作的東西
만들고 싶은 것
man.deul.go-si.ppeun-geot

我所製成的東西
내가 만든 것
nae.ga-man.deun-geot

## 轉達  전하다 cheo.na.da【傳하다】

轉達。
★★★

전합니다.
cheo.nam.ni.da

轉達。
★★

전해요.
cheo.nae.yo

我會轉達。
★

전할게.
cheo.nal.gge

轉達了。（過去式）
★★

전했어요.
cheo.nae.sseo.yo

轉達了。（過去式）
★

전했어.
cheo.nae.sseo

| 要轉交。 | 전할 거예요. |
|---|---|
| ★★ | cheo.nal-geo.ye.yo |
| 一起轉達吧。 | 전합시다. |
| ★★ | cheo.nap.ssi.da |
| 一起轉達吧。 | 전하자. |
| ★ | cheo.na.ja |
| 請幫我轉達。 | 전해 주세요. |
| ★★ | cheo.nae-ju.se.yo |
| 不轉達。 | 안 전해요. |
| ★★ | an-jeo.nae.yo |
| 可以轉達。 | 전할 수 있어요. |
| ★★ | cheo.nal-su-i.sseo.yo |
| 不能轉達。 | 못 전해요. |
| ★★ | mot-jjeo.nae.yo |
| 轉達嗎？ | 전해요？ |
| ★★ | cheo.nae.yo |
| 可以轉達嗎？ | 전할 수 있어？ |
| ★ | cheo.nal-su-i.sseo |
| 必須轉達。 | 전해야 해요. |
| ★★ | cheo.nae.ya-hae.yo |

「請幫我轉達問候。」
안부 전해 주세요.
an.bu-cheo.nae-ju.se.yo

「請幫我轉交這份禮物。」
이 선물 좀 전해 주세요.
i-seon.mul-jom-cheo.nae-ju.se.yo

 不只是傳話而已，如同句型裡所介紹的一樣，在轉達
（託付）東西時也可以使用。

## 轉搭　갈아타다 kal.la.tta.da

| | |
|---|---|
| 轉搭。<br>★★★ | **갈아탑니다.**<br>ka.la.ttam.ni.da |
| 轉搭。<br>★★ | **갈아타요.**<br>ka.la.tta.yo |
| 轉搭。（過去式）<br>★★ | **갈아탔어요.**<br>ka.la.tta.sseo.yo |
| 轉搭。（過去式）<br>★ | **갈아탔어.**<br>ka.la.tta.sseo |
| 請轉搭。<br>★★ | **갈아타세요.**<br>ka.la.tta.se.yo |
| 想要轉搭。<br>★★ | **갈아타고 싶어요.**<br>ka.la.tta.go-si.ppeo.yo |
| 必須轉搭。<br>★★ | **갈아타야 해요.**<br>ka.la.tta.ya-hae.yo |
| 不可以轉搭。<br>★★ | **갈아타면 안 돼요.**<br>ka.la.tta.myeon-an-dwae.yo |

| 轉搭的話 | **갈아타면**<br>ka.la.tta.myeon | 轉搭可是 | **갈아타지만**<br>ka.la.tta.ji.man |
|---|---|---|---|

> 「要在哪裡轉搭？」
> **어디서 갈아타면 돼요?**
> eo.di.seo-ka.la.tta.myeon-dwae.yo
>
> 「請在下一站轉搭。」
> **다음 역에서 갈아타세요.**
> ta.eum-yeo.ge.seo-ka.la.tta.se.yo

 在轉乘電車、巴士、飛機時使用。另外，改變做法時也可以使用。

## 爭吵　다투다 ta.ttu.da

| 爭吵。 | 다툽니다. |
|---|---|
| ★★★ | ta.ttum.ni.da |
| 爭吵。 | 다퉈요. |
| ★★ | ta.ttwo.yo |
| 爭吵了。（過去式） | 다퉜어요. |
| ★★ | ta.ttwo.sseo.yo |
| 爭吵。（過去式） | 다퉜어. |
| ★ | ta.ttwo.sseo |
| 沒爭吵。 | 안 다퉈요. |
| ★★ | an-ta.ttwo.yo |
| 請不要爭吵。 | 다투지 마세요. |
| ★★ | ta.ttu.ji-ma.se.yo |
| 別爭吵。 | 다투지 마. |
| ★ | ta.ttu.ji-ma |

| 因為爭吵了 **다퉜으니까** | 即使爭吵也 **다퉈도** |
|---|---|
| ta.ttwo.sseu.ni.gga | ta.ttwo.do |
| 一邊爭吵 **다투면서** | 爭吵了可是 **다퉜지만** |
| ta.ttu.myeon.seo | ta.ttwot.jji.man |

**解說** 並不是吵架，而是指口角程度的糾紛。

## 知道　알다 al.da

|  |  |
|------|------|
| 知道。 ★★★ | **압니다.** am.ni.da |
| 知道。 ★★ | **알아요.** a.la.yo |
| 知道。 ★ | **알아.** a.la |
| 早就知道。 ★★ | **알고 있어요.** al.go-i.sseo.yo |
| 請體諒。 ★★ | **알아 주세요.** a.la-ju.se.yo |
| 知道嗎？ ★★ | **알아요？** a.la.yo |
| 了解嗎？ ★ | **알겠어？** al.ge.sseo |
| 想要知道。 ★★ | **알고 싶어요.** al.go-si.ppeo.yo |
| 不想知道。 ★★ | **알고 싶지 않아요.** al.go-sip.jji-a.na.yo |
| 好像會知道。 ★★ | **알 것 같아요.** al-geot-gga.tta.yo |
| 很容易懂。 ★★ | **알기 쉬워요.** al.gi-swi.wo.yo |
| 知道的話 **알면** al.myeon | 即使知道也 **알아도** a.la.do |

ㅂ

202

| 知道而 | 아는데 | 為了了解 | 알기 위해서 |
|---|---|---|---|
| | a.neun.de | | al.gi.wi.hae.seo |

| 「怎麼知道的？」 | 「我現在非常了解你說的話。」 |
|---|---|
| 어떻게 알았어? | 지금 이야기 잘 알겠어요. |
| eo.ddeo.kke-a.la.sseo | chi.geum-i.ya.gi-chal-al.ge.sseo.yo |

**解說** 儘管一樣都是「懂了。」，但是「**알았어요.**」（a.la.sseo. yo）做為「知道了」的意思使用，「**알겠어요.**」（al.ge. sseo.yo）做為「理解了」的意思使用。

# 【 イ 】

## 吵雜　시끄럽다 si.ggeu.leop.dda

| 吵雜。 | 시끄럽습니다. |
|---|---|
| ★★★ | si.ggeu.leop.sseum.ni.da |

| 吵雜。 | 시끄러워요. |
|---|---|
| ★★ | si.ggeu.leo.wo.yo |

| 吵雜。 | 시끄러워. |
|---|---|
| ★ | si.ggeu.leo.wo |

> 「吵死了。」就是 시끄러. ( si.ggeu. leo )

| 吵雜。（過去式） | 시끄러웠어요. |
|---|---|
| ★★ | si.ggeu.leo.wo.sseo.yo |

| 吵雜。（過去式） | 시끄러웠어. |
|---|---|
| ★ | si.ggeu.leo.wo.sseo |

| 真吵呢。 | 시끄럽네요. |
|---|---|
| ★★ | si.ggeu.leom.ne.yo |

| 請不要太吵。 | 시끄럽게 하지 마세요. |
|---|---|
| ★★ | si.ggeu.leop.gge-ha.ji-ma.se.yo |

イ

| 好像會變得很吵。 | 시끄러워질 것 같아요. |
|---|---|
| ★★ | si.ggeu.leo.wo.jil-geot-gga.tta.yo |

| 不吵嗎？ | 시끄럽지 않아요？ |
|---|---|
| ★★ | si.ggeu.leop.jji-a.na.yo |

| 因為吵雜 | 即使吵雜也 |
|---|---|
| 시끄러우니까 | 시끄러워도 |
| si.ggeu.leo.u.ni.gga | si.ggeu.leo.wo.do |

| 因為吵雜（過去式） | 시끄러웠으니까 |
|---|---|
| | si.ggeu.leo.wo.sseu.ni.gga |

| 吵鬧的人 | 吵鬧的地方 |
|---|---|
| 시끄러운 사람 | 시끄러웠던 곳 |
| si.ggeu.leo.un-sa.lam | si.ggeu.leo.wot.ddeon-got |

**解說** 「吵鬧」**시끄럽다**（si.ggeu.leop.dda）的反義詞就是「安靜」**조용하다**（cho.yong.ha.da）。
也可以使用 **조용히 해 주세요.**（cho.yong.hi-hae-ju.se.yo）
「請安靜一點。」或者 **조용히！**（cho.yong.hi）「安靜！」。

## 出生　태어나다 tae.eo.na.da

| 出生。 | 태어납니다. |
|---|---|
| ★★★ | ttae.eo.nam.ni.da |

| 出生。 | 태어나요. |
|---|---|
| ★★ | ttae.eo.na.yo |

| 出生了。 | 태어났어요. |
|---|---|
| ★★ | ttae.eo.na.sseo.yo |

| 出生了。 | 태어났어. |
|---|---|
| ★ | ttae.eo.na.sseo |

| 因為出生<br>**태어나니까**<br>ttae.eo.na.ni.gga | 因為已出生了<br>**태어났으니까**<br>ttae.eo.na.sseu.ni.gga |
|---|---|

即使來世也

**다시 태어나도**

ta.si-ttae.eo.na.do

「你是幾年出生的？」
**몇 년에 태어났어요？**
myeon-nyeo.ne-ttae.eo.na.sseo.yo

「即使來世我們也要在一起喔。」
**다시 태어나도 같이 있자.**
ta.si-ttae.eo.na.do-ka.chi-it.jja

| 出生的那天<br>**태어난 날**<br>ttae.eo.nan-nal | 即將出世的孩子<br>**태어날 아이**<br>ttae.eo.nal-a.i | 幾年生<br>**몇 년생**<br>myeon-nyeon.saeng |
|---|---|---|

**解說** 在韓國，為了確認尊卑關係，詢問年紀是必須的。所以初次見面時，詢問對方幾年（西元年）出生是常有的事情。

イ

## 遲到　**늦다** neut.dda

| 遲到。<br>★★★ | **늦습니다.**<br>neut.sseum.ni.da |
|---|---|
| 遲到。<br>★★ | **늦어요.**<br>neu.jeo.yo |
| 遲到。<br>★ | **늦어.**<br>neu.jeo |
| 遲到了。<br>★★ | **늦었어요.**<br>neu.jeo.sseo.yo |
| 遲到了。<br>★ | **늦었다.**<br>neu.jeot.dda |

當心想「來不及」的時候也可以使用。

| 好像會遲到。 | 늦을 것 같아요. |
|---|---|
| ★★ | neu.jeul-geot-gga.tta.yo |

| 不遲到。 | 안 늦어요. |
|---|---|
| ★★ | an-neu.jeo.yo |

| 不能遲到。 | 늦을 수 없어요. |
|---|---|
| ★★ | neu.jeul-su-eop.sseo.yo |

| 可以遲到嗎？ | 늦어도 돼요？ |
|---|---|
| ★★ | neu.jeo.do-dwae.yo |

| 因為遲到 | 늦으니까 | 即使遲到也 | 늦어도 |
|---|---|---|---|
| | neu.jeu.ni.gga | | neu.jeo.do |
| 遲到可是 | 늦지만 | 遲到的時候 | 늦을 때 |
| | neut.jji.man | | neu.jeul-ddae |

「對不起我遲到了。」
늦어서 미안해요.
neu.jeo.seo-mi.a.nae.yo

「明天別遲到。」
내일 늦지 마.
nae.il-neut.jji.ma

## 吃驚　놀라다 nol.la.da

| 吃驚。 | 놀라요. |
|---|---|
| ★★ | nol.la.yo |

| 吃驚。（過去式） | 놀랐어요. |
|---|---|
| ★★ | nol.la.sseo.yo |

| 吃驚。（過去式） | 놀랐어. |
|---|---|
| ★ | nol.la.sseo |

| 不吃驚。 | 안 놀라요. |
|---|---|
| ★★ | an-nol.la.yo |

| 不吃驚。 | 안 놀라. |
|---|---|
| ★ | an-nol.la |

| 因為吃驚 **놀라니까** | 吃驚可是 **놀랐지만** |
|---|---|
| nol.la.ni.gga | nol.lat.jji.man |

| 「真的大吃一驚。」<br>**진짜 놀랐어.**<br>chin.jja-nol.la.sseo | 「呀！突然嚇我一跳。」<br>**와! 갑자기 놀랐어.**<br>wa-kap.jja.gi-nol.la.sseo |
|---|---|

 類似的單字有「**놀라게 하다**」（nol.la.ge-ha.da）「使⋯吃驚」。「**놀라게 해요.**」（nol.la.ge-hae.yo）「令人驚訝。」是敬語的表達。

## 穿（衣服）**입다** ip.dda

| 穿。<br>★★★ | **입습니다.**<br>ip.sseum.ni.da |
|---|---|
| 穿。<br>★★ | **입어요.**<br>i.beo.yo |
| 穿了。<br>★★ | **입었어요.**<br>i.beo.sseo.yo |
| 穿了。<br>★ | **입었어.**<br>i.beo.sseo |
| 想要穿。<br>★★ | **입고 싶어요.**<br>ip.ggo-si.ppeo.yo |
| 不想穿。<br>★★ | **입고 싶지 않아요.**<br>ip.ggo-sip.jji-a.na.yo |
| 想穿看看。<br>★★ | **입어 보고 싶어요.**<br>i.beo-po.go-si.ppeo.yo |
| 可以試穿看看嗎？<br>★★ | **입어 봐도 돼요？**<br>i.beo-pwa.do-twae.yo |

> 在試穿的時候可以使用。

| 試穿後覺得 입어 보니까 | 穿了可是 입었지만 |
|---|---|
| i.beo-po.ni.gga | i.beot.jji.man |

| 「第一次穿韓服。」 | 「想要試穿看看。（過去式）」 |
|---|---|
| 처음 한복을 입었어요. | 입어 보고 싶었어요. |
| cheo.eum-han.bo.geul-i.beo.sseo.yo | i.beo-po.go-si.ppeo.sseo.yo |

## 吵架　싸우다 ssa.u.da

| 吵架。 | 싸워요. |
|---|---|
| ★★ | ssa.wo.yo |

| 吵了架。 | 싸웠어요. |
|---|---|
| ★★ | ssa.wo.sseo.yo |

| 不要吵架。 | 싸우지 마세요. |
|---|---|
| ★★ | ssa.wu.ji-ma.se.yo |

| 別吵架。 | 싸우지 마. |
|---|---|
| ★ | ssa.u.ji-ma |

> 用強硬的語氣說，會變成「別吵架！」的命令句型。

| 不想吵架。 | 싸우고 싶지 않아요. |
|---|---|
| ★★ | ssa.u.go-sip.jji-a.na.yo |

| 不吵架。 | 안 싸워요. |
|---|---|
| ★★ | an-ssa.wo.yo |

| 想吵架嗎？ | 싸울래？ |
|---|---|
| ★ | ssa.ul.lae |

| 我們別吵架吧。 | 싸우지 맙시다. |
|---|---|
| ★★ | ssa.u.ji-map.ssi.da |

| 吵架的話　싸우면 | 因為吵架　싸우니까 |
|---|---|
| ssa.u.myeon | ssa.u.ni.gga |
| 即使吵架也 싸워도 | 吵架的時候 싸웠을 때 |
| ssa.wo.do | ssa.wo.sseul-ddae |

「朋友之間不可以吵架。」
친구끼리 싸우면 안 돼요.
chin.gu.ggi.li-ssa.u.myeon-an-dwae.yo

「拜託你了。別再吵架了。」
부탁이야. 이제 싸우지 마.
pu.tta.gi.ya/i.je-ssa.u.ji-ma

## 斥責　야단치다 ya.dan.chi.da

| 斥責。 | 야단칩니다. |
|---|---|
| ★★★ | ya.dan.chim.ni.da |

| 斥責。 | 야단쳐요. |
|---|---|
| ★★ | ya.dan.chyeo.yo |

| 斥責。（過去式） | 야단쳤어요. |
|---|---|
| ★★ | ya.dan.chyeo.sseo.yo |

| 不想斥責。 | 야단치고 싶지 않아요. |
|---|---|
| ★★ | ya.dan.chi.go-sip.jji-a.na.yo |

| 變得想斥責。 | 야단치고 싶어져요. |
|---|---|
| ★★ | ya.dan.chi.go-si.ppeo.jyeo.yo |

| 必須斥責。 | 야단쳐야 해요. |
|---|---|
| ★★ | ya.dan.chyeo.ya-hae.yo |

| 斥責可是 야단치지만 | 一邊斥責 야단치면서 |
|---|---|
| ya.dan.chi.ji.man | ya.dan.chi.myeon.seo |

| 斥責的時候<br>야단쳤을 때 | 斥責可是（過去式）<br>야단쳤지만 |
|---|---|
| ya.dan.chyeo.sseul-ddae | ya.dan.chyeot.jji.man |

「請不要過度斥責。」
너무 심하게 야단치지 마세요.
neo.mu-si.ma.ge-ya.dan.chi.ji-ma.se.yo

「被媽媽斥責。」
엄마한테 야단맞았어요.
eom.ma.han.tte-ya.dan.ma.ja.sseo.yo

イ

「야단치다」（ya.dan.chi.da）一般來說是指「責備」，但是也有怒斥、嚴厲訓斥的感覺。

## 吃 먹다 meok.dda

| 吃。 ★★★ | 먹습니다. <br> meok.sseum.ni.da |
|---|---|
| 吃。 ★★ | 먹어요. <br> meo.geo.yo |
| 吃了。 ★★ | 먹었어요. <br> meo.geo.sseo.yo |
| 吃了。 ★ | 먹었어. <br> meo.geo.sseo |
| 吃了嗎？ ★★ | 먹었어요? <br> meo.geo.sseo.yo |
| 想要吃。 ★★ | 먹고 싶어요. <br> meok.ggo-si.ppeo.yo |
| 不想吃。 ★★ | 안 먹고 싶어요. <br> an-meok.ggo-si.ppeo.yo |
| 吃。 ★ | 먹어. <br> meo.geo |
| 敢吃。 ★★ | 먹을 수 있어요. <br> meo.geul-su-i.sseo.yo |
| 不敢吃。 ★★ | 못 먹어요. <br> mon-meo.geo.yo |
| 可以吃嗎？ ★★ | 먹어도 돼요? <br> meo.geo.do-twae.yo |

「請享用。」要說「드세요」（teu.se.yo）。

| 沒有吃過。 | 먹은 적이 없어요. |
|---|---|
| ★★ | meo.geun-jeo.gi-eop.sseo.yo |
| 有吃過。 | 먹은 적이 있어요. |
| ★★ | meo.geun-jeo.gi-i.sseo.yo |
| 一起吃吧。 | 먹읍시다. |
| ★★ | meo.geup.ssi.da |
| 一起吃吧。 | 먹자. |
| ★ | meok.jja |

| 因為吃了 | 먹었으니까 | 一邊吃 | 먹으면서 |
|---|---|---|---|
| | meo.geo.sseu.ni.gga | | meo.geu.myeon.seo |
| 吃了可是 | 먹었지만 | 即使吃也 | 먹어도 |
| | meo.geot.jji.man | | meo.geo.do |

「這個很好吃。吃吃看。」　　「想吃什麼呢？」
이거 맛있어. 먹어 봐.　　　뭐 먹고 싶어요？
i.geo-ma.si.sseo-meo.geo-bwa　mwo-meok.ggo-si.ppeo.yo

 **解說**　「밥 먹었어요？」（bam-meo.geo.sseo.yo）「吃飯了嗎？」
是問候的單字。因為韓國人認為吃飯會有力量，所以和
「呷霸沒」的意思一樣，並不是真的要約吃飯。如果回
答還沒有吃時，對方會說「밥 잘 챙겨 먹어요.」（pap-jal-
chaeng.gyeo-meo.geo.yo）「請好好吃飯喔。」。

## 出去　나가다 na.ga.da

| 出去。 | 나갑니다. |
|---|---|
| ★★★ | na.gam.ni.da |
| 出去。 | 나가요. |
| ★★ | na.ga.yo |

イ

211

| 我會出去。 | 나갈게. |
|---|---|
| ★ | na.gal.gge |

| 拜託出去。 | 나가 주세요. |
|---|---|
| ★★ | na.ga-ju.se.yo |

| 請出去。 | 나가세요. |
|---|---|
| ★★ | na.ga.se.yo |

| 請不要出去。 | 나가지 마세요. |
|---|---|
| ★★ | na.ga.ji-ma.se.yo |

| 別出去。 | 나가지 마. |
|---|---|
| ★ | na.ga.ji-ma |

| 必須出去。 | 나가야 해요. |
|---|---|
| ★★ | na.ga.ya-hae.yo |

| 因為出去了 나갔으니까 | 出去的同時 나가면서 |
|---|---|
| na.ga.sseu.ni.gga | na.ga.myeon.seo |
| 出去而 나가는데 | 出去了可是 나갔지만 |
| na.ga.neun.de | na.gat.jji.man |

> 「我現在出去。」
> 지금 나갈게.
> chi.geum-na.gal.gge
>
> 「深夜別出去。」
> 밤에 나가지 마.
> pa.me-na.ga.ji-ma

**解說** 「나가다」（na.ga.da）是指從家裡「出去」。相反地，「出來」要說「나오다」（na.o.da）。

## 長　길다 kil.da

| 長。 | 깁니다. |
|---|---|
| ★★★ | kim.ni.da |

| 長。 | 길어요. |
|---|---|
| ★★ | ki.leo.yo |

| 長。（過去式） | 길었어요. |
|---|---|
| ★★ | ki.leo.sseo.yo |

| 長。（過去式） | 길었어. |
|---|---|
| ★ | ki.leo.sseo |

| 長嗎？ | 길어요？ |
|---|---|
| ★★ | ki.leo.yo |

| 很長呢。 | 기네요. |
|---|---|
| ★★ | |

| 很長呢。 | 기네. |
|---|---|
| ★ | ki.ne |

| 不長。 | 안 길어요. |
|---|---|
| ★★ | an-gi.leo.yo |

| 請幫我弄長一點。 | 길게 해 주세요. |
|---|---|
| ★★ | kil.ge-hae-ju.se.yo |

| 可以弄長。 | 길게 할 수 있어요. |
|---|---|
| ★★ | kil.ge-hal-su-i.sseo.yo |

| 因為長 | 기니까 | 因為長（過去式） | 길었으니까 |
|---|---|---|---|
| | ki.na.gga | | ki.leo.sseu.ni.gga |

| 因為長 | 길어서 | 即使長也 | 길어도 |
|---|---|---|---|
| | ki.leo.seo | | ki.leo.do |

| 「太長了。」 | 「看起來很長耶。」 |
|---|---|
| 너무 길어요. | 길어 보이네. |
| neo.mu-ki.leo.yo | ki.leo-bo.i.ne |

**解說** 是指東西的長度，也可以用來指時間的長度。

## 誠實　성실하다 seong.si.la.da【誠實하다】／
## 誠摯　진지하다 chin.ji.ha.da【真摯하다】

* 성실하다 →【誠實하다】生活態度很認真、老實
  진지하다 →【真摯하다】不開玩笑的態度、一心一意、
  　　　　　　　　　　　　很認真

誠實／誠摯。
### 성실합니다./진지합니다.
★★★　seong.si.lam.ni.da/chin.ji.ham.ni.da

誠實／誠摯。
### 성실해요./진지해요.
★★　seong.si.lae.yo/chin.ji.hae.yo

誠實／誠摯。
### 성실해./진지해.
★　seong.si.lae/chin.ji.hae

誠實／誠摯。（過去式）
### 성실했어요./진지했어요.
★★　seong.si.lae.sseo.yo/chin.ji.hae.sseo.yo

誠實／誠摯。（過去式）
### 성실했어./진지했어.
★　seong.si.lae.sseo/chin.ji.hae.sseo

很誠實呢／很誠摯呢。
### 성실하네요./진지하네요.
★★　seong.si.la.ne.yo/chin.ji.ha.ne.yo

很誠實呢／很誠摯呢。
**성실하네.／진지하네.**

★      seong.si.la.ne/chin.ji.ha.ne

不誠實／不誠摯。
**성실하지 않아요.／진지하지 않아요.**

★★     seong.si.la.ji-a.na.yo/chin.ji.ha.ji-a.na.yo

不可以不誠實／不可以不誠摯。
**성실하지 않으면 안 돼요.／**

★★     seong.si.la.ji-a.neu.myeon-an-dwae.yo/

**진지하지 않으면 안 돼요.**

chin.ji-ha.ji-a.neu.myeon-an-dwae.yo

誠實嗎？／真摯嗎？
**성실해요？／진지해요？**

★★     seong.si.lae.yo/chin.ji.hae.yo

誠實嗎？／真摯嗎？
**성실해？／진지해？**

★      seong.si.lae/chin.ji.hae

聽說誠實／聽說誠摯。
**성실하대요.／진지하대요.**

★★     seong.si.la.dae.yo/chin.ji.ha.dae.yo

因為誠實／因為誠摯
**성실하니까／진지하니까**

seo.si.la.ni.gga/chin.ji.ha.ni.gga

即使誠實也／即使誠摯也
**성실해도／진지해도**

seong.si.lae.do/chin.ji.hae.do

「那些人為什麼說話那麼嚴肅？」
**저 사람들 왜 저렇게 진지하게 이야기 해?**
cheo-sa.lam.deul-wae-cheo.leo.kke-chin.ji.ha.ge-i.ya.gi-hae

誠實的人／誠摯的人      嚴肅的話題
**성실한 사람／진지한 사람**    **진지한 이야기**
seong.si.lan-sa.lam/chin.ji.han-sa.lam    chin.ji.han-i.ya.gi

# 【ㄕ】

## 適合（尺寸）**맞다** mat.dda

| | |
|---|---|
| 適合／對。<br>★★★ | **맞습니다.**<br>mat.sseum.ni.da |
| 適合／對。<br>★★ | **맞아요.**<br>ma.ja.yo |
| 適合／對。<br>★ | **맞아.**<br>ma.ja   有「符合」的意思。 |
| 正確／對了。<br>★★ | **맞았어요.**<br>ma.ja.sseo.yo |
| 正確／對了。<br>★ | **맞았어.**<br>ma.ja.sseo |
| 應該適合／應該對。<br>★★ | **맞을 거예요.**<br>ma.jeul-ggeo.ye.yo |
| 不適合／不對。<br>★★ | **안 맞아요.**<br>an-ma.ja.yo |
| 不適合／不對了。<br>★★ | **안 맞았어요.**<br>an- ma.ja.sseo.yo |

| 適合可是／對了可是 | 適合的話／對的話 |
|---|---|
| **맞았는데** | **맞으면** |
| ma.jan.neun.de | ma.jeu.myeon |

| 「很適合。」 | 「剛剛好。」 |
|---|---|
| **잘 맞아요.** | **딱 맞아요.** |
| chal-ma.ja.yo | ddang-ma.ja.yo |

 有形的東西等在尺寸上完全一樣的意思。

## 說話　말하다 ma.la.da

| 說話。 | **말합니다.** |
|---|---|
| ★★★ | ma.lam.ni.da |

| 說話。 | **말해요.** |
|---|---|
| ★★ | ma.lae.yo |

| 說過了。 | **말했어요.** |
|---|---|
| ★★ | ma.lae.sseo.yo |

| 請跟我說。 | **말해 주세요.** |
|---|---|
| ★★ | ma.lae-ju.se.yo |

| 我要說出來嗎？ | **말할까요？** |
|---|---|
| ★★ | ma.lal.gga.yo |

| 說說看。 | **말해 봐.** |
|---|---|
| ★ | ma.lae-bwa |

| 沒辦法說。 | **말 못 해요.** |
|---|---|
| ★★ | mal-mo-ttae.yo |

| 想要說。 | **말하고 싶어요.** |
|---|---|
| ★★ | ma.la.go-si.ppeo.yo |

| 不想說。 | **말하고 싶지 않아요.** |
|---|---|
| ★★ | ma.la.go-sip.jji-a.na.yo |

ㅅ

| 請不要說。 | 말하지 마세요. |
|---|---|
| ★★ | ma.la.ji-ma.se.yo |

| 別說。 | 말하지 마. |
|---|---|
| ★ | ma.la.ji-ma |

| 說出來了。 | 말해 버렸어. |
|---|---|
| ★ | ma.lae-beo.lyeo.sseo |

| 來說話吧。 | 말하자. |
|---|---|
| ★ | ma.la.ja |

| 不說不行。 | 말하지 않으면 안 돼요. |
|---|---|
| ★★ | ma.la.ji-a.neu.myeon-an-dwae.yo |

| 說的話 말하면 | 即使說了也 말해도 |
|---|---|
| ma.la.myeon | ma.lae.do |
| 即使不說也 말 안 해도 | 說的時候 말할 때 |
| mal-an-hae.do | ma.lal-ddae |

「你現在在說什麼？」
지금 뭐라고 말했어？
chi.geum-mwo.la.go-ma.lae.sseo

「請再說一次。」
한번 더 말해 주세요.
han.beon-teo-ma.lae-ju.se.yo

「請慢慢說。」
천천히 말해 주세요.
cheon.cheo.ni-ma.lae-ju.se.yo

「什麼話都說不出口。」
아무 말도 못해요.
a.mu-mal.do-mo.ttae.yo

## 收到／接受　받다 pat.dda

| 收到。 | 받습니다. |
|---|---|
| ★★★ | pat.sseum.ni.da |

| 收到。 | 받아요. |
|---|---|
| ★★ | pa.da.yo |

| 收到了。 | 받았어요. |
|---|---|
| ★★ | pa.da.sseo.yo |

ㅅ

| 會收到。 | 받을 거예요. |
|---|---|
| ★★ | pa.deul-geo.ye.yo |

| 想收到。 | 받고 싶어요. |
|---|---|
| ★★ | pat.ggo-si.ppeo.yo |

| 不想收到。 | 받고 싶지 않아요. |
|---|---|
| ★★ | pat.ggo-sip.jji-a.na.yo |

| 不可以接受。 | 받으면 안 돼요. |
|---|---|
| ★★ | pa.deu.myeon-an-dwae.yo |

| 請收下。 | 받아 주세요. |
|---|---|
| ★★ | pa.da-ju.se.yo |

| 收下吧。 | 받아 줘. |
|---|---|
| ★ | pa.da-jwo |

| 沒能收到。 | 못 받아요. |
|---|---|
| ★★ | mot-bba.da.yo |

| 因為收到 받으니까 | 即使收到也 받아도 |
|---|---|
| pa.deu.ni.gga | pa.da.do |
| 收到可是 받지만 | 因為收到了 받았으니까 |
| pat.jji.man | pa.da.sseu.ni.gga |

 받다 (pat.dda) 有「接受」和「領取」物品的意思。和日語一樣，也可以在接受檢查或診療的情況中使用。不過，在考試或測試的場合，「參加考試。」為 **시험을 봐요.** (si.heo.meul-bwa.yo)，直接翻譯的話，就是「看考試。」動詞使用 **보다** (po.da)「看」。→ 參考126頁「看」

## 説謊　거짓말이다 keo.jin.ma.li.da

| 是說謊。 | 거짓말입니다. |
|---|---|
| ★★★ | keo.jin.ma.lim.ni.da |

| 是說謊。 | 거짓말이에요. |
|---|---|
| ★★ | keo.jin.ma.li.e.yo |

| 是說謊。（過去式） | 거짓말이었어요. |
|---|---|
| ★★ | keo.jin.ma.li.e.yo |

| 不是說謊。 | 거짓말이 아니에요. |
|---|---|
| ★★ | keo.jin.ma.li-a.ni.e.yo |

| 不是說謊。 | 거짓말이 아니야. |
|---|---|
| ★ | keo.jin.ma.li-a.ni.ya |

| 說謊可是 거짓말이지만 | 說謊的話 거짓말이면 |
|---|---|
| keo.jin.ma.li.ji.man | keo.jin.ma.li.myeon |

「覺得是說謊。」
거짓말이라고 생각해요.
keo.jin.ma.li.la.go-saeng.ga.kkae.yo

「不要說謊。」
거짓말하지 마.
keo.ji.ma.la.ji-ma

騙子
거짓말쟁이
keo.jin.mal.jaeng.i

說謊的人
거짓말한 사람
keo.jin.ma.lan-sa.lam

## 生氣　화내다 hwa.nae.da

| 生氣。 | 화냅니다. |
|---|---|
| ★★★ | hwa.naem.ni.da |

| 生氣。 | 화내요. |
|---|---|
| ★★ | hwa.nae.yo |

| 會生氣。 | 화낼 거야. |
|---|---|
| ★ | hwa.nael-ggeo.ya |

| | |
|---|---|
| 生氣了。 ★★ | **화냈어요.** hwa.nae.sseo.yo |
| 會生氣的。 ★★ | **화낼 거예요.** hwa.nael-ggeo.ye.yo |
| 沒生氣。 ★★ | **화 안 내요.** hwa-an-nae.yo |
| 沒生氣。 ★ | **화 안 내.** hwa-an-nae |
| 請儘管生氣吧。 ★★ | **화내 주세요.** hwa.nae-ju.se.yo |
| 請別生氣。 ★ | **화내지 마.** hwa.nae.ji-ma |

| | | | |
|---|---|---|---|
| 因為生氣 | **화내니까** hwa.nae.ni.gga | 即使生氣也 | **화내도** hwa.nae.do |
| 生氣的時候 | **화냈을 때** hwa.nae.sseul-ddae | 生氣了可是 | **화냈지만** hwa.naet.jji.man |

「真的生氣了嗎？」
**진짜 화냈어요？**
chin.jja-hwa.nae.sseo.yo

「你要生氣到什麼時候？」
**언제까지 화낼 거야？**
eon.je.gga.ji-hwa.nael-ggeo.ya

## 收拾　치우다 chi.u.da

| | |
|---|---|
| 收拾。 ★★★ | **치웁니다.** chi.um.ni.da |
| 收拾。 ★★ | **치워요.** chi.wo.yo |
| 收拾了。 ★★ | **치웠어요.** chi.wo.sseo.yo |

| | | |
|---|---|---|
| 收拾了。<br>★ | **치웠어.**<br>chi.wo.sseo | |
| 收拾吧。<br>★★ | **치웁시다.**<br>chi.up.ssi.da | |
| 收拾吧。<br>★ | **치우자.**<br>chi.u.ja | |
| 收拾嗎？<br>★★ | **치워요？**<br>chi.wo.yo | |
| 不能收拾。<br>★★ | **치울 수 없어요.**<br>chi.ul-su-eop.sseo.yo | |
| 請幫我收拾。<br>★★ | **치워 주세요.**<br>chi.wo-ju.se.yo | |
| 去收拾。<br>★ | **치워라.**<br>chi.wo.la | |

**「빨리 치워라.」（bbal.li-chi.wo.la）「快一點整理啦。」是訓斥小孩的言詞。**

| | | | |
|---|---|---|---|
| 因為收拾了 | **치웠으니까**<br>chi.wo.sseu.ni.gga | 一邊收拾 | **치우면서**<br>chi.u.myeon.seo |
| 即使收拾也 | **치워도**<br>chi.wo.do | 收拾的時候 | **치울 때**<br>chi.ul-ddae |

「這裡幫我收拾一下。」
**여기 좀 치워 주세요.**
yeo.gi-jom-chi.wo-ju.se.yo

「快點收拾。」
**빨리 좀 치워.**
bbal.li-jom-chi.wo

## 帥 멋있다 meo.sit.dda

| | |
|---|---|
| 很帥。<br>★★★ | **멋있습니다.**<br>meo.sit.sseum.ni.da |
| 很帥。<br>★★ | **멋있어요.**<br>meo.si.sseo.yo |

| 帥。 | 멋있다. |
|---|---|
| ★ | meo.sit.dda |

> 自言自語的說法。
> 如果連續說,就是
> 強調「非常帥」。

| 很帥。(過去式) | 멋있었어요. |
|---|---|
| ★★ | meo.si.sseo.sseo.yo |

| 很帥。(過去式) | 멋있었어. |
|---|---|
| ★ | meo.si.sseo.sseo |

| 很帥呢。 | 멋있네요. |
|---|---|
| ★★ | meo.sin.ne.yo |

| 很帥呢。 | 멋있네. |
|---|---|
| ★ | meo.sin.ne |

| 帥嗎? | 멋있어요? |
|---|---|
| ★★ | meo.si.sseo.yo |

| 不帥。 | 멋있지 않아요. |
|---|---|
| ★★ | meo.sit.jji-a.na.yo |

| 不帥。 | 안 멋있어. |
|---|---|
| ★ | an-meo.si.sseo |

| 不帥。(過去式) | 안 멋있었어요. |
|---|---|
| ★★ | an-meo.si.sseo.sseo.yo |

| 想變帥。 | 멋있어지고 싶어요. |
|---|---|
| ★★ | meo.si.sseo.ji.go.si.ppeo.yo |

ㅅ

「真的很帥吧。」
진짜 멋있지.
chin.jja-meo.sit.jji

「誰最帥?」
누가 제일 멋있어?
nu.ga-che.il-meo.si.sseo

**解說** 除了「很帥氣的人」之外,當形容臉蛋長得很俊俏或美麗的人,可以使用「**얼짱**」(eol.jjang)「俊男、美女」,對男性還可以說「**잘생기다.**」(chal.saeng.gi.da)「長得很帥」。而不管是男性、女性,都能夠使用「**얼짱**」。

## 上（機構） 다니다 ta.ni.da

| | |
|---|---|
| 上（機構）。 ★★★ | **다닙니다.** ta.nim.ni.da |
| 上（機構）。 ★★ | **다녀요.** ta.nyeo.yo |
| 上了（機構）。 ★★ | **다녔어요.** ta.nyeo.sseo.yo |
| 上了（機構）。 ★ | **다녔어.** ta.nyeo.sseo |
| 會上（機構）。 ★★ | **다닐 거예요.** ta.nil-geo.ye.yo |
| 想上（機構）。 ★★ | **다니고 싶어요.** ta.ni.go-si.ppeo.yo |
| 可以上（機構）。 ★★ | **다닐 수 있어요.** ta.nil-su-i.sseo.yo |
| 不能上（機構）。 ★★ | **다닐 수 없어요.** ta.nil-su-eop.sseo.yo |
| 不想上（機構）。 ★★ | **다니고 싶지 않아요.** ta.ni.go-sip.jji-a.na.yo |

| | |
|---|---|
| 因為上 **다니니까** ta.ni.ni.gga | 即使上也 **다녀도** ta.nyeo.do |
| 一邊上 **다니면서** ta.ni.myeon.seo | 因為上了 **다녔으니까** ta.nyeo.sseu.ni.gga |

| | |
|---|---|
| 上的學校 **다니는 학교** ta.ni.neun-hak.ggyo | 上過的補習班 **다녔던 학원** ta.nyeot.ddeon-ha.gwon |

ㄹ

224

## 是真的　사실이다 sa.si.li.da

| 是真的。 | 사실입니다. |
|---|---|
| ★★★ | sa.si.lim.ni.da |

| 是真的。 | 사실이에요. |
|---|---|
| ★★ | sa.si.li.e.yo |

| 是真的。（過去式） | 사실이었어요. |
|---|---|
| ★★ | sa.si.li.eo.sseo.yo |

| 是真的。（過去式） | 사실이었어. |
|---|---|
| ★ | sa.si.li.eo.sseo |

| 是真的嗎？ | 사실이에요？ |
|---|---|
| ★★ | sa.si.li.e.yo |

| 不是真的。 | 사실이 아니에요. |
|---|---|
| ★★ | sa.si.li-a.ni.e.yo |

| 說不定是真的。 | 사실일지도 몰라요. |
|---|---|
| ★★ | sa.si.lil.ji.do-mol.la.yo |

| 因為是真的 | 사실이니까 |
|---|---|
|  | sa.si.li.ni.gga |

| 假設說不是真的 | 사실이 아니었다면 |
|---|---|
|  | sa.si.li-a.ni.eot.dda.myeon |

「那是真的嗎？」
그게 사실이야?
keu.ge.sa.si.li.ya

「告訴我不是真的。」
사실이 아니라고 말해 줘.
sa.si.li-a.ni.la.go-ma.lae-chwo

225

## 失禮　실례하다 sil.le.ha.da【失禮하다】

| 失禮。 ★★★ | 실례합니다. sil.le.ham.ni.da |
|---|---|
| 失禮。 ★★ | 실례해요. sil.le.hae.yo |
| 失禮。（過去式） ★★ | 실례했어요. sil.le.hae.sseo.yo |
| 失禮。（過去式） ★ | 실례했어. sil.le.hae.sseo |

「我要先離開了。」
먼저 실례하겠습니다.
meon.jeo-sil.le.ha.get.sseum.ni.da

「我要離開一下。」
잠깐 실례할게요.
cham.ggan-sil.le.hal.gge.yo

**解說** 和日語一樣，想進去的房間裡面已經有人的時候，或是想排開人群，要借過前進的時候，會說「**실례합니다.**」（sil.le.ham.ni.da）「失禮了。」

## 失戀　실연하다 sil.lyeo.na.da【失戀하다】

| 失戀了。 ★★ | 실연했어요. sil.lyeo.nae.sseo.yo |
|---|---|
| 失戀了。 ★ | 실연했어. sil.lyeo.nae.sseo |
| 失戀了嗎？ ★★ | 실연했어요? sil.lyeo.nae.sseo.yo |

| | |
|---|---|
| 因為失戀了<br>**실연했으니까**<br>sil.lyeo.nae.sseu.ni.gga | 即使失戀也<br>**실연해도**<br>sil.lyeo.nae.do |
| 失戀的時候<br>**실연했을 때**<br>sil.lyeo.nae.sseul-ddae | 失戀了可是<br>**실연했지만**<br>sil.lyeo.naet.jji.man |

「聽說失戀了，請不要太難過。」
**실연당했다고 너무 슬퍼하지 마세요.**
sil.lyeon.dang.haet.dda.go-neo.mu-seul.ppeo.ha.ji-ma.se.yo

## 少　적다 cheok.dda

| | |
|---|---|
| 少。<br>★★★ | **적습니다.**<br>cheok.sseum.ni.da |
| 少。<br>★★ | **적어요.**<br>cheo.geo.yo |
| 少。（過去式）<br>★★ | **적었어요.**<br>cheo.geo.sseo.yo |
| 少。（過去式）<br>★ | **적었어.**<br>cheo.geo.sseo |
| 不少。<br>★★ | **적지 않아요.**<br>cheok.jji-a.na.yo |
| 因為少<br>**적으니까**<br>cheo.geu.ni.gga | 即使少也／至少<br>**적어도**<br>cheo.geo.do |
| 因為少（過去式）<br>**적었으니까**<br>cheo.geo.sseu.ni.gga | 少可是<br>**적지만**<br>cheok.jji.man |

ㅅ

「還好很少。」
적어서 다행이에요.
cheo.geo.seo-ta.haeng.i.e.yo

「月薪少可是很滿意。」
월급이 적지만 만족해요.
wol.geu.bi-cheok.jji.man-man.jo.kkae.yo

## 說明 설명하다 seol.myeong.ha.da【說明하다】

| | |
|---|---|
| 說明。 ★★★ | 설명합니다. seol.myeong.ham.ni.da |
| 說明。 ★★ | 설명해요. seol.myeong.hae.yo |
| 說明了。（過去式） ★★ | 설명했어요. seol.myeong.hae.sseo.yo |
| 說明了。（過去式） ★ | 설명했어. seol.myeong.hae.sseo |
| 會說明。 ★★ | 설명할 거예요. seol.myeong.hal-geo.ye.yo |
| 請幫我說明。 ★★ | 설명해 주세요. seol.myeong.hae-ju.se.yo |
| 能夠說明。 ★★ | 설명할 수 있어요. seol.myeong.hal-su-i.sseo.yo |
| 無法說明。 ★★ | 설명할 수 없어요. seol.myeong.hal-su-eop.sseo.yo |
| 想要說明。 ★★ | 설명하고 싶어요. seol.myeong.ha.go-si.ppeo.yo |
| 必須說明。 ★★ | 설명해야 해요. seol.myeong.hae.ya-hae.yo |

ㅅ

| 說明的話 설명하면 | 說明了可是 설명했지만 |
|---|---|
| seol.myeong.ha.myeon | seol.myeong.haet.jji.man |

「發生了什麼事情，好好說明。」
무슨 일이 있었는지 똑바로 설명해.
mu.seun-i.li-i.sseon.neun.ji-ddok.bba.lo-seol.myeong.hae

## 使用／寫　쓰다 sseu.da

使用／寫。　**씁니다.**
★★★　　　sseum.ni.da

使用／寫。　**써요.**
★★　　　sseo.yo

我會使用／我會寫。**쓸게.**
★　　　sseul.gge

使用了／寫了。　**썼어요.**
★★　　　sseo.sseo.yo

要使用／要寫。　**쓸 거예요.**
★★　　　sseul-geo.ye.yo

為了對方，希望對方「請使用」的意思。

請使用／請寫。　**쓰세요.**
★★　　　sseu.se.yo

對方的使用對自己有利，所以請求對方使用。

請幫我寫。　**써 주세요.**
★★　　　sseo-ju.se.yo

可以使用嗎？／可以寫嗎？
**써도 돼요?**
★★ sseo.do-twae.yo

可以使用／可以寫。**쓸 수 있어요.**
★★　　　sseul-su-i.sseo.yo

| | |
|---|---|
| 不能使用／不會寫。<br>★★ | 못 써요.<br>mot-sseo.yo |
| 我會用看看／我會寫看看。<br>★★ | 써 볼게요.<br>sseo-bol.gge.yo |
| 有使用過／有寫過。<br>★★ | 쓴 적이 있어요.<br>sseun-jeo.gi-i.sseo.yo |
| 沒有使用過／沒有寫過。<br>★★ | 쓴 적이 없어요.<br>sseun-jeo.gi-eop.sseo.yo |
| 不能不用／不能不寫。<br>★★ | 안 쓰면 안 돼요.<br>an-sseu.myeon-an-dwae.yo |

| | |
|---|---|
| 因為使用／因為寫<br>쓰니까<br>sseu.ni.gga | 一邊使用／一邊寫<br>쓰면서<br>sseu.myeon.seo |

| | |
|---|---|
| 有用過可是／有寫過可是 | 써 봤지만<br>sseo-bwat.jji.man |
| 即使使用也／即使寫也 | 써도<br>sseo.do |

| | |
|---|---|
| 「這個化妝品我也有在用。」<br>이 화장품 나도 쓰고 있어.<br>i-hwa.jang.ppum-na.do-sseu.go-i.sseo | 「我也想用看看那個。」<br>나도 그거 써 보고 싶어.<br>na.do-keu.geo-sseo-bo.go-si.ppeo |

## 適合／相配　어울리다　eo.ul.li.da

| | |
|---|---|
| 適合。<br>★★★ | 어울립니다.<br>eo.ul.lim.ni.da |
| 適合。<br>★★ | 어울려요.<br>eo.ul.lyeo.yo |

ㅅ

| | |
|---|---|
| 適合。 ★ | 어울려. <br> eo.ul.lyeo |
| 不適合。 ★★ | 안 어울려요. <br> an-eo.ul.lyeo.yo |
| 不適合。 ★ | 안 어울려. <br> an-eo.ul.lyeo |
| 適合嗎？ ★★ | 어울려요？ <br> eo.ul.lyeo.yo |
| 適合對吧？ ★★ | 어울리죠？ <br> eo.ul.li.jyo |

| | | | |
|---|---|---|---|
| 因為適合 | 어울리니까 <br> eo.ul.li.ni.gga | 即使適合也 | 어울려도 <br> eo.ul.lyeo.do |
| 適合而 | 어울리는데 <br> eo.ul.li.neun.de | 適合的話 | 어울리면 <br> eo.ul.li.myeon |

ㅅ

| | |
|---|---|
| 「非常適合。」 <br> 잘 어울려요. <br> chal-eo.ul.lyeo.yo | 「這個不適合你。」 <br> 이거 너한테 안 어울려. <br> i.geo-neo.han.tte-an-eo.ul.lyeo |

## 睡過頭　늦잠 자다 neut.jjam-cha.da

| | |
|---|---|
| 睡過頭了。 ★★★ | 늦잠 잤어요. <br> neut.jjam-cha.sseo.yo |
| 睡過頭了。 ★ | 늦잠 잤어. <br> neut.jjam-cha.sseo |
| 睡過頭了。 ★ | 늦잠 자 버렸어. <br> neut.jjam-cha-boe.lyeo.sseo |
| 不睡過頭。 ★★ | 늦잠 안 자요. <br> neut.jjam-an-cha.yo |

| 不睡過頭。 | 늦잠 안 자. |
|---|---|
| ★ | neut.jjam-an-cha |

| 不可以睡過頭。 | 늦잠 자면 안 돼요. |
|---|---|
| ★★ | neut.jjam-cha.myeon-an-dwae.yo |

| 睡過頭了可是 | 睡過頭的話 |
|---|---|
| 늦잠 잤지만 | 늦잠 자면 |
| neut.jjam-chat.jji.man | neut.jjam-cha.myeon |

| 即使睡過頭也 | 因為睡過頭了 |
|---|---|
| 늦잠 자도 | 늦잠 잤으니까 |
| neut.jjam-cha.do | neut.jjam-cha.sseu.ni.gga |

| 「對不起。我睡過頭了。」 | 「睡過頭了吧?」 |
|---|---|
| 미안. 늦잠 자 버렸어. | 늦잠 잤지? |
| m.an/neut.jjam-cha-beo.lyeo.sseo | neut.jjam-chat.jji |

## 睡覺　자다 cha.da

| 睡覺。 | 잡니다. |
|---|---|
| ★★★ | cham.ni.da |

| 睡覺。 | 자요. |
|---|---|
| ★★ | cha.yo |

| 睡了。 | 잤어요. |
|---|---|
| ★★ | cha.sseo.yo |

| 睡了。 | 잤어. |
|---|---|
| ★ | cha.sseo |

| 想睡覺。 | 자고 싶어요. |
|---|---|
| ★★ | cha.go-si.ppeo.yo |

| 想睡覺。 | 자고 싶어. |
|---|---|
| ★ | cha.go-si.ppeo |

| 不睡覺。 | 안 자요. |
|---|---|
| ★★ | an-cha.yo |
| 請睡覺。 | 자세요. |
| ★★ | cha.se.yo |
| 不可以不睡覺。 | 자지 않으면 안 돼요. |
| ★★ | cha.ji-a.neu.myeon-an-dwae.yo |
| 得睡覺才行。 | 자야지. |
| ★ | cha.ya.ji |
| 不能睡覺。 | 못 자요. |
| ★★ | mot-jja.yo |

| 一邊睡 자면서 | 睡了可是 잤지만 |
|---|---|
| cha.myeon.seo | chat.jji.man |

「早睡早起。」
일찍 자고 일찍 일어나기
il.jjik-cha.go-il.jjik-i.leo.na.gi

「又睡著了。」
또 자 버렸어.
ddo-cha-beo.lyeo.sseo

## 輸 지다 ji.da

| 輸。 | 집니다. |
|---|---|
| ★★★ | chim.ni.da |
| 輸。 | 져요. |
| ★★ | chyeo.yo |
| 輸了。 | 졌어요. |
| ★★ | chyeo.sseo.yo |
| 輸了。 | 졌어. |
| ★ | chyeo.sseo |
| 請不要輸。 | 지지 마세요. |
| ★★ | chi.ji-ma.se.yo |

ㅈ

| 不想輸。 | 지고 싶지 않아요. |
|---|---|
| ★★ | chi.go-sip.jji-a.na.yo |
| 可以輸。 | 져도 돼요. |
| ★★ | chyeo.do-twae.yo |
| 有輸過。 | 진 적이 있어요. |
| ★★ | chin-jeo.gi-i.sseo.yo |
| 沒有輸過。 | 진 적이 없어요. |
| ★★ | chin-jeo.gi-eop.sseo.yo |
| 輸了嗎？ | 졌어요？ |
| ★★ | chyeo.sseo.yo |

| 因為輸了　졌으니까 | 即使輸也　져도 |
|---|---|
| chyeo.sseu.ni.gga | chyeo.do |
| 即使說輸了也　졌다고 해도 | 輸的時候　졌을 때 |
| chyeot.dda.go-hae.do | chyeo.sseul-ddae |

「輸也沒關係，盡力吧。」
져도 되니까 열심히 해.
chyeo.do-toe.ni.gga-yeol.si.mi-hae

「絕對不能輸。」
절대로 지면 안 돼.
cheol.dae.lo-chi.myeon-an-dwae

 「지다」（chi.da）「輸」的相反詞是「이기다」（i.gi.da）
「贏」。

## 守護　지키다 chi.kki.da

| 守護。 | 지킵니다. |
|---|---|
| ★★★ | chi.kkim.ni.da |
| 守護。 | 지켜요. |
| ★★ | chi.kkyeo.yo |
| 我會守護。 | 지킬게. |
| ★ | chi.kkil.gge |

| | |
|---|---|
| 守護。（過去式）<br>★★ | **지켰어요.**<br>chi.kkyeo.sseo.yo |
| 守護。（過去式）<br>★ | **지켰어.**<br>chi.kkyeo.sseo |
| 我會守護。<br>★★ | **지킬게요.**<br>chi.kkil.gge.yo |
| 不守護。<br>★★ | **안 지켜요.**<br>an-ji.kkyeo.yo |
| 請為我守護。<br>★★ | **지켜 주세요.**<br>chi.kkyeo-ju.se.yo |
| 必須守護。<br>★★ | **지켜야 해요.**<br>chi.kkyeo.ya-hae.yo |
| 可以守護嗎？<br>★★ | **지킬 수 있어요？**<br>chi.kkil-su-i.sseo.yo |
| 可以守護。<br>★★ | **지킬 수 있어요.**<br>chi.kkil-su-i.sseo.yo |
| 無法守護。<br>★★ | **못 지켜요.**<br>mot-jji.kkyeo.yo |

承諾「我接下來會守護你。」的未來式語意。

| | | | |
|---|---|---|---|
| 因為守護 | **지키니까**<br>chi.kki.ni.gga | 守護了可是 | **지켰지만**<br>chi.kkyeot.jji.man |
| 守護了而 | **지켰는데**<br>chi.kkyeon.neun.de | 即使守護也 | **지켜도**<br>chi.kkyeo.do |

「以後我也會一直守護你。」
**앞으로도 쭉 널 지킬게.**
a.ppeu.lo.do-jjung-neol-chi.kkil.gge

「對不起，沒能守約。」
**약속 못 지켜서 미안해.**
yak.ssong-mot-jji.kkyeo.seo-mi.a.nae

## 受歡迎　인기 있다 in.gi-it.dda

| 受歡迎 ★★★ | 인기 있습니다.<br>in.gi-it.sseum.ni.da |
|---|---|
| 受歡迎。（過去式）★★ | 인기 있었어요.<br>in.gi-i.sseo.sseo.yo |
| 受歡迎。（過去式）★ | 인기 있었어.<br>in.gi-i.sseo.sseo |
| 受歡迎嗎？★★ | 인기 있어요？<br>in.gi-i.sseo.yo |
| 受歡迎對吧？★★ | 인기 있죠？<br>in.gi-it.jjyo |
| 不受歡迎。★★ | 인기 없어요.<br>in.gi-eop.sseo.yo |

> 相反地，「不受歡迎。」要說「인기 없었어.」（in.gi-eop.sseo.sseo）。

| 因為不受歡迎<br>인기 없으니까<br>in.gi-eop.sseu.ni.gga | 因為受歡迎<br>인기 있으니까<br>in.gi-i.sseu.ni.gga |
|---|---|
| 即使受歡迎也<br>인기 있어도<br>in.gi-i.sseo.do | 受歡迎可是（過去式）<br>인기 있었지만<br>in.gi-i.sseot.jji.man |

| 「男朋友很受歡迎對吧？」<br>남자친구 인기 있죠？<br>nam.ja.chin.gu-in.gi-it.jjyo | 學生時期很受歡迎吧？」<br>학생 때는 인기 있었지？<br>hak.ssaeng-ddae.neun-in.gi-i.sseot.jji |
|---|---|

**解說** 「受歡迎」在韓國會使用「有人氣」。

| 舒服。 | 편합니다. |
|---|---|
| ★★★ | ppyeo.nam.ni.da |

| 舒服。 | 편해요. |
|---|---|
| ★★ | ppyeo.nae.yo |

| 舒服。 | 편해. |
|---|---|
| ★ | ppyeo.nae |

| 舒服。（過去式） | 편했어요. |
|---|---|
| ★★ | ppyeo.nae.sseo.yo |

| 舒服。（過去式） | 편했어. |
|---|---|
| ★ | ppyeo.nae.sseo |

| 舒服嗎？ | 편해요？ |
|---|---|
| ★★ | ppyeo.nae.yo |

| 很舒服呢。 | 편하네요. |
|---|---|
| ★★ | ppyeo.na.ne.yo |

| 很舒服呢。 | 편하네. |
|---|---|
| ★ | ppyeo.na.ne |

| 不舒服。 | 안 편해요. |
|---|---|
| ★★ | an-ppyeo.nae.yo |

如果不使用「안」
（an），而使用
「불편해요.」（pul.
ppyeo.nae.yo）也
是同樣的意思。

| 不舒服。 | 안 편해. |
|---|---|
| ★ | an-ppyeo.nae |

| 一定很舒服。 | 편하겠네요. |
|---|---|
| ★★ | ppyeo.na.gen.ne.yo |

---

「請放鬆地休息吧。」
편하게 쉬세요.
ppyeo.na.ge-swi.se.yo

「鞋子好穿嗎？」
신발 편해요？
sin.bal-ppyeo.nae.yo

【▣】

## 熱　덥다 teop.dda

| 熱。 | 덥습니다. |
|---|---|
| ★★★ | teop.sseum.ni.da |

| 熱。 | 더워요. |
|---|---|
| ★★ | teo.wo.yo |

| 當時很熱。 | 더웠어요. |
|---|---|
| ★★ | teo.wo.sseo.yo |

| 熱。 | 더워. |
|---|---|
| ★ | teo.wo |

| 不熱。 | 덥지 않습니다. |
|---|---|
| ★★★ | teop.jji-an.seum.ni.da |

| 不熱。 | 안 더워요. |
|---|---|
| ★★ | an-deo.wo.yo |

| 好像會變熱。 | 더워질 것 같아요. |
|---|---|
| ★★ | teo.wo.jil-ggeot-gga.tta.yo |

| 好像會熱。 | 더울 것 같아요. |
|---|---|
| ★★ | teo.ul-ggeot-gga.tta.yo |

| 熱啊。 | 덥네. |
|---|---|
| ★ | teom.ne |

| 因為熱 더우니까 | 即使熱也 더워도 |
|---|---|
| teo.u.ni.gga | teo.wo.do |

| 熱可是 덥지만 | 熱的時候 더울 때 |
|---|---|
| teop.jji.man | teo.ul-ddae |

「今天非常熱啊。」
오늘은 아주 덥네요.
o.neu.leun-a.ju-teom.ne.yo

「熱死了。」
더워 죽겠어.
teo.wo-juk.gge.sseo

大熱天
더운 날
teo.un-nal

那個炎熱的夏天
더웠던 여름
teo.wot.ddeon-yeo.leum

## 柔軟／溫柔　부드럽다 pu.deu.leop.dda

| 柔軟／溫柔。 | 부드럽습니다. |
|---|---|
| ★★★ | pu.deu.leop.sseum.ni.da |
| 柔軟／溫柔。 | 부드러워요. |
| ★★ | pu.deu.leo.wo.yo |
| 柔軟／溫柔。 | 부드러워. |
| ★ | pu.deu.leo.wo |
| 柔軟／溫柔。（過去式） | 부드러웠어. |
| ★ | pu.deu.leo.wo.sseo |
| 很柔軟／很溫柔呢。 | 부드럽네요. |
| ★★ | pu.deu.leom.ne.yo |
| 很柔軟／很溫柔呢。 | 부드럽네. |
| ★ | pu.deu.leom.ne |
| 因為柔軟／因為溫柔 | 부드러우니까 |
| | pu.deu.leo.u.ni.gga |
| 即使柔軟也／即使溫柔也 | 부드러워도 |
| | pu.deu.leo.wo.do |

|  |  |
|---|---|
| 弱。 ★★★ | 약합니다. <br> ya.kkam.ni.da |
| 弱。 ★★ | 약해요. <br> ya.kkae.yo |
| 弱。 ★ | 약해. <br> ya.kkae |
| 弱。（過去式） ★★ | 약했어요. <br> ya.kkae.sseo.yo |
| 弱。（過去式） ★ | 약했어. <br> ya.kkae.sseo |
| 弱嗎？ ★★ | 약해요? <br> ya.kkae.yo |
| 弱嗎？ ★ | 약해? <br> ya.kkae |
| 該不會很弱吧？ ★ | 약한 거 아냐? <br> ya.kkan-geo-a.nya |
| 不弱。 ★★ | 안 약해요. <br> an-ya.kkae.yo |
| 不弱。 ★ | 안 약해. <br> an-ya.kkae |
| 說了不弱。 ★ | 안 약하다니까. <br> an-ya.kkan.da.ni.gga |
| 因為弱　약하니까 <br> ya.kka.ni.gga | 弱可是　약하지만 <br> ya.kka.ji.man |

| 弱的話 **약하면** | 即使弱也 **약해도** |
|---|---|
| ya.kka.myeon | ya.kkae.do |

| 弱者 | 弱點 | 虛弱的身體 |
|---|---|---|
| **약한 사람** | **약점** | **약한 몸** |
| ya.kkan-sa.lam | yak.jjeom | ya.kkan-mom |

**解說** 幾乎和日語一樣，可以使用在「力量很弱」、「微弱聲音」、「風很弱」等，但是「個性軟弱」、「心腸軟」等，和心境有關的則無法使用。

## 任性　제멋대로다 che.meot.ddae.lo.da

| 任性。 | **제멋대로입니다.** |
|---|---|
| ★★★ | che.meot.ddae.lo.im.ni.da |

| 任性。 | **제멋대로예요.** |
|---|---|
| ★★ | che.meot.ddae.lo.ye.yo |

| 任性。（過去式） | **제멋대로였어요.** |
|---|---|
| ★★ | che.meot.ddae.lo.yeo.sseo.yo |

| 任性。（過去式） | **제멋대로였어.** |
|---|---|
| ★ | che.meot.ddae.lo.yeo.sseo |

| 很任性耶。 | **제멋대로네요.** |
|---|---|
| ★★ | che.meot.ddae.lo.ne.yo |

| 很任性耶。 | **제멋대로네.** |
|---|---|
| ★ | che.meot.ddae.lo.ne |

| 任性嗎？ | **제멋대로예요 ?** |
|---|---|
| ★★ | che.meot.ddae.lo.ye.yo |

| 任性嗎？（過去式） | **제멋대로였어요 ?** |
|---|---|
| ★★ | che.meot.ddae.lo.yeo.sseo.yo |

| 不任性。 | 제멋대로가 아니에요. |
|---|---|
| ★★ | che.meot.ddae.lo.ga-a.ni.e.yo |

| 不任性。（過去式） | 제멋대로가 아니었어요. |
|---|---|
| ★★ | che.meot.ddae.lo.ga-a.ni.eo.sseo.yo |

| 任性可是 | 任性的話 |
|---|---|
| 제멋대로지만 | 제멋대로라면 |
| che.meot.ddae.lo.ji.man | che.meot.ddae.lo.la.myeon |

| 因為任性 | 即使任性也 |
|---|---|
| 제멋대로니까 | 제멋대로라도 |
| che.meot.ddae.lo.ni.gga | che.meot.ddae.lo.la.do |

| 任性的時候 | 제멋대로였을 때 |
|---|---|
| | che.meot.ddae.lo.yeo.sseul-ddae |

「那個孩子很任性對吧？」　「不要隨便亂說話。」
저 아이 제멋대로지?　제멋대로 말하지 마.
cheo.a.i-che.meot.ddae.lo.ji　che.meot.ddae.lo-ma.la.ji-ma

ㄗ

【ㄗ】

---

| **在**　**있다** it.dda | |
|---|---|
| 在。 | 있습니다. |
| ★★★ | it.sseum.ni.da |
| 在。 | 있어요. |
| ★★ | i.sseo.yo |
| 在嗎？ | 있습니까？ |
| ★★★ | it.sseum.ni.gga |

| 在嗎？ | 있어요？ |
|---|---|
| ★★ | i.sseo.yo |
| 在。 | 있어. |
| ★ | i.sseo |
| 當然在。 | 있지. |
| ★ | it.jji |

帶有「預期」的口吻。

| 在嗎？ | 있니？ |
|---|---|
| ★ | in.ni |
| 在。（過去式） | 있었어요. |
| ★★ | i.sseo.sseo.yo |
| 在嗎？（過去式） | 있었어요？ |
| ★★ | i.sseo.sseo.yo |
| 明明在。 | 있잖아. |
| ★ | it.jja.na |

「在哪裡呢？」
어디에 있어요？
eo.di.e-i.sseo.yo

「有很多。」
많이 있어요.
ma.ni-i.sseo.yo

**解說** 在日語裡，「有」會根據指的是物品或人而有所區分，但是韓語中不論是哪種意思，都使用 있다（it.dda）。

## 走路　걷다 keod.dda

| 走路。 | 걷습니다. |
|---|---|
| ★★★ | keot.sseum.ni.da |
| 走路。 | 걸어요. |
| ★★ | keo.leo.yo |
| 走路。（過去式） | 걸었어요. |
| ★★ | keo.leo.sseo.yo |

ㅈ

| 不能走路。 | 못 걸어요. |
|---|---|
| ★★ | mot-ggeo.leo.yo |

| 沒有走路。 | 안 걸어요. |
|---|---|
| ★★ | an-geo.leo.yo |

| 要一起走路嗎？ | 걸을까요？ |
|---|---|
| ★★ | keo.leul.gga.yo |

| 一邊走路　걸으면서 | 因為走路　걸어서 |
|---|---|
| keo.leu.myeon.seo | keo.leo.seo |
| 走路的話　걸으면 | 走看看的話　걸어 보면 |
| keo.leu.myeon | keo.leo.bo.myeon |

## 做得好／很擅長　잘하다 cha.la.da

| 做得好。 | 잘합니다. |
|---|---|
| ★★★ | cha.lam.ni.da |

| 做得好。 | 잘해요. |
|---|---|
| ★★ | cha.lae.yo |

| 真行。 | 잘한다. |
|---|---|
| ★ | cha.lan.da |

| 做得好。（過去式） | 잘했어요. |
|---|---|
| ★★ | cha.lae.sseo.yo |

| 做得好。（過去式） | 잘했어. |
|---|---|
| ★ | cha.lae.sseo |

| 不擅長。 | 잘 못해요. |
|---|---|
| ★★ | chal-mo.ttae.yo |

| 不擅長。 | 잘 못해. |
|---|---|
| ★ | chal-mo.ttae |

ㅈ

| 做得不是很好。 | 잘 못했어요. |
|---|---|
| ★★ | chal-mo.ttae.sseo.yo |

| 很厲害吧？ | 잘하지 ? |
|---|---|
| ★ | cha.la.ji |

也含有「我做得不太好，我是不容許的。」這種道歉的語意。

| 應該會變得很擅長。 | 잘하게 될 것 같아요. |
|---|---|
| ★★ | cha.la.ge-doel-geot-gga.tta.yo |

| 因為擅長 **잘하니까** | 擅長可是 **잘하지만** |
|---|---|
| cha.la.ni.gga | cha.la.ji.man |
| 做得好的話 **잘하면** | 做得很好不過 **잘했는데** |
| cha.la.myeon | cha.laen.neun.de |

「應該可以做得好吧。」
**잘할 수 있겠죠.**
cha.lal-su-it.gget.jjiyo

「很會唱歌呢。」
**노래 잘하네요.**
no.lae-cha.la.ne.yo

**解說** 잘하다 ( cha.la.da ) 具有「厲害」、「很擅長」、「做得很好」的意思。

## 最棒　최고다 choe.go.da

| 最棒。 | 최고입니다. |
|---|---|
| ★★★ | choe.go.im.ni.da |

| 最棒。 | 최고예요. |
|---|---|
| ★★ | choe.go.ye.yo |

| 最棒。（過去式） | 최고였어요. |
|---|---|
| ★★ | choe.go.yeo.sseo.yo |

| 最棒。（過去式） | 최고였어. |
|---|---|
| ★ | choe.go.yeo.sseo |

| 最棒呢。 | 최고네요. |
|---|---|
| ★★ | choe.go.ne.yo |

| | |
|---|---|
| 最棒呢。<br>★ | 최고네.<br>choe.go.ne |
| 最棒！<br>★ | 최고！<br>choe.go |
| 不是最棒。<br>★★ | 최고가 아니에요.<br>choe.go.ga-a.ni.e.yo |

| | | | |
|---|---|---|---|
| 因為最棒。 | 최고니까<br>choe.go.ni.gga | 最棒可是 | 최고지만<br>choe.go.ji.man |
| 最棒可是（過去式）<br>최고였지만<br>choe.go.yeot.jji.man | | 即使最棒也<br>최고라도<br>choe.go.la.do | |

「今天心情好極了。」
오늘 기분이 최고예요.
o.neul-ki.bu.ni-choe.go.ye.yo

「果然還是這個味道最棒。」
역시 이 맛이 최고야.
yeok.ssi-i.ma.si-choe.go.ya

**解說** 除此之外，帶有「最棒」意思的「**대박**」（tae.bak）也是很流行的單字。可以翻譯為「好運大發」、「最棒」，但也可以表達「期待落空」、「超衰」之意。不管是好的事情還是壞的事情，只要是超乎想像的事情都可以使用。另外還有「**끝내준다.**」（ggeun.nae.ju.da），直接翻譯就是「使它結束。」，也可以當作「棒透了。」的意思使用。

## 做　하다 ha.da

| | |
|---|---|
| 做。<br>★★★ | 합니다.<br>ham.ni.da |
| 做。<br>★★ | 해요.<br>hae.yo |

| 做了。 | 했어요. |
|---|---|
| ★★ | hae.sseo.yo |
| 做了。 | 했어. |
| ★ | hae.sseo |
| 要做。 | 할 거예요. |
| ★★ | hal-geo.ye.yo |
| 我會做。 | 할게. |
| ★ | hal.gge |
| 一起做吧。 | 합시다. |
| ★★ | hap.ssi.da |
| 一起做吧。 | 하자. |
| ★ | ha.ja |
| 正在做。 | 하고 있어요. |
| ★★ | ha.go-i.sseo.yo |
| 想要做。 | 하고 싶어요. |
| ★★ | ha.go-si.ppeo.yo |
| 不想做。 | 하고 싶지 않아요. |
| ★★ | ha.go-sip.jji-a.na.yo |
| 做嗎？ | 해요？ |
| ★★ | hae.yo |
| 不做。 | 안 해요. |
| ★★ | a-nae.yo |
| 可以做嗎？ | 해도 돼요？ |
| ★★ | hae.do-twae.yo |
| 不可以做。 | 하면 안 돼요. |
| ★★ | ha.myeon-an-dwae.yo |

ㅈ

| 想做嗎？ | 하고 싶어요？ |
|---|---|
| ★★ | ho.go-si.ppeo.yo |

| 請做。 | 하세요. |
|---|---|
| ★★ | ha.se.yo |

為禮貌的命令字詞，是利於對方的命令。

| 請幫我做。 | 해 주세요. |
|---|---|
| ★★ | hae-ju.se.yo |

雖然是禮貌的命令字詞，但卻是利於自己的命令。

| 幫我做。 | 해 줘. |
|---|---|
| ★ | hae-jwo |

| 做得到。 | 할 수 있어요. |
|---|---|
| ★★ | hal-su-i.sseo.yo |

| 做不到。 | 할 수 없어요. |
|---|---|
| ★★ | hal-su-eop.sseo.yo |

| 必須做。 | 해야 해요. |
|---|---|
| ★★ | hae.ya-hae.yo |

ㅈ

| 做的話 | 하면 | 做可是 | 하지만 |
|---|---|---|---|
| | ha.myeon | | ha.ji.man |
| 做了可是（過去式） | 했지만 | 一邊做 | 하면서 |
| | haet.jji.man | | ha.myeon.seo |

| 因為聽說已經做了 | 했다고 해서 |
|---|---|
| | haet.dda.go-hae.seo |

| 沒有在做 | 하는 게 아니고 |
|---|---|
| | ha.neun-ge-a.ni.go |

「你做看看這個。」
이거 해 봐.
i.geo-hae-bwa

「得做到什麼時候？」
언제까지 해야 돼?
eon.je.gga.ji-hae.ya-dwae

**解說** 以「○○하다」表達的單字在本書裡經常出現。這些「하다」（ha.da）「做」意思都一樣，可以做為語尾活用。

## 坐　앉다 an.da

| 坐。 | **앉습니다.** |
|---|---|
| ★★★ | an.seum.ni.da |

| 坐。 | **앉아요.** |
|---|---|
| ★★ | an.ja.yo |

| 我坐。 | **앉을게.** |
|---|---|
| ★ | an.jeul.gge |

| 坐了。 | **앉았어요.** |
|---|---|
| ★★ | an.ja.sseo.yo |

| 坐了。 | **앉았어.** |
|---|---|
| ★ | an.ja.sseo |

| 坐嗎？ | **앉아요？** |
|---|---|
| ★★ | an.ja.yo |

| 不坐。 | **안 앉아요.** |
|---|---|
| ★★ | an-an.ja.yo |

| 可以坐嗎？ | **앉아도 돼요？** |
|---|---|
| ★★ | an.ja.do-twae.yo |

| 想要坐。 | **앉고 싶어요.** |
|---|---|
| ★★ | an.go-si.ppeo.yo |

| 拜託坐下來。 | **앉아 주세요.** ◀ 擁有讓對方坐下來的理由，要求對方坐下的情況。 |
|---|---|
| ★★ | an.ja-ju.se.yo |

| 請坐。 | **앉으세요.** ◀ 坐下來會比較輕鬆等，對於對方比較好的情況。 |
|---|---|
| ★★ | an.jeu.se.yo |

| 請不要坐。 | **앉지 마세요.** |
|---|---|
| ★★ | an.ji-ma.se.yo |

ㅈ

| 別坐。 | 앉지 마. |
|---|---|
| ★ | an.ji-ma |

| 因為坐 | 앉으니까 | 一邊坐 | 앉으면서 |
|---|---|---|---|
| | an.jeu.ni.gga | | an.jeu.myeon.seo |

| 坐下之後覺得 | 앉아 보니까 | 即使坐下也 | 앉아도 |
|---|---|---|---|
| | an.ja-bo.ni.gga | | an.ja.do |

解說 在韓國搭乘地鐵或公車時，讓位子給老人是基本常識。如果不讓位子給老人，會直接被老人或是被周圍的人警告。如果遇到老人，要說「앉으세요.」（an.jeu.se.yo）「請坐。」，然後讓座給老人。讓位子給老人之後，有時候老人也會幫忙拿行李。

## 醉　취하다 chwi.ha.da【醉하다】

| 醉。 | 취합니다. |
|---|---|
| ★★★ | chwi.ham.ni.da |

| 醉。 | 취해요. |
|---|---|
| ★★ | chwi.hae.yo |

| 醉。 | 취해. |
|---|---|
| ★ | chwi.hae |

| 醉了。 | 취했어요. |
|---|---|
| ★★ | chwi.hae.sseo.yo |

| 醉了。 | 취했어. |
|---|---|
| ★ | chwi.hae.sseo |

| 沒醉。 | 안 취해요. |
|---|---|
| ★★ | an-chwi.hae.yo |

| 醉了嗎？ | 취했어요？ |
|---|---|
| ★★ | chwi.hae.sseo.yo |

ㅈ

| 醉了吧？ | 취했지? |
|---|---|
| ★ | chwi.haet.jji |
| 想要喝醉。 | 취하고 싶어요. |
| ★★ | chwi.ha.go-si.ppeo.yo |
| 不想喝醉。 | 취하고 싶지 않아요. |
| ★★ | chwi.ha.go-sip.jji-a.na.yo |
| 沒辦法醉。 | 못 취해요. |
| ★★ | mot-chwi.hae.yo |
| 沒辦法醉。 | 못 취해. |
| ★ | mot-chwi.hae |

「喝那麼多的話會醉。」
그렇게 많이 마시면 취해.
keu.leo.kke-ma.ni-ma.si.myeon-chwi.hae

「難道醉了嗎？」
혹시 취했어?
hok.ssi-chwi.hae.sseo

【ㄘ】

ㄘ

## 辭職／算了　그만두다 keu.man.du.da

| 辭職／算了。 | 그만둡니다. |
|---|---|
| ★★★ | keu.man.dum.ni.da |
| 辭職／算了。 | 그만둬요. |
| ★★ | keu.man.dwo.yo |
| 我會辭職／我會算了。 | 그만둘게. |
| ★ | keu.man.dul.gge |
| 辭職了／算了。（過去式） | 그만뒀어요. |
| ★★ | keu.man.dwo.sseo.yo |

251

| 辭職了／算了。 | 그만뒀어. |
|---|---|
| ★（過去式） | keu.man.dwo.sseo |

| 辭職嗎？／算了嗎？ | 그만둬요？ |
|---|---|
| ★★ | keu.man.dwo.yo |

| 不辭職／不作罷。 | 안 그만둬요. |
|---|---|
| ★★ | an-keu.man.dwo.yo |

| 想要辭職／想要算了。 | 그만두고 싶어요. |
|---|---|
| ★★ | keu.man.du.go-si.ppeo.yo |

| 不想辭職／不想算了。 | 그만두고 싶지 않아요. |
|---|---|
| ★★ | keu.man.du.go-sip.jji-a.na.yo |

| 我要辭職／我要算了。 | 그만둘 거예요. |
|---|---|
| ★★ | keu.man.dul-geo.ye.yo |

| 可以辭職嗎？／<br>可以算了嗎？ | 그만둬도 돼요？ |
|---|---|
| ★★ | keu.man.dwo.do-twae.yo |

| 辭職的話／算了的話 | 그만두면 |
|---|---|
| | keu.man.du.myeon |

| 想要辭職可是／<br>想要算了可是 | 그만두고 싶지만 |
|---|---|
| | keu.man.du.go-sip.jji.man |

| 因為辭職／因為算了 | 그만두기 때문에 |
|---|---|
| | keu.man.du.gi-ddae.mu.ne |

| 辭職的時候／<br>算了的時候 | 그만둘 때 |
|---|---|
| | keu.man.dul-ddae |

ㄱ

| 「我們分手吧。」<br>우리 그만두자.<br>u.li-keu.man.du.ja | 「打算辭掉工作。」<br>일 그만두려고 하는데.<br>il-keu.man.du.lyeo.go-ha.neun.de |
|---|---|

| | |
|---|---|
| 解說 | 公司、作業等無法再繼續，表示「停止」的意思。左邊的句型是停止繼續交往，即「分手」的意思。 |

## 【ㄙ】

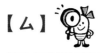

| 死掉 죽다 chuk.dda | |
|---|---|
| 死掉。 ★★★ | 죽습니다. chuk.sseum.ni.da |
| 死掉。 ★★ | 죽어요. chu.geo.yo |
| 死掉了。 ★★ | 죽었어요. chu.geo.sseo.yo |
| 死掉了。 ★ | 죽었어. chu.geo.sseo |
| 想死嗎？ ★ | 죽고 싶어? chuk.ggo-si.ppeo |
| 想死。 ★★ | 죽고 싶어요. chuk.ggo-si.ppeo.yo |
| 不想死。 ★★ | 죽고 싶지 않아요. chuk.ggo-sip.jji-a.na.yo |
| 快死了。 ★ | 죽겠어. chuk.gge.sseo |
| 說不定會死。 ★★ | 죽을지도 몰라요. chu.geul.ji.do-mol.la.yo |
| 肚子餓死了。 ★ | 배고파 죽겠어. pae.go.ppa-chuk.gge.sseo |

ㄙ

| | |
|---|---|
| 想念死了。<br>★★ | 보고 싶어서 죽겠어요.<br>po.go-si.ppeo.seo-chuk.gge.sseo.yo |
| 忙死了。<br>★★ | 바빠 죽겠어요.<br>pa.bba-chuk.gge.sseo.yo |
| 好吃死了。<br>★ | 너무 맛있어서 죽겠어.<br>neo.mu-ma.si.sseo.seo-chuk.gge.sseo |

**解說** 韓國人常常會使用像「**힘들어 죽겠어.**」（him.deu.leo-chuk.gge.sseo）「簡直快累死了。」的極致方式來表達。

【一】

## 有　있다 it.dda

| | |
|---|---|
| 有。<br>★★ | 있습니다.<br>it.sseum.ni.da |
| 有。<br>★★ | 있어요.<br>i.sseo.yo |
| 有嗎？<br>★★★ | 있습니까？<br>it.sseum.ni.gga |
| 有嗎？<br>★★ | 있어요？<br>i.sseo.yo |
| 有。<br>★ | 있어.<br>i.sseo |
| 當然有。<br>★ | 있지.<br>it.jji |
| 有嗎？<br>★ | 있니？<br>in.ni |

| 有。（過去式） | 있었어요. |
|---|---|
| ★★ | i.sseo.sseo.yo |

| 有嗎？（過去式） | 있었어요? |
|---|---|
| ★★ | i.sseo.sseo.yo |

| 有嗎？ | 있었어? |
|---|---|
| ★ | i.sseo.sseo |

| 明明有。 | 있잖아. |
|---|---|
| ★ | it.jja.na |

| 「有男朋友嗎？」 | 「有兩個小孩。」 |
|---|---|
| 남자친구 있어? | 아이는 두 명 있어요. |
| nam.ja.chin.gu-i.sseo | a.i.neun-tu-myeong-i.sseo.yo |

**解說** 和「在」（→242頁）一樣，表達物品存在的言詞，此外「有人」或「有動物」等也可以使用。

## 一模一樣　똑같다 ddok.ggat.dda

| 一模一樣。 | 똑같습니다. |
|---|---|
| ★★★ | ddok.ggat.sseum.ni.da |

| 一模一樣。 | 똑같아요. |
|---|---|
| ★★ | ddok.gga.tta.yo |

| 一模一樣。 | 똑같아. |
|---|---|
| ★ | ddok.gga.tta |

| 一模一樣。（過去式） | 똑같았어요. |
|---|---|
| ★★ | ddok.gga.tta.sseo.yo |

| 一模一樣。（過去式） | 똑같았어. |
|---|---|
| ★ | ddok.gga.tta.sseo |

| 一模一樣嗎？ | 똑같아요? |
|---|---|
| ★★ | ddok.gga.tta.yo |

| 一模一樣對吧？ | 똑같죠？ |
|---|---|
| ★★ | ddok.ggat.jjiyo |

| 沒有一模一樣。 | 안 똑같아요. |
|---|---|
| ★★ | an-ddok.gga.tta.yo |

| 沒有一模一樣。 | 똑같지 않아. |
|---|---|
| ★ | ddok.ggat.jji-a.na |

| 沒有一模一樣不行。 | 똑같지 않으면 안 돼요. |
|---|---|
| ★★ | ddok.ggat.jji-a.neu.myeon-an-dwae.yo |

| 因為一模一樣<br>똑같으니까 | 一模一樣的話<br>똑같으면 |
|---|---|
| ddok.gga.tteu.ni.gga | ddok.gga.tteu.myeon |

| 一模一樣可是<br>똑같지만 | 一模一樣可是（過去式）<br>똑같았지만 |
|---|---|
| ddok.ggat.jji.man | ddok.gga.ttat.jji.man |

「應該會變得一模一樣。」
똑같아질 것 같아요.
ddok.gga.tta.jil-geot-gga.tta.yo

「要選一模一樣的嗎？」
똑같이 할까요？
ddok.gga.chi-hal.gga.yo

| 一模一樣的東西<br>똑같은 것<br>ddok.gga.tteun-geot | 一模一樣的地方<br>똑같은 곳<br>ddok.gga.tteun-got | 一模一樣的人<br>똑같은 사람<br>ddok.gga.tteun-sa.lam |
|---|---|---|

## 有趣　재미있다 chae.mi.it.dda

| 有趣。 | 재미있습니다. |
|---|---|
| ★★★ | chae.mi.it.sseum.ni.da |

| 有趣。 | 재미있어요. |
|---|---|
| ★★ | chae.mi.i.sseo.yo |

> 自言自語時，可以說「재미있다.」（chae.mi.it.dda）

| 有趣。 | 재미있어. |
|---|---|
| ★ | chae.mi.i.sseo |

| 有趣。（過去式） | 재미있었어요. |
|---|---|
| ★★ | chae.mi.i.sseo.sseo.yo |

> 自言自語時，可以說「재미있었다.」（chae.mi.i.sseot.dda）

| 有趣。（過去式） | 재미있었어. |
|---|---|
| ★ | chae.mi.i.sseo.sseo |

| 好像會變得有趣。 | 재미있어질 것 같아요. |
|---|---|
| ★★ | chae.mi.i.sseo.jil-geot-gga.tta.yo |

| 好像會變得有趣。 | 재미있어질 것 같아. |
|---|---|
| ★ | chae.mi.i.sseo.jil-geot-gga.tta. |

| 有趣嗎？ | 재미있어요? |
|---|---|
| ★★ | chae.mi.i.sseo.yo |

| 有趣嗎？（過去式） | 재미있었어요? |
|---|---|
| ★★ | chae.mi.i.sseo.sseo.yo |

| 有趣呢。 | 재미있네요. |
|---|---|
| ★★ | chae.mi.in.ne.yo |

| 有趣呢。 | 재미있네. |
|---|---|
| ★ | chae.mi.in.ne |

| 當然要有趣。 | 재미있어야지. |
|---|---|
| ★ | chae.mi.i.sseo.ya.ji |

| 因為有趣 재미있으니까 | 有趣的話 재미있으면 |
|---|---|
| chae.mi.i.sseu.ni.gga | chae.mi.i.sseu.myeon |
| 有趣可是 재미있지만 | 有趣不過 재미있는데 |
| chae.mi.it.jji.man | chae.mi.in.neun.de |

---

「最近有有趣的電視劇嗎？」
요즘 재미있는 드라마 있어요?
yo.jeum-chae.mi.in.neun-deu.la.ma-i.sseo.yo

「朋友真的很有趣呢。」
친구가 정말 재미있군요.
chin.gu.ga-cheong.mal-jae.mi.it.ggu.nyo

「沒有什麼趣事嗎？」
재미있는 일 없어?
chae.mi.in.neun-il-eop.sseo

有趣的人 | 有趣的地方
**재미있는 사람** | **재미있는 곳**
chae.mi.in.neun-sa.lam | chae.mi.in.neun-got

有趣的電影
**재미있었던 영화**
chae.mi.i.sseot.ddeon-yeong.hwa

**解說** 「有趣」的否定不只是「不太有趣」，也可以使用「無趣」的單字。在日語中「無趣」這個字是有一點感到壓力的，而「不太有趣」的說法是很常用的。但是在韓語裡，使用「無趣」是沒有問題的。→ 參考269頁「無趣」

---

## 友善相處　사이좋게 지내다
### sa.i.jo.kke-chi.nae.da

友善相處。
★★★
**사이좋게 지냅니다.**
sa.i.jo.kke-chi.naem.ni.da

友善相處。
★★
**사이좋게 지내요.**
sa.i.jo.kke-chi.nae.yo

友善相處。（過去式）
★★
**사이좋게 지냈어요.**
sa.i.jo.kke-chi.nae.sseo.yo

一起友善相處吧。
★★
**사이좋게 지냅시다.**
sa.i.jo.kke-chi.naep.ssi.da

一起友善相處吧。
★
**사이좋게 지내자.**
sa.i.jo.kke-chi.nae.ja

請友善相處。
★★
**사이좋게 지내세요.**
sa.i.jo.kke-chi.nae.se.yo

因為友善相處
**사이좋게 지내니까**
sa.i.jo.kke-chi.nae.ni.gga

| | |
|---|---|
| 因為友善相處（過去式） | **사이좋게 지냈으니까**<br>sa.i.jo.kke-chi.nae.sseu.ni.gga |
| 為了我友善相處的話 | **사이좋게 지내주면**<br>sa.i.jo.kke-chi.nae.ju.myeon |
| 即使友善相處也 | **사이좋게 지내도**<br>sa.i.jo.kke-chi.nae.do |

「謝謝你和我友善相處。」
**사이좋게 지내 줘서 고마워.**
sa.i.jo.kke-chi.nae-jwo.seo-ko.ma.wo

「別只是你們兩個人要好。」
**둘이서만 사이좋게 지내지 마.**
tu.li.seo.man-sa.i.jo.kke-chi.nae.ji-ma

## 耀眼／刺眼　눈부시다 nun.bu.si.da

| | |
|---|---|
| 耀眼。<br>★★★ | **눈부십니다.**<br>nun.bu.sim.ni.da |
| 耀眼。<br>★★ | **눈부셔요.**<br>nun.bu.syeo.yo |
| 耀眼。<br>★ | **눈부셔.**<br>nun.bu.syeo |
| 耀眼。（過去式） <br>★★ | **눈부셨어요.**<br>nun.bu.syeo.sseo.yo |
| 很耀眼呢。<br>★★ | **눈부시네요.**<br>nun.bu.si.ne.yo |
| 耀眼嗎？<br>★★ | **눈부셔요？**<br>nun.bu.syeo.yo |
| 看起來很耀眼。<br>★★ | **눈부셔 보여요.**<br>nun.bu.syeo-bo.yeo.yo |

| 不刺眼。 | 눈 안 부셔요. |
|---|---|
| ★★ | nun-an-bu.syeo.yo |

| 不刺眼嗎？ | 눈부시지 않아요? |
|---|---|
| ★★ | nun.bu.si.ji-a.na.yo |

| 看來很刺眼。 | 눈부신가 봐요. |
|---|---|
| ★★ | nun.bu.sin.ga-pwa.yo |

> 並不是推測，而是在說看起來很耀眼的樣子。

| 因為耀眼 | 눈부시니까 | 即使刺眼也 | 눈부셔도 |
|---|---|---|---|
| | nun.bu.si.ni.gga | | nun.bu.syeo.do |

| 因為耀眼 | 눈부셔서 | 刺眼的時候 | 눈부실 때 |
|---|---|---|---|
| | nun.bu.syeo.seo | | nun.bu.sil-ddae |

「因為刺眼，眼睛睜不開。」
눈부셔서 눈을 뜰 수가 없어요.
nun.bu.syeo.seo-nu.neul-ddeul-su.ga-eop.sseo.yo

「新娘真的美得耀眼奪目。」
신부가 정말 눈부시게 예뻐요.
sin.bu.ga-cheong.mal-nun.bu.si.ge-ye.bbeo.yo

| 雪亮的眼睛 | 耀眼的你 | 刺眼的太陽 |
|---|---|---|
| 눈부신 눈동자 | 눈부신 그대 | 눈부신 태양 |
| nun.bu.sin-nun.dong.ja | nun.bu.sin-keu.dae | nun.bu.sin-ttae.yang |

一

## 猶豫／迷失　망설이다 mang.seo.li.da／헤매다 he.mae.da

* 망설이다 → 要怎麼做好呢，要選擇哪一個好呢，指想法上的迷惘
  헤매다　→ 迷路或無法從困難的狀況中擺脫的迷惑

| 猶豫／迷失。 | 망설입니다.／헤맵니다. |
|---|---|
| ★★★ | mang.seo.lim.ni.da/he.maem.ni.da |

| 猶豫／迷失。 | 망설여요.／헤매요. |
|---|---|
| ★★ | mang.seo.lyeo.yo/he.mae.yo |

猶豫／迷失。
**망설여./헤매.**

★ mang.seo.lyeo/he.mae

猶豫／迷失。（過去式）
**망설였어요./헤맸어요.**

★★ mang.seo.lyeo.seo.yo/he.mae.sseo.yo

猶豫／迷失。（過去式）
**망설였어./헤맸어.**

★ mang.seo.lyeo.sseo/he.mae.sseo

猶豫嗎？／迷失？（過去式）
**망설였어요？／헤맸어요？**

★★ mang.seo.lyeo.sseo.yo/he.mae.sseo.yo

不猶豫／不迷失。
**안 망설여요./안 헤매요.**

★★ an-mang.seo.lyeo.yo/an-he.mae.yo

不猶豫／不迷失。（過去式）
**안 망설였어요./안 헤맸어요.**

★★ an-mang.seo.lyeo.sseo.yo/an-he.mae.sseo.yo

因為猶豫／因為迷失（過去式）
**망설였으니까／헤맸으니까**

mang.seo.lyeo.sseu.ni.gga/he.mae.sseu.ni.gga

猶豫的話／迷失的話
**망설이면／헤매면**

mang.seo.li.myeon/he.mae.myeon

261

# 即使猶豫也／即使迷失也
## 망설여도／헤매도
mang.seo.lyeo.do/he.mae.do

「要買哪一個，變得很猶豫。」
어느 걸 살지 망설여져.
eo.neu-geol-sal.ji-mang.seo.lyeo.jyeo

「萬一迷路的話，打電話給我。」
혹시 헤매면 전화해.
hok.ssi-he.mae.myeon-cheo.nwa.hae

## 誘拐　유괴하다 yu.goe.ha.da【誘拐하다】

| | |
|---|---|
| 誘拐。<br>★★★ | **유괴합니다.**<br>yu.goe.ham.ni.da |
| 誘拐了。<br>★★ | **유괴했어요.**<br>yu.goe.hae.sseo.yo |
| 誘拐了。<br>★ | **유괴했어.**<br>yu.goe.hae.sseo |
| 請不要誘拐。<br>★★ | **유괴하지 마세요.**<br>yu.goe.ha.ji-ma.se.yo |
| 誘拐了嗎？<br>★ | **유괴했어？**<br>yu.goe.hae.sseo |
| 會誘拐。<br>★ | **유괴하고 말겠어.**<br>yu.goe.ha.go-mal.gge.sseo |

| 誘拐的話 유괴하면 | 誘拐了可是 유괴했지만 |
|---|---|
| yu.goe.ha.myeon | yu.goe.haet.jji.man |

【✗】

## 握手　악수하다 ak.ssu.ha.da【握手하다】

|  |  |
|---|---|
| 請和我握手。<br>★★ | 악수해 주세요.<br>ak.ssu.hae-ju.se.yo |
| 和我握手。<br>★ | 악수해 줘.<br>ak.ssu.hae.jwo |
| 我想和你握手。<br>★★ | 악수하고 싶어요.<br>ak.ssu.ha.go-si.ppeo.yo |
| 握了手。<br>★★ | 악수했어요.<br>ak.ssu.hae.sseo.yo |
| 可以握到手。<br>★ | 악수할 수 있었어.<br>ak.ssu.hal-su-i.sseo.sseo |
| 不能握到手。<br>★★ | 악수할 수 없었어요.<br>ak.ssu.hal-su-eop.sseo.sse.yo |
| 不能握到手。<br>★ | 악수할 수 없었어.<br>ak.ssu.hal-su-eop.sseo.sseo |

✕

「那個～可以和我握個手嗎？」
저~악수해 주시겠어요 ?
cheo-ak.ssu.hae-ju.si.ge.sseo.yo

「我昨天握到手了。」
나 어제 악수했어.
na-eo.je-ak.ssu.hae.sseo

## 玩　놀다 nol.da

| 玩。 | 놀아요. |
|---|---|
| ★★ | no.la.yo |

| 玩了。 | 놀았어요. |
|---|---|
| ★★ | no.la.sseo.yo |

| 玩吧。 | 놀자. |
|---|---|
| ★ | nol.ja |

| 不要玩。 | 놀지 마세요. |
|---|---|
| ★★ | nol.ji-ma.se.yo |

| 不要玩。 | 놀지마. |
|---|---|
| ★ | nol.ji-ma |

> 「不要玩！」是 놀지 마라！（nol.ji-ma.la）。

| 不玩。 | 놀지 않아. |
|---|---|
| ★ | nol.ji-a.na |

> 「不玩。」也可以說 안 놀아。（an-no.la）

| 不能玩。 | 못 놀아. |
|---|---|
| ★ | mon-no.la |

「一起玩吧。」
같이 놀자.
ka.chi-nol.ja

「下次玩吧。」
다음에 놀자.
ta..eu.me-nol.ja

「請再來玩。」
또 놀러 오세요.
ddo-nol.leo-o.se.yo

「我會再來玩。」
또 놀러 올게요.
ddo-nol.leo-ol.gge.yo

## 溫暖　따뜻하다 dda.ddeu.tta.da

| 溫暖。 | 따뜻해요. |
|---|---|
| ★★ | dda.ddeu.ttae.yo |

| 當時很溫暖。 | 따뜻했어요. |
|---|---|
| ★★ | dda.ddeu.ttae.sseo.yo |

| 會變溫暖。 | 따뜻해질 거예요. |
|---|---|
| ★★ | dda.ddeu.ttae.jil-ggeo.ye.yo |
| 好像會變溫暖。 | 따뜻해질 것 같아요. |
| ★★ | dda.ddeu.ttae.jil-ggeot-gga.tta.yo |
| 很溫暖呢。 | 따뜻하네요. |
| ★★ | dda.ddeu.tta.nae.yo |
| 很溫暖呢。 | 따뜻하네. |
| ★ | dda.ddeu.tta.ne |

| 溫暖而 따뜻했는데 | 因為溫暖 따뜻하니까 |
|---|---|
| dda.ddeu.ttaen.neun.dae | dda.ddeu.tta.ni.gga |
| 溫暖而且 따뜻하고 | 溫暖可是 따뜻하지만 |
| dda.ddeu.tta.go | dda.ddeu.tta.ji.man |

「今天很溫暖呢。」
오늘은 따뜻하네요.
o.neu.leun-dda.ddeu.tta.ne.yo

「你有顆溫暖的心啊。」
따뜻한 마음을 가졌네요.
dda.ddeu.ttan-ma.eu.meul-ka.jyeon.ne.yo

 따뜻하다（dda.ddeu.tta.da）大多是「暖和」的意思，但是也能夠被用來使用於像 따뜻한 마음（dda.ddeu.ttan-ma.eum）「溫暖的心」這樣的意思。

## 完成　끝내다 ggeun.nae.da

| 完成。 | 끝냅니다. |
|---|---|
| ★★★ | ggeun.naem.ni.da |
| 完成。 | 끝내요. |
| ★★ | ggeun.nae.yo |
| 完成了。 | 끝냈어요. |
| ★★ | ggeun.nae.sseo.yo |

| 完成吧。 | 끝내자. |
|---|---|
| ★ | ggeun.nae.ja |

| 沒辦法完成。 | 못 끝내요. |
|---|---|
| ★★ | mot-ggeun.nae.yo |

| 想要完成。 | 끝내고 싶어요. |
|---|---|
| ★★ | ggeun.nae.go-si.ppeo.yo |

| 不想完成。 | 끝내고 싶지 않아요. |
|---|---|
| ★★ | ggeun.nae.go-sip.jji-a.na.yo |

| 因為完成了 끝냈으니까 | 完成了可是 끝냈지만 |
|---|---|
| ggeun.nae.sseu.ni.gga | ggeun.naet.jji.man |

| 完成的話 끝내면 | 完成的時候 끝냈을 때 |
|---|---|
| ggeun.nae.myeon | ggeun.nae.sseul-ddae |

## 誤會 오해하다 o.hae.ha.da【誤會하다】

| 誤會。 | 오해합니다. |
|---|---|
| ★★★ | o.hae.ham.ni.da |

| 誤會。 | 오해해요. |
|---|---|
| ★★ | o.hae.hae.yo |

| 誤會了。 | 오해했어요. |
|---|---|
| ★★ | o.hae.hae.sseo.yo |

| 請不要誤會。 | 오해하지 마세요. |
|---|---|
| ★★ | o.hae.ha.ji-ma.se.yo |

| 別誤會。 | 오해하지 마. |
|---|---|
| ★ | o.hae.ha.ji-ma |

| 沒誤會。 | 오해 안 해요. |
|---|---|
| ★★ | o.hae-a-nae.yo |

| 不可以誤會。 | 오해하면 안 돼요. |
|---|---|
| ★★ | o.hae.ha.myeon-an-dwae.yo |
| 你現在沒有誤會嗎？ | 오해하고 있지 않나요？ |
| ★★ | o.hae.ha.go-it.jji-a.na.yo |
| 你誤會對吧？ | 오해하고 있지？ |
| ★ | o.hae.ha.go-it.jji |

| 因為誤會 오해하니까 | 誤會了可是 오해했지만 |
|---|---|
| o.hae.ha.ni.gga | o.hae.haet.jji.man |
| 即使誤會也<br>오해해도 | 因為被誤會了<br>오해 받았으니까 |
| o.hae.hae.do | o.hae-pa.da.sseu.ni.gga |

「我誤會你了。對不起。」
널 오해했어. 미안해.
neol-o.hae.hae.sseo/mi.a.nae

「不要再誤會了。」
더 이상 오해하지 마.
teo-i.sang-o.hae.ha.ji-ma

## 無精打采　나른하다 na.leu.na.da

| 無精打采。 | 나른합니다. |
|---|---|
| ★★★ | na.leu.nam.ni.da |
| 無精打采。 | 나른해요. |
| ★★ | na.leu.nae.yo |
| 無精打采。（過去式） | 나른했어요. |
| ★★ | na.leu.nae.sseo.yo |
| 無精打采。（過去式） | 나른했어. |
| ★ | na.leu.nae.sseo |
| 沒有無精打采。 | 나른하지 않아요. |
| ★★ | na.leu.na.ji-a.na.yo |

| | |
|---|---|
| 無精打采嗎？<br>★★ | 나른해요？<br>na.leu.nae.yo |
| 看起來無精打采。<br>★★ | 나른해 보여요.<br>na.leu.nae-bo.yeo.yo |
| 因為無精打采<br>나른하니까<br>na.leu.na.ni.gga | 即使無精打采也<br>나른해도<br>na.leu.nae.do |
| 無精打采可是（過去式）<br>나른했지만<br>na.leu.naet.jji.man | 無精打采的話<br>나른하면<br>na.leu.na.myeon |

「春天的關係，身體懶洋洋的。」
**봄이라서 몸이 나른해요.**
po.mi.la.seo-mo.mi-la.leu.nae.yo

「一大早身體就懶洋洋的。」
**아침부터 몸이 나른해요.**
a.chim.bu.tteo-mo.mi-na.leu.nae.yo

**解說** 「**나른하다**」（na.leu.na.da）是季節交接時期的懶倦，也含有日語「疲倦」意思的單字。「**몸이 안 좋아요.**」（mo.mi-an-jo.a.yo）具有「身體不太好」的意思，並不是實際的不舒服，而是感覺狀況不太好的意思。

## 無趣　재미없다 chae.mi.eop.dda

| | |
|---|---|
| 無趣。<br>★★★ | **재미없습니다.**<br>chae.mi.eop.sseum.ni.da |
| 無趣。<br>★★ | **재미없어요.**<br>chae.mi.eop.sseo.yo |
| 無趣。<br>★ | **재미없어.**<br>chae.mi.eop.sseo |
| 無趣。（過去式）<br>★★ | **재미없었어요.**<br>chae.mi.eop.sseo.sseo.yo |
| 無趣。（過去式）<br>★ | **재미없었어.**<br>chae.mi.eop.sseo.sseo |
| 無趣嗎？<br>★★ | **재미없어요?**<br>chae.mi.eop.sseo.yo |
| 無趣嗎？<br>★ | **재미없어?**<br>chae.mi.eop.sseo |
| 無趣嗎？（過去式）<br>★★ | **재미없었어요?**<br>chae.mi.eop.sseo.sseo.yo |
| 無趣嗎？（過去式）<br>★ | **재미없었어?**<br>chae.mi.eop.sseo.sseo |
| 看起來無趣。<br>★ | **재미없어 보여.**<br>chae.mi.eop.sseo-bo.yeo |
| 不可能會無趣。<br>★★ | **재미없을 리가 없어요.**<br>chae.mi.eop.sseul-li.ga-eop.sseo.yo |
| 無趣耶。<br>★ | **재미없네.**<br>chae.mi.eom.ne |

| 無趣可是 | 因為無趣 |
|---|---|
| **재미없지만** | **재미없으니까** |
| chae.mi.eop.jji.man | chae.mi.eop.sseu.ni.gga |
| 即使無趣也 | 無趣的話 |
| **재미없어도** | **재미없으면** |
| chae.mi.eop.sseo.do | chae.mi.eop.sseu.myeon |

「一點也不有趣。」
**하나도 재미없어.**
ha.na.do-chae.mi.eop.sseo

「這部電視劇很無趣呢。」
**이 드라마 재미없네.**
i-teu.la.ma-chae.mi.eom.ne

無趣的電影
**재미없는 영화**
chae.mi.eom.neun-yeong.hwa

無趣的電視劇
**재미없는 드라마**
chae.mi.eom.neun-teu.la.ma

無趣的故事／話題
**재미없는 이야기**
chae.mi.eom.neun-i.ya.gi

## 忘記 잇다／잊어버리다
it.dda / i.jeo.beo.li.da

\* 잇다 → 忘記原本記住的事情
잊어버리다 → 忘了帶東西，不小心忘記

| 忘記。 | **잊습니다.／잊어버립니다.** |
|---|---|
| ★★★ | it.sseum.ni.da/i.jeo.beo.lim.ni.da |
| 忘記。 | **잊어요.／잊어버려요.** |
| ★★ | i.jeo.yo/i.jeo.beo.lyeo.yo |
| 忘記了。 | **잊었어요.／잊어버렸어요.** |
| ★★ | i.jeo.sseo.yo/i.jeo.beo.lyeo.sseo.yo |
| 忘記了。 | **잊었어.／잊어버렸어.** |
| ★ | i.jeo.sseo/i.jeo.beo.lyeo.sseo |

忘記了嗎？
## 잊었어요？／잊어버렸어요？
★★　i.jeo.sseo.yo/i.jeo.beo.lyeo.sseo.yo

忘記了嗎？
## 잊었어？／잊어버렸어？
★　i.jeo.sseo/i.jeo.beo.lyeo.sseo

請忘了。
## 잊으세요.／잊어버리세요.
★★　i.jeu.se.yo/i.jeo.beo.li.se.yo

請不要忘記。
## 잊지 마세요.／잊어버리지 마세요.
★★　it.jji-ma.se.yo/i.jeo.beo.li.ji-ma.se.yo

別忘。
## 잊지 마.／잊어버리지 마.
★　it.jji-ma/i.jeo.beo.li.ji-ma

一起忘記吧。
## 잊읍시다.／잊어버립시다.
★★　i.jeup.ssi.da/i.jeo.beo.lip.ssi.da

一起忘記吧。
## 잊자.／잊어버리자.
★　it.jja/i.jeo.beo.li.ja

得忘記才行。
## 잊어야지.／잊어버려야지.
★　i.jeo.ya.ji/i.jeo.beo.lyeo.ya.ji

要忘記。
## 잊을 거예요./잊어버릴 거예요.

★★ i.jeul-geo.ye.yo/i.jeo.beo.lil-geo.ye.yo

想要忘記。
## 잊고 싶어요./잊어버리고 싶어요.

★★ it.ggo-si.ppeo.yo/i.jeo.beo.li.go-si.ppeo.yo

沒辦法忘記。
## 못 잊어요./못 잊어버려요.

★★ mon-ni.jeo.yo/mon-ni.jeo.beo.lyeo.yo

| 因為忘記 | 잊으니까／잊어버리니까 |
|---|---|
| | i.jeu.ni.gga/i.jeo.beo.li.ni.gga |
| 即使忘記也 | 잊어도／잊어버려도 |
| | i.jeo.do/i.jeo.beo.lyeo.do |
| 忘記可是 | 잊지만／잊어버리지만 |
| | it.jji.man/i.jeo.beo.li.ji.man |
| 忘記的話 | 잊으면／잊어버리면 |
| | i.jeu.myeon/i.jeo.beo.li.myeon |

「別忘記我的生日。」
**내 생일 잊지 마.**
nae-saeng.il-it.jji-ma

「忘了有約。」
**약속을 잊어버렸어.**
yak.sso.geul-i.jeo.beo.lyeo.sseo

# 【ㄴ】

## 愉快　즐겁다／享受　즐기다
cheul.geop.dda / cheul.gi.da

| 愉快。 ★★★ | 즐겁습니다. cheul.geop.sseum.ni.da |
|---|---|
| 愉快。 ★★ | 즐거워요. cheul.geo.wo.yo |
| 愉快。（過去式） ★★ | 즐거웠어요. cheul.geo.wo.sseo.yo |
| 愉快。（過去式） ★ | 즐거웠어. cheul.geo.wo.sseo |
| 愉快嗎？ ★★ | 즐거워요? cheul.geo.wo.yo |
| 愉快嗎？（過去式） ★★ | 즐거웠어요? cheul.geo.wo.sseo.yo |
| 不愉快。 ★★ | 즐겁지 않아요. cheul.geop.jji-a.na.yo |
| 不愉快。（過去式） ★★ | 안 즐거웠어요. an-jeul.geo.wo.sseo.yo |
| 一起盡興吧。 ★★ | 즐겁게 합시다. cheul.geop.gge-hap.ssi.da |
| 一起享受吧。 ★ | 즐기자. cheul.gi.ja |
| 因為愉快 즐거우니까 cheul.geo.u.ni.gga | 因為愉快 즐거워서 cheul.geo.wo.seo |

ㄴ

273

| 一邊享受 즐기면서 | 愉快可是 즐겁지만 |
|---|---|
| cheul.gi.myeon.seo | cheul.geop.jji.man |

| 「祝你有個愉快的一天。」 | 「旅行愉快嗎？」 |
|---|---|
| 즐거운 하루 되세요. | 여행은 즐거웠어? |
| cheul.geo.un-ha.lu-doe.se.yo | yeo.haeng.eun-cheul.geo.wo.sseo |

**解說** 表示「愉快」時，有時會說「재미있게 놀아.」（chae.mi.it. gge-no.la）「玩開心一點。」，或是「재미있다」（chae. mi.it.dda）「有趣」。兩者的差異在於，「즐겁다」 （cheul.geop.dda）是享受旅行或派對的愉快，而 「재미있다」（chae.mi.it.dda）是表示感受有趣的愉快。

## 原諒　용서하다 yong.seo.ha.da【容恕하다】

| 原諒。 | 용서합니다. |
|---|---|
| ★★★ | yong.seo.ham.ni.da |

| 原諒。 | 용서해요. |
|---|---|
| ★★ | yong.seo.hae.yo |

| 我會原諒。 | 용서할게. |
|---|---|
| ★ | yong.seo.hal.gge |

| 原諒了。 | 용서했어요. |
|---|---|
| ★★ | yong.seo.hae.sseo.yo |

| 原諒了。 | 용서했어. |
|---|---|
| ★ | yong.seo.hae.sseo |

| 請原諒我。 | 용서해 주세요. |
|---|---|
| ★★ | yong.seo.hae-ju.se.yo |

| 請原諒。 | 용서하세요. |
|---|---|
| ★★ | yong.seo.ha.se.yo |

ㅈ

| 不原諒。 | 용서 안 해요. |
|---|---|
| ★★ | yong.seo-a-nae.yo |
| 無法原諒。 | 용서 못 해요. |
| ★★ | yong.seo-mo-ttae.yo |
| 可以原諒。 | 용서할 수 있어요. |
| ★★ | yong.seo.hal-su-i.sseo.yo |
| 我會原諒你。 | 용서해 줄게요. |
| ★★ | yong.seo.hae-jul.gge.yo |
| 想要原諒。 | 용서하고 싶어요. |
| ★★ | yong.seo.ha.go-si.ppeo.yo |
| 必須原諒。 | 용서해야 해요. |
| ★★ | yong.seo.hae.ya-hae.yo |
| 因為原諒了 | 용서했으니까 |
| | yong.seo.hae.sseu.ni.gga |
| 原諒了可是 | 용서했지만 |
| | yong.seo.haet.jji.man |
| 即使原諒也 | 용서해도 |
| | yong.seo.hae.do |
| 希望原諒 | 용서했으면 |
| | yong.seo.hae.sseu.myeon |

ㅛ

「說你會原諒。」
용서한다고 말해.
yong.seo.han.da.go-ma.lae

「拜託原諒我。」
제발 용서해 줘.
che.bal-yong.seo.hae-jwo

 「용서하다」（yong.seo.ha.da）可以翻譯為「原諒」，但也有「饒恕」的語氣。所以請求「饒了我吧！」的時候，經常使用。

275

## 【ㄞ】

## 愛　사랑하다 sa.lang.ha.da

| | |
|---|---|
| 我愛你。<br>★★★ | **사랑합니다.**<br>sa.lang.ham.ni.da |
| 我愛你。<br>★★ | **사랑해요.**<br>sa.lang.hae.yo |
| 我愛你。<br>★ | **사랑해.**<br>sa.lang.hae |
| 你愛我嗎？<br>★ | **사랑해？**<br>sa.lang.hae |
| 我愛過你。<br>★★ | **사랑했어요.**<br>sa.lang.hae.sseo.yo |
| 我愛過你。<br>★ | **사랑했어.**<br>sa.lang.hae.sseo |
| 我不愛你。<br>★★ | **사랑 안 해요.**<br>sa.lang-an-nae.yo |
| 我不能愛你。<br>★ | **사랑할 수 없어.**<br>sa.lang.hal-su-eop.sseo |

「不愛」就是사랑하지 않아요.（sa.lang.ha.ji-a.na.yo）

| | | | |
|---|---|---|---|
| 因為我愛你 | **사랑하니까**<br>sa.lang.ha.ni.gga | 愛的話 | **사랑하면**<br>sa.lang.ha.myeon |
| 雖然愛 | **사랑하지만**<br>sa.lang.ha.myeon | 即使愛也 | **사랑해도**<br>sa.lang.hae.do |

「我愛你至死不渝。」
죽을 만큼 사랑해.
chu.geul-man.kkeum-sa.lang.hae

「因為我愛你，我們重新開始吧。」
사랑하니까 다시 시작하자.
sa.lang.ha.ni.gga-ta.si-si.ja.kka.ja

【ㄅ】

## 安靜不動　가만히 있다 ka.ma.ni-it.dda

| 安靜不動。 | 가만히 있습니다. |
|---|---|
| ★★★ | ka.ma.ni-it.sseum.ni.da |
| 安靜不動。 | 가만히 있어요. |
| ★★ | ka.ma.ni-i.sseo.yo |
| 安靜不動。 | 가만히 있어. |
| ★ | ka.ma.ni-i.sseo |
| 要安靜不動。 | 가만히 있을 거예요. |
| ★★ | ka.ma.ni-i.seul-geo.ye.yo |
| 我會乖乖不動。 | 가만히 있을게. |
| ★ | ka.ma.ni-i.sseul-ge |

> 答應對方「接下來我會沉默」的意思。

| 沒有安靜不動。 | 가만히 안 있어요. |
|---|---|
| ★★ | ka.ma.ni-an-i.sseo.yo |
| 沒辦法安靜不動。 | 가만히 못 있어. |
| ★ | ka.ma.ni-mon-ni.sseo |

| 安靜不動的話 | 因為安靜不動 |
|---|---|
| 가만히 있으면 | 가만히 있으니까 |
| ka.ma.ni-i.sseu.myeon | ka.ma.ni-i.sseu.ni.gga |

「好吵。你給我安靜。」
시끄러. 넌 가만히 있어.
si.ggeu.leo/neon-ka.ma.ni-i.sseo

「我叫你要安靜啊。」
가만히 있으라니까.
ka.ma.ni-i.sseu.la.ni.gga

**解說**　「가만히 있다」（ka.ma.ni-it.dda）不只是嘴巴，也包括身體「不動」的意思。對動來動去、吵鬧的人說的時候，有停止動作、閉上嘴巴的意思。使嘴巴閉上的單字有「입닥쳐.」（ip-ddak.chyeo），但是「閉嘴。」是有一點要和對方吵架的單字，所以使用時要特別注意。

附錄

## 問 候

　　有各種不同的說法，對長輩或對晚輩使用時都各有不同。請注意
★數來使用。

| 您好。／ | 你好。／ | 哈囉。 |
|---|---|---|
| 안녕하십니까 ? | 안녕하세요 ? | 안녕 ? |
| an.nyeong.ha.sim.ni.gga | an.nyeong.ha.se.yo | an.nyeong |
| ★★★ | ★★ | ★ |

**再見。**（對方留下，自己要離去的場合）

| 안녕히 계세요. | 잘 있어. | 있어. | 안녕. |
|---|---|---|---|
| an.nyeong.hi-ke.se.yo | cha-li.seo | i.sseo | an.nyeong |
| ★★ | ★ | ★ | ★ |

**再見。**（對方要回去，自己留下來的場合，或是雙方都要離開的場合）

| 안녕히 가세요. | 잘 가. | 가. | 안녕. |
|---|---|---|---|
| an.nyeong.hi-ka.se.yo | chal-ga | ka | an.nyeong |
| ★★ | ★ | ★ | ★ |

**過得好嗎 ?**

| 잘 지내요 ? | 잘 지내 ? |
|---|---|
| chal-ji.nae.yo | chal-ji.nae |
| ★★ | ★ |

**謝謝您。**（拘謹的言詞）

| 감사합니다. |
|---|
| kam.sa.ham.ni.da |
| ★★★ |

**謝謝你。**（親近的言詞）

| 고맙습니다. | 고마워요. | 고마워. |
|---|---|---|
| ko.map.sseum.ni.da | ko.ma.wo.yo | ko.ma.wo |
| ★★★ | ★★ | ★ |

**下次見。**

| 또 만나요. | 또 보자. |
|---|---|
| ddo-man.na.yo | ddo-bo.ja |
| ★★ | ★ |

**對不起。**

| 미안합니다. | 미안해요. | 미안. |
|---|---|---|
| mi.a.nam.ni.da | mi.a.nae.yo | mi.an |
| ★★★ | ★★ | ★ |

## 家人・家族

<男女通用的情況>

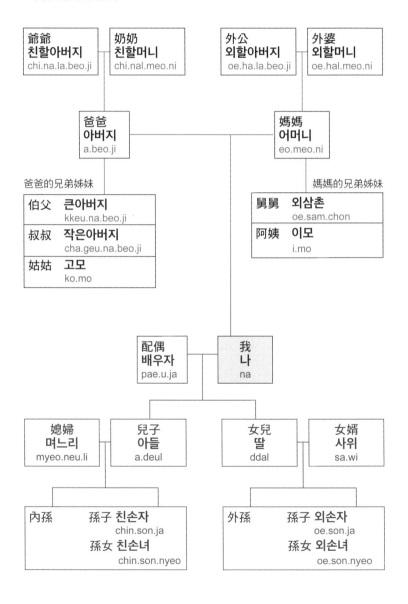

爺爺
친할아버지
chi.na.la.beo.ji

奶奶
친할머니
chi.nal.meo.ni

外公
외할아버지
oe.ha.la.beo.ji

外婆
외할머니
oe.hal.meo.ni

爸爸
아버지
a.beo.ji

媽媽
어머니
eo.meo.ni

爸爸的兄弟姊妹

伯父　큰아버지
kkeu.na.beo.ji

叔叔　작은아버지
cha.geu.na.beo.ji

姑姑　고모
ko.mo

媽媽的兄弟姊妹

舅舅　외삼촌
oe.sam.chon

阿姨　이모
i.mo

配偶
배우자
pae.u.ja

我
나
na

媳婦
며느리
myeo.neu.li

兒子
아들
a.deul

女兒
딸
ddal

女婿
사위
sa.wi

內孫　孫子 친손자
chin.son.ja
孫女 친손녀
chin.son.nyeo

外孫　孫子 외손자
oe.son.ja
孫女 외손녀
oe.son.nyeo

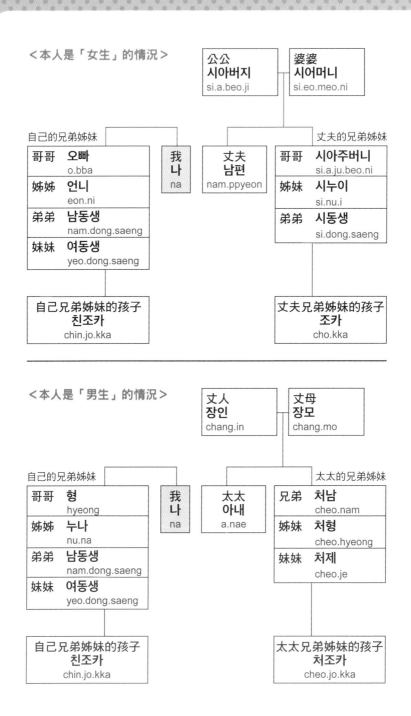

\<本人是「女生」的情況\>

| | | 公公<br>시아버지<br>si.a.beo.ji | 婆婆<br>시어머니<br>si.eo.meo.ni |
|---|---|---|---|

自己的兄弟姊妹　　　　　　　　　　　　　　　　　丈夫的兄弟姊妹

| 哥哥 | 오빠<br>o.bba |
|---|---|
| 姊姊 | 언니<br>eon.ni |
| 弟弟 | 남동생<br>nam.dong.saeng |
| 妹妹 | 여동생<br>yeo.dong.saeng |

| 我<br>나<br>na |
|---|

| 丈夫<br>남편<br>nam.ppyeon |
|---|

| 哥哥 | 시아주버니<br>si.a.ju.beo.ni |
|---|---|
| 姊妹 | 시누이<br>si.nu.i |
| 弟弟 | 시동생<br>si.dong.saeng |

| 自己兄弟姊妹的孩子<br>친조카<br>chin.jo.kka |
|---|

| 丈夫兄弟姊妹的孩子<br>조카<br>cho.kka |
|---|

---

\<本人是「男生」的情況\>

| | | 丈人<br>장인<br>chang.in | 丈母<br>장모<br>chang.mo |
|---|---|---|---|

自己的兄弟姊妹　　　　　　　　　　　　　　　　　太太的兄弟姊妹

| 哥哥 | 형<br>hyeong |
|---|---|
| 姊姊 | 누나<br>nu.na |
| 弟弟 | 남동생<br>nam.dong.saeng |
| 妹妹 | 여동생<br>yeo.dong.saeng |

| 我<br>나<br>na |
|---|

| 太太<br>아내<br>a.nae |
|---|

| 兄弟 | 처남<br>cheo.nam |
|---|---|
| 姊妹 | 처형<br>cheo.hyeong |
| 妹妹 | 처제<br>cheo.je |

| 自己兄弟姊妹的孩子<br>친조카<br>chin.jo.kka |
|---|

| 太太兄弟姊妹的孩子<br>처조카<br>cheo.jo.kka |
|---|

## 人的稱謂

介紹名字以外的稱謂，或是職務等的稱謂。

● 在馬路上

| | | | |
|---|---|---|---|
| 我 | 나 / 저<br>na/cheo<br>「저」（cheo）相當於日語的わたし，是「我」的謙遜語。 | 老人 | 어르신<br>eo.leu.sin<br>對親人以外的老人的稱謂，是較禮貌的表現。 |
| 叔叔／先生 | 아저씨<br>a.jeo.ssi<br>對親人以外的叔叔的稱謂。有機會不妨試著叫看看吧。 | 阿姨／老闆娘 | 아줌마<br>a.jum.ma<br>雖然是對已婚女性的稱謂，但實際上無法知道是否已婚，所以只能以外表判斷。 |
| 客人<br>（餐廳或計程車） | 손님<br>son.nim | 客人<br>（百貨公司或飯店） | 고객님<br>ko.gaeng.nim |
| 小姐 | 아가씨<br>a.ga.ssi | 學生 | 학생<br>hak.ssaeng |
| 小孩 | 얘<br>ye | 司機 | 기사님<br>ki.sa.nim |

● 叫住別人的場合

| | | | |
|---|---|---|---|
| 這個<br>（較近的店員） | 여기요<br>yeo.gi.yo | 那個<br>（較遠的店員） | 저기요<br>cheo.gi.yo |
| 那個～ | 저기<br>cheo.gi | 喂～<br>（電話） | 여보세요<br>yeo.bo.se.yo |

● 以職稱稱呼的場合

| | | | |
|---|---|---|---|
| 社長 | 사장님<br>sa.jang.nim | 會長 | 회장님<br>hoe.jang.nim |
| 部長 | 부장님<br>pu.jang.nim | 課長 | 과장님<br>kwa.jang.nim |
| 老師 | 선생님<br>seon.saeng.nim | 醫生 | 의사 선생님<br>ui.sa-seon.saeng.nim |

## 數字・漢語數字

相當於一、二、三⋯⋯的數字說法。

● 漢語數字

| 0／零 | 영／공 yeong/kong | 1 | 일 il | 2 | 이 i |
|---|---|---|---|---|---|
| 3 | 삼 sam | 4 | 사 sa | 5 | 오 o |
| 6 | 육 yuk | 7 | 칠 chil | 8 | 팔 ppal |
| 9 | 구 ku | 10 | 십 sip | 百 | 백 paek |
| 千 | 천 cheon | 萬 | 만 man | 億 | 억 eok |

＊ 11以上和日語一樣組合使用。
　 例：십（10）・오（5）→ 십오（15）

| 15 | 십오 si.bo | 28 | 이십팔 i.sip.ppal |
|---|---|---|---|
| 500 | 오백 o.baek | 3800 | 삼천팔백 sam.cheon.ppal.baek |

● 使用漢語數字的單位

| 元 | 원 won | 1萬元 | 만 원 ma-nwon | 年 | 년 nyeon | 2年 | 이 년 i-nyeon |
|---|---|---|---|---|---|---|---|
| 月 | 월 wol | 3月 | 삼월 sa.mwol | 日 | 일 il | 25日 | 이십오일 i.si.bo.il |
| 分 | 분 pun | 30分 | 삼십 분 sam.sip-bbun | 秒 | 초 cho | 15秒 | 십오 초 si.bo-cho |
| 人 | 인분 in.bun | 4人 | 사인 분 sa.in-bun | 樓 | 층 cheung | 6樓 | 육 층 yuk-cheung |

## 數字・固有數字

相當於一個、兩個、三個……的說法，最多數到99為止。

● 固有數字

| | | | | | |
|---|---|---|---|---|---|
| 1 | **하나 / 한**※<br>ha.na/han | 2 | **둘 / 두**※<br>tul/tu | 3 | **셋 / 세**※<br>set/se |
| 4 | **넷 / 네**※<br>net/ne | 5 | **다섯**<br>ta.seot | 6 | **여섯**<br>yeo.seot |
| 7 | **일곱**<br>il.gop | 8 | **여덟**<br>yeo.deol | 9 | **아홉**<br>a.hop |
| 10 | **열**<br>yeol | 20 | **스물 / 스무**※<br>seu.mul/seu.mu | 30 | **서른**<br>seo.leun |
| 40 | **마흔**<br>ma.heun | 50 | **쉰**<br>swin | 60 | **예순**<br>ye.sun |
| 70 | **일흔**<br>i.leun | 80 | **여든**<br>yeo.deun | 90 | **아흔**<br>a.heun |

※1,2,3,4後面有接單位時，會變成右邊的形式。

＊ 和漢語數字一樣組合使用。

| | | | |
|---|---|---|---|
| 12 | **열둘**<br>yeol.dul | 35 | **서른다섯**<br>seo.leun.da.seot |
| 47 | **마흔일곱**<br>ma.heu.nil.gop | 63 | **예순셋**<br>ye.sun.set |

● 使用固有數字的單位

| | | | | | | | |
|---|---|---|---|---|---|---|---|
| 點 | **시**<br>si | 7點 | **일곱 시**<br>il.gop-ssi | 個 | **개**<br>kae | 2個 | **두 개**<br>tu-gae |
| 張 | **장**<br>chang | 3張 | **세 장**<br>se-jang | 杯 | **잔**<br>chan | 4杯 | **네 잔**<br>ne-jan |
| 名／人 | **명 / 인**<br>myeong/in | 5名 | **다섯 명**<br>ta.seon-myeong | 歲 | **살**<br>sal | 34歲 | **서른네 살**<br>seo.leun.ne-sal |
| 隻 | **마리**<br>ma.li | 6隻 | **여섯 마리**<br>yeo.seon-ma.li | 台 | **대**<br>tae | 7台 | **일곱 대**<br>il.gop-ddae |

# 月日・時間・星期

## ● 月

| 1月 | 일월<br>i.lwol | 2月 | 이월<br>i.wol | 3月 | 삼월<br>sa.mwol |
|---|---|---|---|---|---|
| 4月 | 사월<br>sa.wol | 5月 | 오월<br>o.wol | 6月 | 유월<br>yu.wol |
| 7月 | 칠월<br>chi.lwol | 8月 | 팔월<br>ppa.lwol | 9月 | 구월<br>ku.wol |
| 10月 | 시월<br>si.wol | 11月 | 십일월<br>si.bi.lwol | 12月 | 십이월<br>si.bi.wol |

## ● 日

| 1日 | 일일<br>i.lil | 2日 | 이일<br>i.il | 3日 | 삼일<br>sa.mil |
|---|---|---|---|---|---|
| 4日 | 사일<br>sa.il | 5日 | 오일<br>o.il | 6日 | 육일<br>yu.gil |
| 7日 | 칠일<br>chi.lil | 8日 | 팔일<br>ppa.lil | 9日 | 구일<br>ku.il |
| 10日 | 십일<br>si.bil | 20日 | 이십일<br>i.si.bil | 30日 | 삼십일<br>sam.si.bil |

## ● 星期

| 星期日 | 일요일<br>i.lyo.il | 星期一 | 월요일<br>wo.lyo.il |
|---|---|---|---|
| 星期二 | 화요일<br>hwa.yo.il | 星期三 | 수요일<br>su.yo.il |
| 星期四 | 목요일<br>mo.gyo.il | 星期五 | 금요일<br>keu.myo.il |
| 星期六 | 토요일<br>tto.yo.il | 一星期 | 일주일<br>il.ju.il |

● 點

| 1點 | 한 시<br>han-si | 2點 | 두 시<br>tu-si | 3點 | 세 시<br>se-si |
|---|---|---|---|---|---|
| 4點 | 네 시<br>ne-si | 5點 | 다섯 시<br>ta.seot-ssi | 6點 | 여섯 시<br>yeo.seot-ssi |
| 7點 | 일곱 시<br>il.gop-ssi | 8點 | 여덟 시<br>yeo.deol-si | 9點 | 아홉 시<br>a.hop-ssi |
| 10點 | 열 시<br>yeol-si | 11點 | 열한 시<br>yeo.lan-si | 12點 | 열두 시<br>yeol.du-si |

● 分

| 10分 | 십 분<br>sip-bbun | 15分 | 십오 분<br>si.bo-bun | 20分 | 이십 분<br>i.sip-bbun |
|---|---|---|---|---|---|
| 25分 | 이십오 분<br>i.si.bo-bun | 30分 | 삼십 분<br>sam.sip-bbun | 35分 | 삼십오 분<br>sam.si.bo-bun |
| 40分 | 사십 분<br>sa.sip-bbun | 45分 | 사십오 분<br>sa.si.bo-bun | 50分 | 오십 분<br>o.sip-bbun |
| 55分 | 오십오 분<br>o.si.bo-bun | 60分 | 육십 분<br>yuk.ssip-bbun | 1小時 | 한 시간<br>han-si.gan |

● 其他時間的表達

| 昨天<br>어제<br>eo.je | 今天<br>오늘<br>o.neul | 下周<br>다음 주<br>ta.eum-ju | 下個月<br>다음 달<br>ta.eum-dal |
|---|---|---|---|
| 明天<br>내일<br>nae.il | 後天<br>모레<br>mo.le | 明年<br>내년<br>nae.nyeon | 休假<br>휴일<br>hyu.il |
| 上週<br>지난주<br>chi.nan.ju | 上個月<br>지난달<br>chi.nan.dal | 農曆初一<br>설날<br>seol.lal | 中秋（漢字為「秋夕」）<br>추석<br>chu.seok |

## 附和用語

只要學會附和用語應答，就可以讓會話變得更流暢。

| 是。 | 네.<br>ne | 不是。 | 아니요.<br>a.ni.yo |
|---|---|---|---|
| 是，是的。 | 네. 그래요.<br>ne-keu.lae.yo | 不，不是的。<br>아니요. 아니에요.<br>a.ni.yo-a.ni.e.yo | |
| 嗯。 | 응.<br>eung | 是的。 | 그래요.<br>keu.lae.yo |
| 是啊是啊。 | 그래그래.<br>keu.lae.geu.lae | 是那樣沒錯呢。<br>그렇네요.<br>keu.leon.ne.yo | |
| 是嗎？ | 그래요？<br>keu.lae.yo | 是嗎？ | 그래？<br>keu.lae |
| 真的嗎？ | 정말이에요？<br>cheong.ma.li.<br>e.yo | 真的？ | 진짜？<br>chin.jja |
| 所以呢？ | 그래서？<br>keu.lae.seo | 這個嘛… | 글쎄요.<br>keul.sse.yo |
| 也許？ | 혹시？<br>hok.ssi | 原來是那樣。 | 그랬군요.<br>keu.laet.ggu.nyo |
| 真厲害耶。 | 대단하네요.<br>tae.da.na.ne.yo | 原來如此。 | 그랬구나.<br>keu.laet.ggu.na |
| 不會吧。 | 설마.<br>seol.ma | 是騙人的吧？ | 거짓말이지？<br>keo.jin.ma.li.ji |
| 就是說嘛。 | 그러니까.<br>keu.leo.ni.gga | 對。 | 맞아요.<br>ma.ja.yo |
| 怎麼辦？ | 어떡해？<br>eo.ddeo.kkae | 什麼嘛？ | 뭐야？<br>mwo.ya |
| 為什麼？ | 왜요？<br>wae.yo | 為何？ | 왜？<br>wae |

## 顏色・紋路・形狀

● **顏色** 색깔 ( saek.ggal )

| | | | |
|---|---|---|---|
| 紅色 | 빨간색<br>bbal.ggan.saek | 藍色 | 파란색<br>ppa.lan.saek |
| 黃色 | 노란색<br>no.lan.saek | 綠色 | 초록색<br>cho.lok.ssaek |
| 橘色 | 주황색<br>chu.hwang.saek | 藏青色 | 감색<br>kam.saek |
| 白色 | 흰색<br>hin.saek | 黑色 | 검은색<br>keo.meun.saek |
| 棕色 | 갈색<br>kal.saek | 灰色 | 회색<br>hoe.saek |
| 金色 | 금색<br>keum.saek | 銀色 | 은색<br>eun.saek |

● **紋路** 무늬 ( mu.ni )

| | | | |
|---|---|---|---|
| 條紋 | 스트라이프<br>seu.tteu.la.i.ppeu | 水珠紋 | 물방울무늬<br>mul.bang.ul.mu.ni |
| 格紋 | 체크무늬<br>che.kkeu.mu.ni | 花紋 | 꽃무늬<br>ggon.mu.ni |
| 素面 | 무지<br>mu.ji | 變形蟲圖騰 | 페이즐리<br>ppe.i.jeul.li |
| 豹紋 | 표범무늬<br>ppyo.beom.mu.ni | 迷彩紋 | 카무플라주<br>kka.mu.ppeul.la.ju |

● **形狀** 모양 ( mo.yang )

| | | | |
|---|---|---|---|
| 圓形 | 동그라미<br>tong.geu.la.mi | 四角形 | 네모<br>ne.mo |
| 三角形 | 세모<br>se.mo | 星形 | 별<br>pyeol |
| 心形 | 하트<br>ha.tteu | 螺形 | 골뱅이<br>kol.baeng.i |

## 衣服・身上配件的動詞活用

撐傘。
우산을 써요.
u.sa.neul-sseo.yo

收傘。
우산을 접어요.
u.sa.neul-cheo.beo.yo

戴帽子。
모자를 써요.
mo.ja.leul-sseo.yo

脫帽子。
모자를 벗어요.
mo.ja.leul-peo.seo.yo

穿衣服。
옷을 입어요.
o.seul-i.beo.yo

脫衣服。
옷을 벗어요.
o.seul-peo.seo.yo

戴眼鏡。
안경을 써요.
an.gyeong.eul-sseo.yo

取下眼鏡。
안경을 벗어요.
an.gyeong.eul-peo.seo.yo

穿裙子。
치마를 입어요.
chi.ma.leul-i.beo.yo

※ 穿衣服或褲子時，使用
「입다」（穿）。

脫裙子。
치마를 벗어요.
chi.ma.leul-peo.seo.yo

提包包。
가방을 들어요.
ka.bang.eul-teu.leo.yo

放包包。
가방을 내려요.
ka.bang.eul-nae.lyeo.yo

穿襪子。
양말을 신어요.
yang.ma.leul-si.neo.yo

脫襪子。
양말을 벗어요.
yang.ma.leul-peo.seo.yo

穿鞋子。
신발을 신어요.
sin.ba.leul-si.neo.yo

脫鞋子。
신발을 벗어요.
sin.ba.leul-peo.seo.yo

## 接續詞

句子和句子連結的單字。

| | | | |
|---|---|---|---|
| 還有、然後 | 그리고<br>keu.li.go | 所以 | 그래서<br>keu.lae.seo |
| 是因為 | 왜냐하면<br>wae.nya.ha.myeon | 話雖如此、但是 | 그렇지만<br>keu.leo.chi.man |
| 然而 | 그러나<br>keu.leo.na | 也就是 | 즉<br>cheuk |
| 那、不過 | 그런데<br>keu.leon.de | 即使如此也、還 | 그래도<br>keu.lae.do |
| 或者 | 또는<br>ddo.neun | 萬一、如果 | 만일<br>ma.nil |
| 例如、舉例來說 | 예를 들면<br>ye.leul-teul.myeon | 是那樣的話、那麼 | 그렇다면<br>keu.leo.tta.myeon |
| 要是、假設 | 만약에<br>ma.nya.ge | 正因如此、所以說 | 그러니까<br>keu.leo.ni.gga |

● 突然的一句

| | | | |
|---|---|---|---|
| 怎麼辦！ | 어떡해！<br>eo.ddeo.kke | 該如何是好…（自言自語）<br>어떡하지… | eo.ddeo.kka.ji |
| 我的媽呀！（女生慣用）<br>어머. / 어머나.<br>eo.meo/eo.meo.na | | 哎唷喂呀。 | 아이고.<br>a.i.go |
| 糟了！ | 아차！<br>a.cha | 嚇我一跳！ | 깜짝이야！<br>ggam.jja.gi.ya |
| 天啊！ | 세상에！<br>se.sang.e | 簡直不像話！荒謬！ | 말도 안 돼.<br>mal.do-an-dwae |
| Oh yeah！太好了！ | 아싸！<br>a.ssa | 不會吧！ | 설마！<br>seol.ma |

上面
**위**
wi

那裡
**저기**
cheo.gi

那邊
**저쪽**
cheo.jjok

那裡
**거기**
keo.gi

那邊
**그쪽**
keu.jjok

這裡
**여기**
yeo.gi

這邊
**이쪽**
i.jjok

底下
**밑**
mit

| 前 |
|---|
| **앞** |
| ap |

| 左邊 | 中間 | 右邊 |
|---|---|---|
| **왼쪽** | **가운데** | **오른쪽** |
| oen.jjok | ka.un.de | o.leun.jjok |

| 後面 |
|---|
| **뒤** |
| twi |

# 病名・症狀

## ● 病名　병명（pyeong.myeong）

| 漢字 | 한글 | 漢字 | 한글 |
|---|---|---|---|
| 感冒 | 감기<br>kam.gi | 腹瀉 | 설사<br>seol.sa |
| 頭痛 | 두통<br>tu.ttong | 牙齒痛 | 치통<br>chi.ttong |
| 胃痛 | 위통<br>wi.ttong | 腰痛 | 요통<br>yo.ttong |
| 神經痛 | 신경통<br>sin.gyeong.ttong | 筋肉痛 | 근육통<br>keu.nyuk.ttong |
| 骨折 | 골절<br>kol.jeol | 扭傷 | 염좌<br>yeom.jwa |
| 燙傷 | 화상<br>hwa.sang | 便祕 | 변비<br>pyeon.bi |
| 貧血 | 빈혈<br>pi.nyeol | 盲腸炎 | 맹장<br>maeng.jang |
| 憂鬱症 | 우울증<br>u.ul.jeong | 高血壓 | 고혈압<br>ko.hyeo.lap |
| 糖尿病 | 당뇨병<br>tang.nyo.byeong | 胃潰瘍 | 위궤양<br>wi.gwe.yang |
| 心臟病 | 신장병<br>sin.jang.byeong | 癌症 | 암<br>am |

## ● 症狀　증상（cheung.sang）

| 漢字 | 한글 | 漢字 | 한글 |
|---|---|---|---|
| 咳嗽 | 기침<br>ki.chim | 發燒 | 열<br>yeol |
| 發冷 | 한기<br>han.gi | 嘔吐 | 구역질<br>ku.yeok.jjil |
| 鼻水 | 콧물<br>kkon.mul | 發麻 | 저림<br>cheo.lim |
| 不舒服（疼痛） | 아프다（아픔）통증<br>a.ppeu.da(a.ppeum)ttong.jeung | 搔癢 | 가렵다（가려움）<br>ka.lyeop.dda(ka.lyeo.um) |

# 索 引 篇

是不是有時候會想要查詢聽到或看到的韓劇對白或歌詞呢？馬上活用「注音」和「韓語字母」雙索引查詢，迅速破解韓語密碼！

# 索引要點

◎ 可從中文注音尋找與中文相對應的韓文字彙!

可以立刻透過按照注音順序排列的索引來尋找想查詢的韓語字彙。

◎ 可以從韓語字母來尋找!

就算不會唸韓語,也可以從韓文字的第1個最初字母開始尋找,並查詢翻譯的意思。

<韓語的形態>

韓語是由子音和母音組合構成。

# 索引一（中文注音順序）

## 【ㄅ】

316

ㄎ

ㅋ

ㄎ

ㄏ

ㄱ

ㄱ

ㄴ

ㄴ

ㄴ

ㄴ

**T**

T

ㅌ

T

T

ㅂ

ᅔ

ㅅ

ㅅ

ㄕ

ㄘ

ㅅ

一

一

一

一

一

ㄩ

ㄚ

ㄞ

ㄢ

ㄲ

索引二（韓語子音順序）

【ㄱ】

ㄴ

ㄴ

ㄷ

ㄷ

ㄷ

ㅂ

ㅂ

423

ㅂ

ㅂ

人

人

ㅇ

436

ㅇ

ㅇ

ㅇ

ㅇ

443

○

ㅇ

ㅇ

ㅇ

ㅈ

ㅈ

ㅈ

ㅈ

ㅈ

459

ㅈ

ㅊ

ㅎ

ㅎ

ㄲ

ㅆ

ㅉ

國家圖書館出版品預行編目（CIP）資料

不用老師教的韓語動詞‧形容詞變化 / 鄭惠賢著.
-- 初版. -- 臺北市 : 笛藤, 2016.08
　　面；　公分
ISBN 978-957-710-670-4（平裝）

1.韓語 2.形容詞 3.動詞

803.264　　　　　　　　　　　　105005071

IIMAWASHI JIYUUJIZAI! KANKOKUGO KATSUYOU BENRI CHOU
© JOUNG HYEHYON 2013
Originally published in Japan in 2013 by IKEDA PUBLISHING CO., LTD.
Chinese translation rights arranged through TOHAN CORPORATION,TOKYO.

# 不用老師教的 韓語動詞‧形容詞變化

2016年8月27日　　　初版第1刷　　　定價380元

| | | |
|---|---|---|
| 著　　　者 | 鄭惠賢 | |
| 審　　　譯 | 張亞薇 | |
| 封　　　面 | 菩薩蠻數位文化有限公司‧王舒玕 | |
| 內頁排版 | 菩薩蠻數位文化有限公司 | |
| 總 編 輯 | 賴巧凌 | |
| 發 行 所 | 笛藤出版圖書有限公司 | |
| 發 行 人 | 林建仲 | |
| 地　　　址 | 台北市中正區重慶南路三段1號3樓之1 | |
| 電　　　話 | (02)2358-3891 | |
| 傳　　　真 | (02)2358-3902 | |
| 總 經 銷 | 聯合發行股份有限公司 | |
| 地　　　址 | 新北市新店區寶橋路235巷6弄6號2樓 | |
| 電　　　話 | (02)2917-8022‧(02)2917-8042 | |
| 製 版 廠 | 造極彩色印刷製版股份有限公司 | |
| 地　　　址 | 新北市中和區中山路2段340巷36號 | |
| 電　　　話 | (02)2240-0333‧(02)2248-3904 | |

訂書郵撥帳戶：八方出版股份有限公司
訂書郵撥帳號：19809050